福山民间故事

韩娜 韩月湖 著

中国海洋大学出版社

·青岛·

图书在版编目（CIP）数据

福山民间故事 / 韩娜，韩月湖著. --青岛：中国
海洋大学出版社，2024. 11. -- ISBN 978-7-5670-3947-6

Ⅰ. I277.3

中国国家版本馆 CIP 数据核字第 2024XM1411 号

FUSHAN MINJIAN GUSHI

福山民间故事

出版发行	中国海洋大学出版社
社　　址	青岛市香港东路23号　　　邮政编码　266071
网　　址	http://pub.ouc.edu.cn
出 版 人	刘文菁
责任编辑	滕俊平　郝倩倩　　　　电　话　0532-85902342
印　　制	青岛国彩印刷股份有限公司
版　　次	2024 年 11 月第 1 版
印　　次	2024 年 11 月第 1 次印刷
成品尺寸	170 mm × 230 mm
印　　张	14.25
字　　数	203 千
印　　数	1 ~ 2500
定　　价	62.00 元
订购电话	0532-82032573（传真）

发现印装质量问题，请致电0532-58700166，由印刷厂负责调换。

序一

　　这本《福山民间故事》把烟台的民间文学发展推向了新的阶段，体现了烟台市非物质文化遗产工作的新成就。本人有幸被人赏识，在非物质文化遗产发轫之际担任专家组组长。非物质文化遗产十个大项中，民间文学为首，但恰恰是这一项，成果不尽如人意。像《福山民间故事》这样突出当地人文特色、内容丰富、文字流畅、质朴无华的实在不多，有许多民间故事尚待整理。因而，应当向作者表示祝贺，向福山表示祝贺！

　　新中国成立以来，民间故事乃至民俗文化的研究相对薄弱。从全国来说，赵树理被誉为贯彻毛泽东《在延安文艺座谈会上的讲话》精神的旗帜，丁玲、周立波等一大批人都去写小说了，闻捷、李季转向了诗歌，唯独董均伦和夫人江源钻研起了民间文学。一部《聊斋汉子》厚度一点也不亚于《暴风骤雨》和《太阳照在桑干河上》。相形之下，前者就显得沉寂了——至少与任何大奖无缘。就地方而言，搞民间文学也不被承认。山曼是著名的民俗专家，著作等身，可是在烟台文化发展战略的多次学术研讨会上很少见到他。

本书作者选择"冷门"的民俗研究，不仅是一种执着，更是一种勇气。当然，为此他们也得付出代价——多少年来不为人所知。

但是，他们终究迎来了"幸运"。

首先是"天时"。他们遇到了好的时代。国家重视文化建设，习近平总书记指出，"要增强文化自觉、坚定文化自信，以强烈的历史主动精神，积极投身社会主义文化强国建设"。

其次是"地利"。福山是一块文化宝地。这里是精英文化的渊薮，古有王懿荣等，今有张心达、唐功仁等。经济界有高瞻远瞩的张心达，在中国老龄化社会端倪初现时，他就在省人民代表大会上大声疾呼应对之策；还有唐功仁，在会议上阐述对传统文化应有的坚守，表现出宝贵的文化自信。本书作者是福山人，和众多福山人一起共同投身文化建设。

最后是"人和"。福山当地政府和领导看重福山民间故事的文化价值，并曾将作者的成果（剪纸与故事）跟大樱桃的促销巧妙地结合起来。所有这一切，怎能不令本书如虎添翼？

所以，这本书应当说既是我们这个光辉灿烂时代的产物，也是福山广大民众集体智慧的结晶。

研究民俗，得向本书作者学习，在日积月累上下功夫。

安家正

烟台著名民俗专家，作家

2016年5月

序二

作为非物质文化遗产十大类中的第一大类，民间文学一直是人们喜闻乐见的口头表达形式。在新媒体环境下，民间文学的发展也步入了一个新的时期。随着老一代讲述者的逝去，民间文学日渐式微。冯骥才先生在谈及文化濒危问题时提到，"所有的非物质文化遗产最容易消失的就是口头文学，特别是在新城镇化过程中"。就笔者了解的情况，除了20世纪80年代在全国范围内对民间文学进行"三套集成"普查外，2004年我国加入联合国教科文组织的《保护非物质文化遗产公约》，各地先后挖掘、整理了一些民间文学资源。烟台市在这方面的工作有些欠缺，民间文学没有受到足够的重视，没有进行系统整理，每次申报的民间文学项目不成规模，成书的民间文学作品也不多。

福山区现为烟台市的一个辖区，但历史却比烟台市更为久远。据出土文物考证和《福山县志》记载，6000多年前，远古先民就在福山邱家、臧家（现福新街道）一带生息繁衍。商、西周时福山为莱国领地，秦、西汉置腄县，唐置清阳县。北宋靖康二年（1127年），被金朝册封的齐帝刘豫巡边，来到两水镇（福山县之前称两水镇）一带视察，登山环视周边，称两水镇一带为"福地"，因名此山为"福山"。南宋绍兴元年（1131年）设福山县，历代沿之，至今已有近900年的历史。

福山北临黄海，境内有清洋河（内夹河）和外夹河流过，风光秀丽，物产丰饶，是"中国鲁菜之乡""中国大樱桃之乡"和"中国书法之乡"。福山历史悠久、人杰地灵，仅明代至清末，福山就出了70多个进士、几百个举人，文化底蕴丰厚。灵山秀水和丰富的人文资源，也孕育了众多的民间传说和故事，本书整理的福山民间故事包括人物故事篇、地名故事篇、美食故事篇、习俗故事篇、剪纸故事篇和动植物故事篇。由于福山菜是鲁菜的主要分支，烟台剪纸是世界级非物质文化遗产，福山剪纸又是烟台剪纸的主要组成部分，因此将美食故事篇和剪纸故事篇单列。

本书收录的福山民间故事内容丰富。地名故事篇和动植物故事篇中，有福山许多村名的来历传说，有福山的山山水水和地方特产的传说，《比目鱼的传说》《浒口村、台上村黄烟的由来》等具有地理标志性的农产品的传说和故事也收录其中。美食故事篇中，有福山鲁菜名菜的典故、福山厨师的聪明智慧、福山小吃的由来。习俗故事篇中收录了节日习俗、婚俗、游艺习俗等的传说，如《结婚的习俗》《三月三的故事》。书中也有一些民俗事象的诠释和演绎，如《颠轿的习俗》《端午节吃鸡蛋的由来》。另外，本书对福山剪纸以及胶东剪纸的传说和故事进行了记录，填补了福山此类民间故事的空白，第一次集中展现了福山剪纸以及胶东剪纸的传说和故事，如《复隆号与福山剪纸》《九九消寒图剪纸》，是研究胶东剪纸不可多得的资料。

这些传说和故事既有虚构的情节，也不乏夸张性的内容，还有一些超现实的幻想性内容，一些山川风物、地名和习俗传说充满了解释世界的人文情趣与艺术构想。如《一箭地的传说》、《福山与土龙》，表现了人们对奇异事物的求知欲和好奇心，具有传奇性。在表述上，本书以民间话语言说方式叙事。首先，采用民间叙事的方式。如《追忆平顶庙会》与其他相关记载有所不同，详细描述了太平顶各种庙宇的由来；在《棘子夼村新说》等地名故事中，可见许多民间口头文化的遗存。随着新型城镇化步伐的加快，许多村庄消失了，这些地名传说保留了人们对这些村庄历史的记忆。当然，传说中也带有讲述者的主观色彩，他们会根据自己的感情，附会一些传奇色彩和夸张成分。其次，书中的语言多用口语和方言，在整理时保留了讲述者的表达方式和语言形式，口语化特征明显。直白通俗，基本不加修饰，力求原汁原味。这样既保留了民间故事的原生状态，又使得故事文本更具有生活气息，可以为人们提供了解民间文化不可多得的方言语料，成为方言数据库的采集资源之一。

本书中福山民间故事的特点是原创性及原生态，许多篇目是第一次面世，还有不少新创作的文本。可以说，这本书将福山民间风情以传说的形式完整地展现了出来，充满了福山人热爱家乡的自豪感。这些故事里有民间的智慧与经验，也有乡间百姓的机智幽默，具有教育价值和娱乐价值，尤其其有文化资料价值，其中包含福山地方的民众观念、民间生活方式、民间语言等，对于宣传当地物产、开发旅游资源等具有现实意义和经济价值。本书是人们了解福山、了解烟台乃至胶东地域文化和生活状貌的一个窗口，尤其对了解福山风物及民俗风情具有参考价值。

兰玲

鲁东大学文学院副教授、硕士研究生导师，中国民俗学会理事

目录

人物故事篇

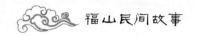

小皇帝、爹家、阴阳人和娘娘的传说

在福山，小皇帝出生以后的传说成了系列故事，从小皇帝出生到被害，到武官的生存、文官的学问、娘娘的生活情况都有详细的描述，而且在福山各个乡镇都有不同的版本，有把地名、村名连在一起讲的，有把故事头尾连在一起讲的，有的把中间讲了没有头尾，有的讲了开始和中间部分没有结尾。总之，这个故事福山人都能讲几句。笔者根据近几年对各乡镇的调查，将故事整理如下。

小皇帝之死

福山有个村叫西臧家村，位于福山北部，属今烟台经济技术开发区古现街道。村子有几个别名：小臧家、西沟臧家和狗道臧家。为什么叫狗道臧家呢？有这样一段传说。

传说，明朝以前这里并没有村子，只有一个老汉在这里打了个窝棚居住。旁边有个小村，村里有户人家，生活富裕，人缘也好，在村里德高望重。这户人家的儿子结婚时，他家把福山结婚习俗的每个环节做得面面俱到，喜庆热闹，体面大方。就说结婚这天，家里张灯结彩，到处贴着大红喜字，窗上贴着龙凤呈祥、鸳鸯戏水等婚俗剪纸，还有带着文字的吉祥如意的剪纸，上面剪有：上床下床，金玉满堂；先生贵子，后生姑娘。炕上是三铺六盖（三床褥子、六床被），炕头柜锃光瓦亮，还有一套家具，分别是大衣柜、小衣柜、桌椅板凳、茶几和一个梳妆台。外面迎亲的乐队一排排，演奏着号、唢呐、锣、鼓等乐器。迎亲曲儿响起，就见新郎骑着高头大马，戴着大红花，新媳妇坐着八抬大轿跟在后面。结婚仪式热闹非凡，把新媳妇娶进了门。

新媳妇贤惠孝顺，会做饭，手也巧，识文断字，琴棋书画样样精通。一年后她生了个小孩。传说，人在没有出生之前，天上都有一个自己的星座。每个人出生时，自己的星座会从天上下来落在自己身上，天王皇帝星座落在谁身上谁就是未来的皇帝。皇宫里有专门负责观星的机构，他们会观察天王皇帝星座的动向，如果天王皇帝星座落到谁身上，谁就会成为未来的皇帝，他会为争夺皇位起义造反，引起天下大乱。他们必须在一百天内找到小皇帝并将其杀死，避免天下大乱，只要过了百天小孩的星座就不能被观测到，他们就查不到小皇帝的下落了。天王皇帝星座落到了这个小孩身上，他会成为未来的皇帝。从他一出生，他家的黑狗就天天趴在屋脊上，保护着他不被发现。

就在小孩九十几天的时候，负责观星的机构找来全国天文地理高手，用河图、洛书、八卦图、罗盘、推背图、量天尺等观察和测量工具仔细寻找，经过多次推测，计算出天王皇帝星座落在了福山，但是，这只是个大概的方位。皇上得知消息，就马上派官兵和观星的人浩浩荡荡火速赶到福山。福山在百天内出生了许多小孩，也不能把这段时间内出生的小孩都杀死。这件事很快走漏了消息，许多在百天内生了小孩的家庭都人心惶惶，坐立不安，生怕招来杀身之祸。就在第九十九天的时候，小皇帝家里准备在这天为小孩庆祝百天（福山俗称过百岁），家里制作了百岁馍、福山花饽饽等庆祝百天的物品，还要宴请亲戚朋友和街坊邻居。客人为小孩带来了衣服、鞋帽和布料等礼物。家远的亲戚都提前来到了小皇帝家，小皇帝的舅舅和舅母提前一天来了。舅母看见黑狗趴在屋脊上，就对小皇帝舅舅说："家里办喜事人来人往，黑狗在那里怪吓人的，再说哪有狗上房的，这黑狗在屋脊上不吉利。"舅母就逼着舅舅在夜里把黑狗打死了。

这可真坏了大事。观星的人很快就测出了小皇帝出生村子的准确位置，官兵快马加鞭要来杀小皇帝，在路上遇到了住在那个窝棚里的老汉。官兵们问老汉，某某村在什么地方。老汉早就听说了杀小皇帝的事，就告诉了官兵一个错误的方向，把官兵骗走了。老汉赶快把此事告诉了村里的人，几户有小孩的人家都把小孩藏了起来。后来官兵们还是找到了小皇帝的村子，他们在村中找不到小孩，就开始杀大人，逼迫他们交出小孩。有人为了保命说出了小孩的下落，最后村里的小孩都被找了出来。他们找到小孩又分不出哪个是小皇帝，就把小孩集中起来辨认。小皇帝家有个伙计也有一个同小皇帝差不多大的孩子，傍晚，他想趁官兵不注意的时候把孩子偷出来。黑灯瞎火的，他没有找到自己的孩子，也没有找到小皇帝。无奈之下，他想着救一个是一个，抱起一个不大的小男孩藏在狗道里，他还把小孩的嘴捂住不让他出声，又用许多柴草盖好。官兵们一看少了一个孩子，就打着灯笼、火把地找了一夜，那个小孩还是没找到。天刚刚亮的时候，官兵们核查了一下，发现丢了的那个小男孩不是百天内出生的小孩，而小皇帝是在百天内出生的，那个小男孩肯定不是小皇帝。他们没找出小皇帝，渐渐失去了耐心，就开始杀小孩。村民不服和官兵搏斗，官兵们大开杀戒，把全村的人都杀死了，这一切都被躲在远处的老汉看到了。那个小男孩藏在狗道里，躲过了追杀，逃过了一劫。官兵完成任务后离去，老汉来到村里一看尸体遍地，惨不忍睹。他发现一个人还有呼吸，身上有一处很深的刀伤。这个人就是救小孩的伙计，他告诉老汉，狗道里还有个孩子，他俩成了这个村子仅有的幸存者。

为了躲避官兵的再次追杀。老汉就把小孩和伙计弄回了自己的窝棚里，给伙计包扎疗伤，小孩受惊吓后哭个不停。小皇帝死后，他的魂魄又回到了天上。小皇帝还托梦告诉老汉福山是福地宝地，将来福山能出很多官人。老汉问伙计姓什么，伙计说："为了以后在这里住着安全，咱们就隐姓埋名吧。"老汉看小孩之前藏在狗道里，身上脏兮兮的，"臧"和"藏"两字相似，"臧"和"脏"同音，老汉索性就说："干脆姓臧得了。"就这样，三人都姓臧。

关于福山小皇帝被杀的故事还有几个版本：一说是观星的人来了以后，观测到小皇帝所在村子的准确方位，村里百天内就生了小皇帝一人，观星的人就把小皇帝一家人骗到外地后杀了。二说是官府衙役来到古现镇，贴出告示要寻找一个百天内出生的孩子，赏白银百两，小皇帝的奶妈为了赏银，把小皇帝出卖了，小皇帝和全村人都被杀了。三说是小皇帝家的伙计为了保护小皇帝，趁着官兵还没有进村，就抱着小皇帝往村外逃，因为官兵分了好几路，伙计和小皇帝在半路遇上官兵就被杀了。总之，小皇帝最终都被杀了。

多年后，被救的小男孩慢慢长大成人，娶了媳妇，在这里过了许多年。这里有水源，有许多土地耕种，外地逃荒的人也来到这安家落户，聚集成一个小村，村里臧姓的人最多。村里的人很早以前就叫这个村狗道臧家、小臧家，因为村东面有个臧家村，又叫这个村西沟臧家，现在这个村叫西臧家村。

爹家的传说

小皇帝出生后不久，福山张格庄出生了一个小孩，八虎上将星座落到了他身上，他未来是小皇帝同时期的武官，外号叫"爹家"。

传说，爹家母亲怀着爹家的时候，十个月还没有生产，人人都说他母亲能生个官，家人着急，邻居也跟着着急。到了快十二个月的时候，爹家母亲在快中午的时候迷迷糊糊地睡着了，梦见八只老虎扑到了她身上，正午时分她就生下了爹家。稳婆（接生婆）和邻居一看都愣了，孩子足足有二十斤重，头大胳膊粗，眼睛大眉毛黑，脚底下长着红毛，全身油黑发亮，最怪的是耳朵紧紧贴在脸上。据看面相的说，这种耳朵是武将的耳朵，能听到十几里外的声音。

小皇帝死了以后，皇宫的人就用法术要求玉皇大帝把小皇帝的武官、文官和娘娘贬为平民百姓。于是，爹家睡了三天三夜都没有醒，玉皇大帝派天宫武教头和脱胎换骨天官为爹家脱胎换骨消除了武功。因为爹家家中生活富裕，吃得也好，爹家有使不完的力气。天宫武教头和爹家的魂魄打了两天，好不容易才把爹家的武功废弃。脱胎换骨天官因为爹家力大无比，用了一整天也没有把爹家的筋骨换上。两个天官回天宫的时辰已到，他俩一合计："爹家武功废了，兴不起大浪，筋骨没换好也影响不大，就叫他一辈子出瞎力吧。"于是，两个天官回了天宫。爹家醒来时才知道自己的身世，家人也知

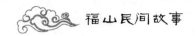
道了爹家不是一般人。

爹家一生有许多传奇故事，他十二岁以后一顿能吃一两斤米饭，力大无比，能倒拔垂杨柳，双手能举起千斤物，健步如飞。上山砍柴的时候，人家都要拿着斧子，他总是赤手空拳，拉着毛驴，拿着绳子，在山上见到小树连根拔起，大树就拦腰折断，一会儿工夫就收拾了许多柴火。他用绳子把柴火捆好后，往毛驴身上一放，竟然把驴腿压断了。爹家就拔了一棵碗口粗的树，一头挑着驴一头挑着柴火往家走。回家的路上，爹家看到一个老人背着一捆柴火走得很艰难，他就把老人的柴火往腋下一夹帮他拿了回来，老人十分感激。爹家经常帮助别人，在村里是出了名的好人。一次村民们集资买了一套石碾，许多村民帮忙往村里运石碾，石碾盘抬到了村里一处很窄的路口，怎么也过不去，有人建议把石碾盘竖起来抬过去，但是这样做非常危险，如果石碾盘倒下几个人都会被砸成肉饼，谁也不敢冒这个险。一个人想到了爹家，他找来爹家帮忙，爹家一个人把石碾盘一仄楞（倾斜）搬到了指定位置。四五个年轻壮汉要去搬碾砣，爹家说："拉倒吧，你们这些人不顶我一个。"爹家把碾砣扛在肩上，大步流星地把碾砣扛了回来。这样的活儿爹家干了许多，真应了天官说的，出了一辈子瞎力。

爹家是个行侠仗义之人，常常路见不平，拔刀相助，惩治不道德之人。这天是福山大集，爹家去赶集，在路上他看到某村有两根柏木放在路口。农忙时节，两根柏木妨碍农家人收拾庄稼，人畜通过困难。因为不是自己村的事，爹家就没有搭理。可是他赶集回来，看到路口有许多人在那里吵吵闹闹，爹家一打听，原来是村民因为行路不方便，就和放两根柏木的人理论起来。放柏木的人是个有钱人，按照当地的习俗：结婚嫁妆在家打，预备棺材往家拉。意思是说，结婚嫁妆要在自己家里制作，人人都能沾着喜气。过去有了孙子的人，可以提前预备棺材，棺材不能在家里制作，要在外面做好抬回家，寓意把官和财抬回家了。放两根柏木的人仗着有钱有势，就把两根柏木放在路口，准备在外面制作棺材，他非常不讲理地说："柏木是我的没有错，我要在外面做棺材，挡着路也没办法。"村民说："你挡着路口就是不对，快点雇人把柏木搬走把路口让开。"有钱人一看一根柏木有一千多斤，好几个人才能挪动，雇人又要花钱，就撂下一句狂话说："谁有能耐谁拿走吧。"他扭头就要走，这时爹家怒吼一声说："好，我来拿。"就见爹家把一根柏木夹在腋下，走了十几步放下，又把另一根轻轻扛起走了二十几步放下，再把第一根扛起放在另一根前面，这种方法叫赶窝（就是拿几样东西时倒换着往前移动）。有钱人一看怎么出来这样一个能人。有人说："哎呀，这人可能是爹家吧。"爹家扛着柏木过来说："什么叫可能是爹家，俺就是张格庄爹家。"有钱人也听说过爹家是个大力士，但从来没见过。他感到这回真要栽跟头了，遇上硬茬了。

村民们都为爹家鼓掌喝彩。爹家轻轻松松地扛着柏木往家的方向走去。有钱人急急忙忙地赶上来，求爹家把柏木还给他。爹家扛着柏木说："你白给，我白拿，天经地义。"有钱人笑着说："好汉，快把柏木放下吧，有话好好说。"爹家说："放下干什么，拿回家去换饭吃。"村民都过来看热闹，有钱人就说："好好好，我管饭。"村民说："爹家一顿能吃十个大饽饽。"还有人说："他一顿能吃十八大碗面条。"有钱人无奈地说："好，管饱，管饱。"爹家把柏木往地上一放，把地砸得老深（很深）。爹家说："有钱人，柏木回头给你摆弄好，先管饭吧。"有钱人想，都说爹家忠厚老实、行侠仗义，管爹家一顿饭比雇人搬运柏木合算，就领着爹家到家里吃饭。

几个村民来帮忙给爹家做饭，他们都说做油饼又快又垫饥，就开始烙油饼，几个人一会儿就烙了十几个直径一尺的大油饼。爹家就开始吃油饼，几个人边烙爹家边吃，面全部烙完了，爹家也吃完了。有个细心人一合计总共烙了二十二个油饼，爹家全部吃完了。爹家一看油饼没有了就问有没有稀饭，人们都奇怪哪有这么能吃的人，吃了这么多油饼还能喝稀饭，有人就索性把半盆苞米（玉米）稀饭端了上来，爹家稀里糊涂地把苞米稀饭也全喝了。有钱人问爹家吃没吃饱，爹家说："凑合吧。"有钱人再也没敢说什么。爹家一看也没有什么东西可以吃了，就和有钱人一起出来搬柏木，村民们也来看大力士献艺。只见爹家把两根柏木并排放在一起，一边腋下夹着一根柏木搬到了宽敞的地方。村民说："爹家吃饱饭力气大得不得了。"爹家放好柏木对有钱人说："给人方便就是给自己方便，回见，我走了。"爹家吃饱饭走路都轰轰作响，真不愧为大力士。

爹家能吃非常出名，家里粮食不够吃，常常靠村民施舍，但还是不够，就靠着半粮半糠、半米半菜糊口，据说爹家一生就吃过三顿饱饭。一次是一年麦收季节，从村里到地里干活必经的石桥塌了，村长一看得十几个人干七八天才能修好，他想起了爹家，就叫爹家来看看。爹家一看就说："麦子再有几天不收就落粒了，桥得赶快修好。我加把劲，一个人一天就能修好。"爹家说干就干，村长回村告诉村民，男人去帮爹家修桥，女人在家做饭给爹家吃。桥墩用了二十几块几百斤的大石头，爹家一个上午就砌好了。

中午村民送来饭菜给爹家吃，这家两个馒头，那家一张饼，总共得有十几个馒头、十几张饼、二十几碗小米干饭，还有包子、饺子、面条、火烧等。大家担心爹家被看着吃饭不好意思就回了家，村长和几个男人在一旁陪着爹家。那些饭爹家几乎全吃完了，还有两碗饺子、六个大包子、几碗面条没吃。爹家叫村长他们吃，他们说自己有东西吃，还各自拿了饭给爹家看。爹家说："你们不吃正好，这些细货正好盖盖顶（盖顶，撑满胃的上部）。"爹家吃完这些东西，又喝了一桶凉水，拍着肚子对村长他们说："这回真吃饱了。"接着哈哈一笑，那笑声村长他们听着像打雷一样。村民一看饭菜全被爹家吃了，都小声嘀咕：爹家饭量真是太吓人。

爹家吃饱了饭，身上青筋都绷得老高，他走到桥面上那两块长一丈五尺、厚八寸、宽六尺的大石板旁，扎好马步掀起石板往后背一驮，走到桥头不偏不斜地把大石板放在了桥墩上，村民们纷纷叫好。爹家用同样的方法把另一块大石板也放好了。许多人在石桥上使劲蹦跳看固定好了没有，发现有块石板不稳当。爹家一看下面有空隙，他走到桥下，一手举起大石板，另外两个人抬来一块百余斤的小石板想要垫上，可踮起脚也够不到空隙。爹家就一手举着大石板，一手拿起小石板把空隙垫好了。村民们一看桥修好了，小麦就能早早收回家了，都说有饭还得给大力士吃。爹家悄悄地告诉村长，这是他吃的第一顿饱饭。

一年冬天，爹家到县城卖柴火，他一人挑来千余斤木头。好几家饭店才把他的柴火全部买走，回家时他路过一个挂马掌的铺子（福山叫蹄子桩），牲口不老实把蹄子桩的拴马桩弄断了。骡子受了惊吓，主人怎么也拉不住，爹家就接过缰绳搂住骡子的脖子，腋下死死地夹住骡子头，脚一绊骡子的后腿，骡子就倒在了地上。他腋下夹住骡子头，一手掐住骡子前腿，另一只手掐住骡子后腿，把骡子治得老老实实。有人认出他是爹家，说："爹家不但力气大，还是个飞毛腿，健步如飞。"另一个人听到后不相信，说："我们来打个赌，都说爹家能吃，如果我输了就管爹家吃饭。"

两个人把爹家叫到烤饼铺，傍晚烤饼铺还剩二十几个烤饼，掌柜知道二人打赌的事，就问爹家能吃多少烤饼，爹家说："再来一袋面（一袋面二十斤）的吧。"掌柜一听，心想：一袋面能做一百个烤饼，一共一百二十多个烤饼，什么样的肚子能装进去。掌柜说："你能吃完吗？"爹家说："你只管做，反正有人付钱。"爹家问打赌的人："让我干什么？给这么多烤饼吃。"那个人说："如果你能在夜里戌时之前从芝罘买回来北来香的桃酥，烤饼全部给你吃。"爹家一算从现在到戌时能走两个来回，就高兴地说："君子一言，驷马难追。我现在就走，掌柜快快烙烤饼，要不然等到我回来了你还没有烙完。"打赌人和掌柜互相看看说："平常人们去趟芝罘，能在后半夜寅时回来就不错了。"

爹家走了，掌柜忙活着，那二人在店里等着。还差半个时辰到戌时，爹家回来了，身上还带着雪花，他说："走到半道就开始下大雪，走得慢了点。"接着，他从怀里拿出桃酥，那三个人一看，桃酥的确是北来香的。爹家又拿出三个包子，给三人一人一个。他们摸着包子还挺热乎，就问爹家这是什么意思。爹家说："人家果子铺（糕点铺）看我大雪天去买桃酥，就给了五个包子，我吃了俩压了压馋虫，留了三个给你们尝尝。"三个人用竹筐把一百多个烤饼拿给爹家吃，爹家一会儿就吃得只剩下两个。爹家拿着两个烤饼说："这两个留着回家给老母亲吃。"一个打赌人说肯定是吃不下了，爹家就把这两个也吃了。掌柜看着爹家很孝顺，就又给爹家做了几个烤饼，叫他拿回去孝顺老母亲。天已经很晚了，爹家就在烤饼铺住了一晚。爹家醒了就着急赶着回家给母亲做早饭吃。爹家告诉掌柜，这是他吃的第二顿饱饭。

爹家吃的第三顿饱饭，也是爹家一生中吃的最后一顿饭。传说，这年爹家父母都过世了，又是饥荒年，家家都揭不开锅，饿得人平地走路都摔跤。爹家天生就能吃，饿得走道都摇晃。这天爹家在山里弄来三麻包树叶和野菜，邻居告诉他要好好浸一浸（浸泡）再吃。可是爹家饿得难受，把树叶和野菜煮了煮就吃了，可能是因为中毒，爹家在炕上坐着死了。因为爹家一生做了许多善事，村长组织村民们把爹家葬在了张格庄东山上。

爹家的故事我说得有些夸张。但是，爹家能吃、力量大、行侠仗义、经常做好事是尽人皆知的。爹家在福山的传说从过去到现在一直流传着，也是福山人对善良、热心的人的颂扬。

阴阳人

传说，福山东南方向有个叫北涂山（今房家疃村）的村庄。一户姓房的人家生了个小孩，文智慧星座落在了他身上，他未来是小皇帝同时期的文官。小皇帝死后，他被玉皇大帝贬为了平民。传说，文智慧星落在哪个人身上，谁就是天下文采和智慧第一之人。小孩叫房明子，房明子就是后来人们所说的阴阳人。

传说，当时是夏天，生房明子时，天还没有亮，母亲感到闷热，就打开窗户透气。他母亲在黑暗中隐隐约约看到，天上飞来许多书，从窗户往家里飞。房明子母亲一愣神，想这是咋回事，她掌灯一看家里没有什么书呀，她百思不得其解。天亮后，她就生下了房明子。房明子白白胖胖，很文静，见人就笑，头发乌黑油亮，后脑勺还很大。家人从来没有听到房明子哇哇大哭过，他哭的时候像念书一样，嘟嘟囔囔的，可是谁也听不懂他说了些什么，念了些什么，人人都说房明子是个聪明的孩子。

在过百天那天，房明子突然哇哇大哭起来，哭得全身是汗，母亲不知所措。俗话说，孩子哭就给他娘。母亲抱起房明子就给他喂奶，一会儿他就不哭了。在喂奶的时候母亲发现房明子皱着眉，好像受到什么折磨似的，他吃完了奶，突然会说话了，他告诉母亲："我是天上文智慧星座，是小皇帝同时期的文官。因为小皇帝被杀，我没有什么地方施展文采，天官刚刚把我的筋骨换了，我痛得受不了，就哇哇大哭起来。幸亏母亲给我喂奶，天官对手下的人说：'小孩的头这可怎么换呀，换头的时候小孩一哭就咬牙，就把他母亲的奶头咬掉了，再说我们天神怎么能看人家妇女的乳房，如果王母娘娘知道此事我们就遭殃了。'就这样，天官才没有把我的头换走。天官说，将来我能够上知天文，下知地理。"母亲听后说："明子，以后不要把这件事告诉其他人。"房明子点点头说："好。"

房明子到了十几岁无师自通，什么诗词歌赋、琴棋书画，样样都能来两手。母亲给他请了个教书先生，教他识文断字。房明子看书过目不忘，一目十行，像喝面汤一样麻利。一天先生给他讲二十四节气惊蛰的内容，比如，惊蛰是在什么时候，动物在这个节气是什么表现。房明子问先生包含"惊"字的词语有哪些，先生告诉他，包含"惊"字的词语要半个月才能讲完。房明子撇了撇嘴，没有再说什么。先生给他布置了作业，要求他把先生讲的惊蛰内容写下来，房明子没有写先生布置的作业内容。先生讲完课走了，房明子拿出笔墨纸砚，一股脑把包含"惊"字的词语写了出来，有惊诧、惊动、惊骇、惊慌、惊惶、惊魂、惊弓之鸟、惊涛骇浪、惊天动地、惊心动魄等，还加上了注解。先生问房明子，为什么没写作业内容。他告诉先生，那些内容他小时候就知道了，先生问他作业内容，他能对答如流。先生想不明白，他现在就是个小孩，怎么能知道这么多知识。后来先生就用了许多方法测验房明子，他都是无师自通。先生看着房明子想：他能做我的老师了。

一次先生要回家，晴空万里，一点要下雨的迹象也看不出来。房明子告诉先生不能回家，半个时辰后要下大暴雨。先生不听就往家走，结果路上大雨倾盆。先生在家想：房明子怎么能预测天气？有一次先生试探房明子，先生说："有人说天再不下雨，夹河没几天就要干了。"他告诉先生："三天内夹河肯定要发大水。"先生就和他打赌，结果先生输了。房明子告诉先生：福山无雨栖霞下，上河有水下河满。原来夹河的源头在栖霞，福山一个雨点未见，而栖霞大雨瓢泼，夹河就必然发水。房明子从来没到过栖霞，他怎么知道栖霞下雨和夹河源头的事呢？先生发现房明子上知天文，下知地理，常常叫他阴阳人。后来先生看房明子太有学问了，就不再当他的先生了。先生临走时母亲把房明子的身世告诉了先生。先生之后到处讲北涂山出了个阴阳人的事，许多人来给他出题以试探他的道行，结果他都能对答对流。

　　房明子名声大噪。一次福山城里一个买卖人摔了一跤好几天不省人事，家人无奈叫房明子来看看是怎么回事。房明子眼半闭半睁，掐着指头说："此人做买卖不道德，缺斤短两、掺杂使假。他在阴曹地府修行几天，很快就能醒过来。不过他以前做的事可把你们家毁了，称上有三个星星，是福、禄、寿三星，他卖货少给人家一两五福就没有了，少给二两官禄就没有了，少给三两长寿就没有了。另外，你们家的人吃点鸡鸭鱼肉就拉稀，没有口福，就是因为他缺斤短两所致。你家儿子当官当得好好的，但因为他缺斤短两，影响了儿子的官运。他这次生病是因为他掺杂使假，使许多人得了病，阴曹地府把他抓过去教育教育，他回来以后你们就什么都知道了。"房明子刚说完，买卖人就醒了过来，他一睁眼就说："哎呀，我的妈呀，阴曹地府的人说，我缺斤短两、掺杂使假，把家毁了，把自己也毁了，福、禄、寿都快没有了。"家人一听和房明子说的一样。房明子又说："阴曹地府的人还说，你的寿命已经快折腾完了，幸亏你老婆积德行善，人家才把你放回来了。如果你每年做一件大好事，你就能多活一年，家里慢慢就顺当了。如果你继续缺斤短两、掺杂使假，你死后就会用秤钩把你倒挂着受刑，还要下油锅炸一炸让你受罪，然后打入十八层地狱，永远不能升天和托生。"买卖人一听房明子说的和阴曹地府的人说的一模一样。房明子告诉买卖人以后好自为之吧，然后就走了。后来，买卖人到处告诉村民，北涂山出了个阴阳人，叫房明子，能上知天文，下知地理。之后许多人都知道了房明子的事。

后来，买卖人就改邪归正，多做好事善事，常常给人讲解缺斤短两和掺杂使假的害处，把自己在阴曹地府的事讲给其他生意人听。买卖人还经常在集市上查看有没有人使用鬼称（做假骗人的称），让大家都诚信经营、公平交易。就这样，福山成了公平买卖的好地方。

房明子在福山出了名，村民们办事不求大富大贵，就求个顺顺当当。谁家结婚，谁家盖房，有病有灾，闹妖闹鬼，都要找房明子算一算。而且房明子算得都非常灵验。一次，张格庄爹家急匆匆地来找房阴阳，二人初次见面就像多年后重逢的老朋友（因为他俩分别是小皇帝同时期的文官和武官，互相有感应），聊得十分投机。爹家开门见山地告诉房明子，张格庄有许多女子，不知为什么得了口歪眼斜的毛病，眼睛鼓得老大像个鸡蛋，嘴里往外流口水，脸都变了形，什么样的中医也治不好。爹家有力量但使不上劲，想请房明子去救救急。房明子说："这事我哪能袖手旁观。"

房明子就拿着朱砂摔炮、探妖黑豆、张手震雷等法器，和爹家一起来到张格庄地界。房明子一看张格庄东南方有蛤蚧山和蛤蚧寺镇着，没有什么妖孽；南面山上有正阳之气，也没有妖孽；北面平坦，藏不住妖孽；就是西面栖霞的大山有问题。房明子拿出一颗探妖黑豆，放在地上，探妖黑豆就往前走，二人跟着探妖黑豆往前走，用了三颗探妖黑豆后，第四颗探妖黑豆就不走了。房明子看看地形告诉爹家："这里不是妖孽老窝，看样子妖孽道行不浅，能阻挡探妖黑豆的威力。"房明子又拿出朱砂摔炮，往前面一甩探妖黑豆就开始往前走，走到一块大石板前停了下来。房明子开始念咒语，又拿出两颗探妖黑豆，探妖黑豆进入了大石板缝隙里。房明子告诉爹家："妖孽就在大石板后面。"他看看爹家又说："这回就看看老弟的力气吧，你帮我把大石板掀开。"爹家使劲把大石板掀开了。他俩一看石板后面是一个石洞，洞里面伸手不见五指，什么也看不见。这时房明子拿出探妖黑豆、朱砂摔炮、张手震雷，又依次把探妖黑豆、朱砂摔炮和张手震雷甩进了洞里，接着拉着爹家离开洞口。他俩来到百步开外处，就见房明子往洞里一指，立刻就听到洞里轰轰作响，地动山摇，还冒着青烟。二人进到洞口一看，洞壁上全是血，几只老虎精直挺挺地躺在洞里。房明子告诉爹家："村里女子得怪病都是老虎精闹的，现在老虎精被制服了，咱们回去看看吧。"二人回到村里一看，女子们的病都好了。村民们知道是房明子和爹家的功劳，都纷纷对他俩表示感谢，房明子成了这里的名人。

房明子对好人非常善良，对歹人绝不放过。有两个人要做不法之事，也来找房明子算一算。二人找到房明子，还没有开口，房明子就说："你俩不学无术，想去盗窃人家的当铺，还来预测能不能成功，真是异想天开。今天你俩来得正好，我去阴曹地府给你俩报个名，明天就叫你俩见阎王。"两个盗贼一听吓得跪地求饶。房明子把他俩教训了一番，二人磕头如捣蒜，说再也不敢做坏事了，一定痛改前非，好好做人。说完，房明子就把他俩赶走了。

娘娘的故事

福山高疃镇有大谷家村、肖谷家村（小谷家村）和古上村，传说，这些村的村名都与一个叫大姑娘的女子有关。

传说，福山小皇帝出生以后，邻村出生了一个女孩，她未来是小皇帝同时期的娘娘。小皇帝死后，她被玉皇大帝贬为了平民。这个女孩是家里最大的孩子，大家都叫她大闺女，她还有七个妹妹。

大闺女长得水灵，如花似玉，还聪明伶俐，心灵手巧，儿时就能绣花和剪纸，十三四岁就能背诵唐诗宋词。最让人不能理解的是，她平时的行为举止有点像古书和戏里讲的皇宫里的人。她父亲是周边村子有名的喜事大料（喜事主事人）。一次她父亲给一个大户人家安排婚事日程，女方是福山人，男方是栖霞人。因为两家当地习俗的差异，在一个环节上无法达成一致。两家各不让步，双方大料也调解不成，婚期临近，大闺女父亲犯了愁。就在大闺女父亲和母亲谈论此事时，大闺女在一旁听到，就告诉父亲："按照宫廷惯例，女方应该让步于男方。"大闺女还说是一本古书记载的，父亲二话没说，就去找那本古书，一看果然如此。父亲找到了依据，就把喜事顺利料理完了。

　　俗话说，有钱人家不养十八岁的大闺女。大闺女快到十八岁了，一直没有媒人提亲，母亲非常着急，后来有媒人来提亲，大闺女就是死活不嫁。福山有大的不娶不嫁，小的就要等着的习俗。过了两年，眼看着大闺女的妹妹快十八岁了，到了出嫁年龄，母亲逼着大闺女嫁人，给大闺女包办了一门亲事，但是大闺女死活不肯，母亲就不依不饶地劝说。一天夜里，王母娘娘把大闺女和她母亲请到了天宫，王母娘娘告诉她俩："多福娘娘"星座落在了大闺女身上，大闺女本来是要给福山小皇帝做娘娘的。小皇帝归天后，娘娘在人间就永远没有了婚配。"大闺女母亲这才明白她不嫁人的缘由和她的前世之谜。王母娘娘又告诉她俩："大闺女的七个妹妹是七仙女的佣人，是下凡陪伴大闺女生活的，她们到了十八岁就完成了任务，就可以嫁人了。"母亲和大闺女知道了这一切，就把这些事告诉了父亲和妹妹们，后来妹妹们都陆续结了婚。

　　大闺女的妹妹们嘴不严，把大闺女的前世之谜传了出去，人们知道她是娘娘之身后，都叫她娘娘。发小和邻居都爱和她玩耍，听她谈古论今，有的人会请她帮忙处理家务事，她还常常帮别人带孩子，人们都很尊敬她。因为大闺女漂亮，身材好，有些男人就远远地看看她。如果有人想调戏大闺女，身上就会长疮。慢慢地，那些不正经的人就老实了。大闺女是个能说会道、知情达理的人，她处理事情得体、周到。一次，山洪暴发，在两个村之间冲出一条小河，把两个村隔开了，两村的村民出行都不方便，两村村长就想共同修座石桥，但是村里的有钱人不愿意出钱，没钱的人也不愿出工，于是石桥就没法修了。后来大闺女就劝说两个村的村民，告诉村民修桥是行善积德的好事，劝说完有钱人，再劝说没钱的人。经过大闺女反复劝说，终于说通了村民，修桥的时候有钱的出钱，没钱的出力，石桥很快就修好了。许多人都说大男人办不到的事，叫大闺女办成了，不愧是做娘娘的人。

　　还有一次，大闺女在村里给孩子们讲故事，有个孩子好几天都没有来听故事，大闺女问他的姐姐为什么他好几天都没有来。女孩说："那个孩子是继父前妻的孩子，母亲把他赶到山里砍柴去了。"大闺女说："你和继父的孩子差不多大，为什么不叫你去砍柴？"女孩说："因为我是母亲亲生的，她就偏向我。"大闺女问："你母亲对继父前妻的孩子好还是对你好？"女孩说："当然对我好啦，好吃的、好穿的都给我，继父前妻的孩子什么也捞不着。"大闺女问："你母亲这样做对吗？"女孩没有回答。大闺女知道这个母亲一定怠慢丈夫前妻的孩子，一打听的确是这样，她就来到她家，晓之以理，动之以情，苦口婆心地劝说那个母亲，要她改变错误的做法，善待丈夫前妻的孩子。经过大闺女多次上门说服教育，那个母亲改变了做法，对丈夫前妻的孩子和自己亲生的孩子一视同仁。村民都夸大闺女又做了一件大好事。

后来，大闺女的父母过世了，她也老了。因为大闺女不喜欢人们叫她娘娘，于是人们都叫她"大姑"（福山人对不同年龄的女性有不同的称呼，小时候叫小闺女，青少年未婚叫大闺女，年龄大了未婚叫老闺女，闺女即姑娘。婚后年龄大的叫大姑、大姨、大婶、大娘等。称呼年龄大的女人，为了表示亲近都习惯叫大姑）。大姑的七个妹妹都嫁在福山高疃镇周围的村子里，父母去世后，她常常到妹妹家住。邻居们都喜欢她，常常送好吃的给她，她也常常帮村民带孩子，教孩子们写字、画画、剪纸、唱儿歌，她爱孩子们，孩子们也爱她。大姑也成了几个村的义务先生，如果大姑有些日子没到自己村子里来，村民就捎信去叫大姑。有时大姑在村里讲故事，大人、小孩都听得入了迷。她既能谈古论今，也能讲民间习俗、宫廷礼仪。她讲历史故事时还边讲边演，使大家身临其境。大姑在各个村都给大家留下了美好的印象。

大姑一生没结婚也没有孩子，但是总有几个村的孩子围着她转，她是快乐的、幸福的。她过世后几个村争着为她办丧事。传说，张格庄东面有条山沟，因为村民经常在这里等候娘娘，所以叫候女沟。娘娘死后葬在这里，改名叫娘娘沟。高疃镇几个村的村民非常怀念她，都把村名改成了有"姑"字谐音字的村名，比如，大谷（姑）家村、肖谷（姑）家村和古（姑）上村。

关于小皇帝、爹家、房阴阳和娘娘的传说，福山各乡镇、各村都有，而且版本也不一样，还有小皇帝父母、爹家的好友、房阴阳的伙伴、娘娘教育下成才的孩子的传说与故事，如果都收集起来可以整理成一本专题故事集。

中医、盲人和财主的故事

在福山西北关村西面，三里店村西南面，白虎山往北延伸的余脉上有一条大沟，很早以前叫王家沟，后来改名为苇沟。

传说，很久以前有个王财主。他为人不厚道，卖东西少赚一文钱就几天睡不好觉，把一文钱看得比铜盆还大，一根草刺的便宜也不想让给别人。他家很富裕，天天大鱼大肉，就是不愿意接济他人。王财主家在西山上有一片山峦，山峦里有一条大沟，王财主叫它王家沟。沟的末尾有一条小路，小路西面属于王家，东面属于别人，小路属于公共通道。一天城里村的刘老汉到西山拾草，路过王家沟的小路，王财主见到他背着一堆草，就说是偷的他家的草，二人发生争执。王财主仗着有钱有势，拿起拐棍就打刘老汉，刘老汉身材矮小，被王财主一脚端到沟里，把腿摔伤了。刘老汉一瘸一拐背着草回了家。王财主一看自家沟里的草没有动过的痕迹，就自己拔了一块地方的草，他怕刘老汉告他，想留个证据来陷害刘老汉。刘老汉回家歇了一夜，腿肿得像水桶一样粗。无奈刘老汉去找老中医杜先生看看，谢盲人正好在老中医这里闲聊。老中医一看刘老汉穿着破衣烂衫，就知道他是个贫苦的人。老中医检查后发现刘老汉的腿断了，就给他贴了膏药，卜了来板，还给了几副止痛的草药，就收了一半医疗费。老中医问刘老汉腿是怎么断的，刘老汉说出了和王财主的事，老中医和谢盲人仔细听着。三人都知道这个王财主的为人，觉得王财主可恶又可恨。因为刘老汉的腿上了夹板，走路不方便，老中医就叫家人把刘老汉送回了家。

老中医是一个耿直善良、生活经历丰富的人，悬壶济世、治病救人，常常为病人免费治疗，在当地人缘很好。他和谢盲人是好朋友。谢盲人是一个依靠算命糊口的人，他算红白喜事的日子、生日时辰等，来算命的人有钱就给，没有钱就拉倒。谢盲人是个值得人相信的人，他的记忆力好，思维也灵敏。只要你在他跟前说过话，下次出现他就能辨别出你是谁。老中医和谢盲人是至交，他俩几乎无话不说。刘老汉走了以后，老中医告诉谢盲人："咱俩治一治王财主。"他说："王财主一个多月就要来看一次消化不良的病，我就让他去你那里算算是什么原因得的病，你就说他占了不该占的地方，只要他把王家沟让给村民去放牛、拾草，病就能好了。"谢盲人说："好，早就应该好好对付对付他了。"老中医和谢盲人就开始按照计划对付王财主。

话说这天，王财主又因为大鱼大肉吃多了，犯了老毛病，肚子胀得鼓鼓的，几天不拉屎，难受得要命，他就来找老中医看病。王财主一进门，老中医就招呼他坐下，要给他把把脉。老中医早就琢磨好了对付他的方法，他闭着眼给王财主把脉，这次把脉的时间比以往都长。王财主有点着急，问老中医怎么了。老中医睁开眼，很为难地说："这次的病感觉和以前一样，但是我把脉时，病不上脉，有些邪乎，真没有办法开药。"老中医假装琢磨了一会儿说："王先生，像你这种情况，建议去找谢盲人算算看是什么原因，我就能开方下药。以前像你这样病人谢盲人看了很多，都很灵，不妨你也去算算。"王财主有些不情愿的样子。老中医告诉他："中医看病可以看看舌苔，盲人能根据人的声音判断病情；中医可以根据生与克的关系治病，盲人可以根据人的生辰八字算出人在哪里被困住而生病。这就叫作各有各的道。"王财主说："盲人算算结婚日子什么的还行。"老中医说："我觉得你人好才告诉你，如果不去看看，恐怕你的肚子就胀爆了。"王财主一听，这病还能死人，就上了当，老老实实地去找谢盲人。王财主一到谢盲人家，谢盲人就知道王财主上当了来找他，他就热情招待王财主，让他自己找凳子坐下，还张罗他自己倒茶喝，自己拿老旱烟抽。王财主说，是老中医让他来看看。谢盲人打断王财主的话，说："我谢瞎子大事小事不用你开口。王老弟，你大喊一声我听听。"王财主就喊了一声，谢盲人一听，说："哎呀，你现在肚子鼓得不轻，恐怕有性命之忧，我看不好办了，还是让老中医开药吃吧。"这是谢盲人故意引诱王财主往圈里跳，王财主一听就急了，说："老中医让你算算才能下药，你又让我去找他，这可怎么办？"谢盲人卖着关子说："我说的事会泄露天机，如果你不信就会折了我的寿命，还是算了吧。"王财主听了更害怕了，就说："保命要紧，你说什么我信什么，快说吧，我的谢先生！"谢盲人说："你家西面有片山峦，山峦里有条长满芦苇的大沟，里面藏着五大家族。穷人家死了人，没有谷秸草添棺材，就用芦苇草来添棺材，还有直接用芦苇箔包裹尸首的。五大家族和大沟里的芦苇阴气十足，把你的阳气压住了，中焦涨满，肚子鼓鼓，眼看着就要扩散到上焦和下焦，离死期非常近了。谢盲人说到这里，王财主急着问："这可怎么办？"谢盲人留了一手，没有继续编派他，就告诉王财主："病已经找出来了，你去找老中医开药便是。"王财主说："你说的上、中、下什么焦的我也不明白呀，怎么跟老中医说呀。"谢盲人装模作样地叹了口气说："哎呀，看在和你相熟的份上，我和你一起去吧。"二人来到老中医家，谢盲人说明王财主是中焦的病。老中医留了一手，就给他开了五副补药，并告诉他把这五副药吃了就好了。王财主回家吃药去了。

王财主一走，老中医就笑呵呵地告诉谢盲人："下一次咱俩就把王财主的大沟拿下。"原来王财主吃了老中医的补药后，肚子会越来越胀。果然不出二人所料，王财主的肚子更鼓了，又来找老中医，老中医给他诊断后说："药绝对没有问题，怎么会越来越严重呢？"这回老中医故弄玄虚地说："莫非谢盲人没有算准？"他就叫家人快快去叫谢盲人，谢盲人来了就说："中焦病没有错，可是病根在大沟里，身体必须得和大沟一块治。"老中医插话说："病我开了好药，吃了都不见好，你为什么不把大沟摆弄摆弄？"谢盲人说："那么大的山沟他能舍得吗？"王财主一听就说："快说说吧，叫我怎么办我就怎么办，我的命就交给你俩了。"谢盲人说："王老弟，你能舍得你就这样做。那个大沟闲着也没有什么用，可以叫村民在那里放牛和拾草，这样可以增加你的阳气，保住你的性命，还能把五大家族镇住或赶走，你再吃些中药病就能好了。最重要的是，你必须立个牌子写上：王家沟来改苇沟，人人可以来放牛，都来拾草把病好，从此没有王家沟。这样做一举两得，村民都认为来拾草病就能好，实际上是能治好你的病。"俗话说，树怕扒皮人怕死。王财主听后觉得有道理，老中医就添枝加叶地说："南乡那个人就是这么把病治好了，王老弟你不妨也试试吧。"王财主就这样上了当。他拿着老中医的中药走了，按照谢盲人说的做了。这次老中医给王财主开了泻药，他回家吃了药，拉了几泡稀屎，肚子就好受多了。他到大沟看到许多人在那里挖药材放牛，有些舍不得，但是肚子确实舒服了。后来，王财主又到老中医那里看病，遇到了谢盲人，谢盲人就告诉他："以后你常常到大沟看看，病就会好得越快。"王财主的病快痊愈的时候，老中医给了他一个食疗的方法：三天一肉五天一鱼，多吃粗粮和蔬菜，常常到大沟看看。后来，王财主控制住了饮食，天天到大沟看看，加强了运动，病就全好了。

后来，村民都改叫王家沟为苇沟，村民都在这里挖药材、挖野菜、放牛和拾草，这里成了公共区域。这真是，中医盲人出谋来，财主治病献地来，村民百姓拾草来，挖药放牛全都来，公共草场用起来，人人美得跳起来。

柳升的传说

　　传说，柳升生来就有武将的身形。他出生时足有十八斤，哭声如雷，浓眉如虎。俗话说，小孩三月会翻身，六个月会坐，八个月会爬，十二个月院子中摘黄瓜，可是柳升在过百岁的时候就会走了。按照福山的习俗，过百岁这天要举行百岁仪式，要给小孩准备笔墨纸砚、古钱、小农具、杆秤、弓箭和小刀枪等物件，用来测试小孩将来能干什么。小孩先拿到什么，就预示着小孩将来是干什么的人。这天上午仪式开始，亲戚朋友、街坊邻居都来看热闹。柳升穿着唐装，脖子上挂着长命锁，母亲把他抱了出来。柳升没有拿那些近处的东西，本来小枪什么的离他最远，可他偏偏把小枪和弓箭拿了起来。家人向他要，他不给，亲戚向他要，他就躲得远远的，人人都说他是当武官的料。

　　柳升十多岁时，见到村里习武教头在教徒弟站骑马登山步，他躲在旁边仔细看，偷偷学，回家就练。一天教头嫌他徒弟太笨，动作不标准。柳升在旁边笑那个徒弟，那个徒弟不高兴地说："你笑我做什么，你站站试试。"柳升毫不犹豫地站好了骑马登山步，而且还来了个左右开弓式。教头一看这个小孩真了不起，马步站姿规范，登山步落地有声，没教过的左右开弓式他都能领悟出来，确实是个习武的料。教头问他师从何人，他说："是在这里偷偷学的。"教头要收他为徒，柳升高兴地蹦了起来，给教头磕头拜了师，开始了习武的生涯。一年多的时间，柳升学会了长拳、对打、刀法和棍术。

　　一天柳升和教头外出，遇见一个老汉在拴马扎（一种小型的坐具，两腿交叉，上面用绷布或麻绳等连接，可以合拢，便于携带），两人在老汉旁歇脚。柳升觉得拴马扎挺有意思，他就在旁边看。一会儿，他也拿起一个马扎拴起来，可是他怎么也拴不出图案。老汉对他说："拴马扎和练武术一样，都有套路，学拳是基本功，开拳是套路，出拳是功夫。"柳升觉得老汉对武术有研究。柳升说："老人家，你一定会武功，我也会武功。"老汉看柳升年纪轻轻，说话挺有底气，就说："好好练吧，你还太嫩。"柳升觉得自己挺厉害，就不服气地说："老人家，拴马扎你厉害，武术不一定你厉害。"老汉和教头互相看了看，教头说："老先生，他不知天高地厚，你还是教育教育他吧。"柳升做了一个不服气的表情，老汉说："年轻人，我扎好马步，你用手戳我，看能不能戳动我。要是你赢了我服输，如果我赢了你得拜我为师。"教头和柳升同声说好。老汉扎好了马步，柳升认为自己的一指禅硬功夫厉害，就在老汉身上戳了十几下，但丝毫没有撼动老汉。柳升想到习武之人最薄弱的地方是肚脐眼，就把气运至丹田，用了九牛二虎之力，向老汉的肚脐眼戳去。只见老汉一收气，把柳升的指头死死地夹在肚脐眼里。柳升用登山回收式，却怎么也拔不出指头，教头在一旁哈哈大笑。老汉收回肚脐眼之气，柳升把指头拔了出来。教头拱手施礼说："师傅，好功夫，好功夫。"柳升一看教头都称老汉师傅，他马上叫了声师爷。师爷在和师傅讨论气功时，柳升仔仔细细地听着，师爷说："气功讲究外练筋骨皮，内练一口气，内气、外气分硬软，内硬则克钢，外硬则克软，内、外双硬则克钢也克软。"师爷和师傅告诉柳升，人要谦虚谨慎，戒骄戒躁，要知道人外有人，天外有天的道理。习武之人也要学习文化知识，见义勇为，为民除害，为国家分忧。后来，柳升用了两年时间，学习了许多武术技法和器械要领。柳升武艺高强、身体健壮、力大无比，能拿起百斤锤，搬动千斤石。他还路见不平，拔刀相助，惩恶扬善，为民除害。

之前村里没有石碾，村民集资买了一套石碾。村里的财主刘某既不出钱也不出力，石碾搬回村后，就在刘某家不远处的一块空地上安好了。一开始，村民用石碾碾米压面都很正常，后来刘某就用柞树杆子围了一个篱笆墙，还安了门上了锁。刘某把石碾占为己有，天天在那里看着，人家用石碾时他就勒索人家，要米要面，人家不给，他就不让用碾。村民对他非常不满，有人找他理论，他说，石碾离他家太近，风水不好，自己天天被碾压不吉利，向用碾人要点米面是为了补偿自己。村民们因为他家有人在衙门里当小喽啰就屈服于他。有人在碾上写了张纸条：碾是大家买大家用，不让用者死他祖宗。刘某知道后就把写字的人打了一顿。这件事被柳升知道后，他就找到村长说，要把石碾重新选个地方放置。村长说："地方有，就怕刘某捣乱，再说搬石碾还要再花几两银子。"柳升说："这包在我身上。"他说干就干，自己搬来五块几百斤的大石头做基础，把碾盘、碾砣安装好后，又在碾周围用石头砌了墙，还立了一块牌子，上面写着：碾是大家有，谁用谁得手，歹人要不服，试试柳升手。刘某知道柳升武功超群，力大无比，就没有再闹事，以后刘某见了柳升总是低着头走。

还有一次，村外的树上吊死个人，死者是一户人家的童养媳，人们害怕都不敢去把尸首取下来，柳升帮忙把尸首弄下来了。他发现死者身上有许多淤青，而死者脖子上绳子的勒痕非常不明显。柳升怀疑死者是先被折磨死后再挂在树上的，而不是自杀。死者家人要快快把死者下葬，柳升说必须找件作（官府验尸人）验尸后才能下葬。后来官府查实确实是那户人家虐待和污辱童养媳，把童养媳打死后挂在了树上，后来官府将凶手抓走了。之后，村民都说那棵树上有吊死鬼，常常吊死人，村民从树下经过都吓得头发竖起。柳升一看此树确实怪异，树根长在石缝上面，有一根大树枝伸下来横着长，要是有人想不开，这真是个上吊的好地方。柳升仔细看了看这棵树，在下面砍够不着，上去砍一般人干不了。柳升想：我力大无比，还有武功，不为村民拔掉此树，不妄做习武之人。

村民得知柳升要拔掉吊死鬼树都来围观。只见柳升一跃三丈高来到石壁上，抱住树木晃了三下，碎石纷纷滚落，树根发出咔嚓咔嚓的断裂声，接着柳升又一用劲把树拔了下来，村民都拍手叫好，以后再也没有吊死鬼树了。

小徐的故事

很早以前，福山城区有个"徐彪子"，整天脏乎乎、傻乎乎地在城区游荡。人人都看他彪（傻），没有几个人爱搭理他。后来，他做了一件事，被县官留在县衙里做事。这是为什么呢，听我慢慢道来。

起初，徐彪子家中有钱，父母老来得子，就这么一个宝贝儿子，家里给他请了先生，教他读书写字。徐彪子儿时聪明伶俐，读书过目不忘，唐诗宋词背得滚瓜烂熟。十多岁的时候他得了一场大病，后来病好了他就彪了，常常吃一锅拉一炕，说话语无伦次，东西南北不分。他的父母过世后，他就流落街头，靠着城区店铺的生意人家给他施舍点东西过活。

一次，徐彪子在夹河里溺水，被河水灌得昏死了过去，后来被好心人救活了。他醒过来后就没那么彪了，能背二十四节气，知道去做生意的店铺干零活挣点钱。好心人给他剃了头，换上了干净衣服。但是，他还是低着头不爱说话，于是很多人还是把他当彪子看待。下雨天店铺的人不想出来挑水，就给徐彪子块片片（玉米饼子）让他去挑水，他就麻利地去挑水。有时下雪天当铺叫他扫雪，他常常把一条街都打扫得干干净净。有的店家不道德，一点儿好处也不给徐彪子，徐彪子在城区常常白干活，饿肚子也是常事，真是应了那句话"人善被人欺，马善被人骑"。可是，他们不知道还有句"抓糊（方言，欺负的意思）彪人伤天理"的古语。徐彪子成了很多人花小钱或者不花钱的小使唤，许多好心人都为他惋惜。但好人有好报。

一天早上，徐彪子在城里街捡到一个布口袋，里面有四十一个铜钱。他把一个装在自己的口袋里，把另外四十个铜钱用线绳串了起来，装在布口袋里等着失主来找。那时一个铜钱就能买一个烧饼吃，但他一个也没有花。徐彪子就提着口袋喊："哎，这是谁的钱袋？"吆喝了几声后，过来两个公子打扮的人，说钱袋是他们的。徐彪子一看他俩的打扮，就知道钱袋不是他们的，有钱的人哪能用这种破钱袋，徐彪子告诉他俩："钱袋里是四十个铜钱，说对是用什么线绳串的就是你们的。"两个公子一听，张口结舌答不上来就走了。两个公子就想：徐彪子哪来的心眼，知道问问铜钱是用什么线绳串的。两个公子计上心来，想要骗徐彪子的钱。他俩对徐彪子说："我们出门太急了，没有仔细看铜钱是用什么线绳串的，我们自认倒霉，只要还我们三十个铜钱就可以了。"还哄着徐彪子说："你自己白白得十个铜钱多好呀。"徐彪子告诉他俩："明明不是四十个铜钱，你俩睁着眼说瞎话。"

徐彪子揭穿了他俩的心思，两个公子就开始对徐彪子动手。都说"好汉难抵四手"，一点不假，徐彪子的钱袋被撕破了，串钱的线绳也被两个公子拽断了，铜钱散落了一地，三个人抢了起来。这时，县官正好路过，见到他们在抢钱，就叫衙役去看看是怎么回事，徐彪子和公子都说钱是自己的，衙役无法判断就报告了县官，县官就把三个人带到了大堂审问。

大堂上衙役数了数，拿回来的铜钱正好四十个。县官很早就知道徐彪子很可怜，但是，徐彪子从来不为了钱财和人争斗，自己的房子被人占用了，他也不敢吱声。县官想：如果徐彪子有理，要好好帮帮徐彪子。县官先让两个公子说明钱是他们的理由。公子说明了钱的数量、装钱的口袋样式、用的什么线绳。县官看了看物证，他俩说得分毫不差。县官没有下结论，又让徐彪子回答。徐彪子解开裤腰带，拿出一块布给县官看，上面有扯串钱的线绳留下的缺口，衙役对照着一看刚好能对得上。徐彪子又从自己口袋里拿出一个铜钱，他对县官说："我怕歹人冒领铜钱，就留了一个铜钱在口袋里，实际上捡到的口袋里有四十一个铜钱。"钱确实是徐彪子所有，可是，两个公子还是百般抵赖地说："徐彪子的话不可信，谁都知道他不识数。"他俩还想得到钱，这时，徐彪子对县官说："大老爷，我的心算连用算盘算也比不上。"师爷（县官的文书）出了一道算术题，师爷用算盘算，徐彪子心算，结果完全一样。两个公子一看这个情形，就求县官饶了他俩。县官哪能轻易饶过他

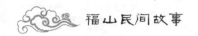

俩，让衙役把他俩每人打了二十大板，赶出了大堂。

县官要把钱赏给徐彪子，徐彪子死活不要，县官问他为什么。他说："不义之财不可取。"县官不叫他徐彪子了，叫他小徐。还和他唠起了家常，县官问他："你看起来挺聪明的，为什么你给人家干活儿的时候，人家不给你工钱也不管饭，你不计较还继续干。"小徐回答："没有爱心和善心的人终会一事无成，得了不义之财的人也发达不了，常常要为钱财吓出病来，这种人才是真正的彪人。"县官看到小徐确实是正常的人，就和他聊了许多家长里短，知道小徐无依无靠，就把他留在县衙干杂工。小徐干活儿非常卖力，人人都说他眼中有活儿。小徐为人和善，常常读书到深夜，见了县官总是彬彬有礼，县官也挺喜欢小徐，还和他谈古论今，县官觉得小徐有两下子，比一般人懂的知识多，就想找点差事给他干。一个捕头出去办差，向人家索要钱财，县官问小徐该怎么办。小徐回答："初次犯错以教育为主，让其归还钱财。二次犯错，杖刑二十，让其归还钱财还要重罚钱财，以观后效。三次犯错，杖刑四十，强迫劳动改造后，赶出县衙，不能让这种人给官府抹黑。"县令按小徐说的把捕头处分了，小徐当上了衙役。

后来，小徐确实为官府和百姓办了许多好事，占了他家房子的人见小徐不彪了，还成了官府的人，就巴结小徐，把他家的房子打扫得干干净净归还给了他，还要交房租钱给他。小徐分文不收，告诉那人如果确实需要就让他暂住。街上的人也改变了对徐彪子的看法，大家都叫他小徐。

后来有一天，县官心事重重地在后堂来回走动。小徐他知道县官遇到了难事，就问县官为何发愁。县官告诉他，接到盐政衙门（旧时管理食盐的衙门）的快报，要去帮忙查处走私食盐的要案。县官知道，凡是插手走私食盐的人都有背景，处理不好向上对不起朝廷，向下对不起百姓，更重要的是，还可能被查处的官员陷害，有罢官和性命之忧。小徐对县官说："只要能巧妙地找到他们贪赃枉法的证据，咱们就什么都不用怕。"县官对小徐说："太难了，他们做事十分谨慎。"小徐说："搏开海水见龙宫，搏开河水见鱼虾，只要敢拼搏没有办不好的事。"县官见小徐挺有底气，就问小徐愿不愿意和自己前去办案，小徐坚定地回答："愿为大人赴汤蹈火，在所不辞。"于是，县官就和小徐等人来到盐政衙门查案。

县官和小徐等人被安排在客栈住下。盐政衙门拿来了食盐的出入往来账目，县官和小徐就忙活开了。看了半天，县官没有发现什么问题，小徐告诉县官："此账目是伪造的。"县官问小徐理由，小徐告诉县官："盐库的雇工搬运食盐是按件计工钱，进出一包食盐要在账本上写'正'字（以'正'字五画为五包计件，以此类推）来计数，雇工们手上都粘有食盐，就会弄到账本上，可是送来的账本并没粘上食盐，肯定是做了手脚。"县官翻看账本确实没发现食盐，也认为账本是伪造的。

二人正在想拿到原始账本的方法，这时，下人来报，被查账的贪官手下的人要求见县官。县官为了探探虚实，就叫小徐去见见那个人。小徐来了个开门见山，问来者有什么要求，来者回答，只要此案能大事化小，小事化了，必有重谢。小徐一看是来贿赂的，就来了个将计就计，告诉他们怎么送银票和银两。来者美滋滋地走了。小徐把他跟来者说的话告诉了县官，县官说不管用什么方法，只要能把此案查个水落石出就行。

县官和小徐把几个记账的人传到了大堂，拿出了他们主人贿赂的银票和银两。他们一看事情已经败露，老老实实地交出了原始账本。为了不打草惊蛇，县官和小徐就把记账的人留在衙门住了一夜，第二天一大早就把账本还给了他们，并告诉他们账目没有问题，还故意说："你们大老爷可是破费不小，回去好好谢谢你们家大老爷，留你们在衙门里过夜也只是例行公事。"然后就让他们回了家，并告诉他们要好好保存账本，不得有误。记账的人见到他们家大老爷，把他们在衙门里的遭遇原原本本说了一遍，都觉得贿赂成功了，而且他们认为盐政衙门的人一晚上也看不完账本，绝对露不出马脚。他们哪里知道小徐过目不忘，一目十行，不到天亮就把账本查完了，而且掌握了他们的犯罪事实。几天来，盐政衙门什么动静也没有，几个贪官仍在花天酒地地享受着，还盘算着要把福山的县官整下台，拿回自己贿赂的银两，却不知道他们就要被押上审判台了。

这天，盐政衙门以账目已查清和福山县官要走为由，请贪官们到衙门为县官送行，把贪官们叫到了大堂。他们信以为真来到了大堂。众衙役把大堂围了个水泄不通，贪官们这才知道大事不妙。之前，送钱的人来送银票和银两的时候，小徐让他们在银票和金银锭上标注自己家的字号，这样县官知道谁送了礼就不会查办谁，可以让钱庄和银号的人来送，神不知鬼不觉。贪官们纷纷照办，堂上银号和钱庄的人都出来做证，证明那些银票和金银锭确实是贪官们贿赂的钱财，而且上面还有各家的字号。接着，小徐像爆料豆一样，噼里啪啦地把贪官们私卖食盐、偷税漏税以及贪污的账目背了一遍，贪官们怎么也没有想到有这么一个神人，把他们几年的黑账目背了下来。他们各个像泄了气的皮球，瘫在地上。贪官们一看作案的有关人物都在大堂上，知道自己罪责难逃，老老实实在案卷上画了押，被押进了大牢。盐政衙门的官员和县官紧急写奏折，快马报告皇上此事的结果，请求旨意。

贪官的家人得知出了事，也纷纷去京城找人走后门，为贪官开脱罪责，保住性命。可是为时已晚，皇帝的圣旨早已到了盐政衙门，惩罚他们已成定局。几个贪官的家人赶到盐政衙门时已经无力回天，贪官们的人头已落地多时。

后来，皇帝为了表彰盐政衙门和福山县官以及小徐的功绩，给福山县官连升三级，还给小徐封了个官。小徐跟着县官到外地上任了，从此胶东一带的食盐保持稳定供应。人们欢欣鼓舞，也十分怀念小徐。

于海摔跤

民国时，福山大集上有个拉面摊，拉面师傅叫于海。他的拉面摊不大，但是，因为他手艺精道，许多人都爱吃他做的拉面，生意非常好。于海因为和国民党军官摔跤连胜两局，人送外号"于大胳膊"。其实，此人个头不高，一米六左右，是个车轴汉子。

20世纪30年代，国民党占领福山，常常欺压百姓，民不聊生。于海逢赶大集就在集上卖拉面。一天早上，于海刚刚把锅灶打点好，水也烧开了，正等着顾客来吃面，过来三个国民党兵。于海认为做生意不管什么人，来的都是客，他就招待当兵的人坐下。于海就乒乒乓乓地弄面，面棍在他手里上下左右地翻滚，一会儿面条就拉好了，他在一丈开外用手一拨面条就下锅了，三个当兵的看得眼花缭乱。一会儿六碗热腾腾的面条端了上桌，三个当兵的每人两碗，狼吞虎咽地吃了起来。于海看他们吃完了，就问他们面条的味道如何，他们互相看了看没有答话。于海笑着说："小本生意，谢谢各位帮忙。"意思是要他们付钱。一个约一米八的大高个儿说："老子打仗有功，还要什么钱。"他手一挥就招呼那两个人要走。于海拦住他们开始理论，话没说几句大高个儿就要动手，于海往后一躲说："要动手你们三个也打不过我，快把钱给我吧。"大高个儿不服，招呼那两个当兵的一起动了手，于海两三下就把他们放倒了。三个人从地上爬起来，还要动手，许多赶集的人都来拉架，说算了吧。大高个儿觉得很没有面子，又和于海动了手，大高个儿像死猪一样被于海摔在了地上，这回起来他的肩肘脱臼了，只好灰溜溜地走了。赶集的人都说于海有两下子，也为于海担心，怕国民党兵再来找他，告诉于海小心为妙。于海说："有理走遍天下，平民百姓死都不怕，还怕什么！"

一会儿，一个国民党军官领着大高个儿和几个护兵来了。军官问于海为什么摔伤大高个儿，于海理直气壮地把事情的经过说了一遍，军官狠狠地对大高个儿说："摔得好，回去再修理你。"大高个儿肩肘痛得佝偻着，活像只大对虾。护兵对于海说："长官不是来给他们争气的，长官爱好武术，常常以武会友，想和师傅切磋几招。"于海说："我只是爱好摔跤罢了，不懂武术，请长官见谅。再说我还要卖面条。"军官说："耽误的生意我包了，师傅，我们来切磋切磋吧。"于海看军官挺和善，不像是恶人，就说："好吧。我们三局两胜，双方不得伤人。"军官说："师傅是江湖之人，一切按师傅说的来。"军官就双手抱拳施礼，做好切磋的准备。于海也抱拳施礼，先让军官出招。于海想：交手后先试试军官是不是友好切磋。第一回合于海有意败落在地，军官把于海拉起，他对于海说："师傅不要谦让，把绝招拿出来，胜负是无所谓的事。"于海觉得军官确实是来切磋摔跤的，他就大胆地摔了起来，后两局军官连败。军官起来后，于海和护兵帮忙给军官拍掉身上的土，军官对于海说："没事，不用劳烦师傅。师傅的搂腰小背摔法太神了，用得好，用得好。"于海说："长官手下留情了，承让了。"军官又说："败了就是败了，我认输。"

于海请官兵们坐下歇歇，当兵的没敢坐下，军官坐下了，他对于海说："师傅歇一会儿也给我来碗拉面尝尝。"于海休息好就给军官做了拉面，军官边吃面条便问于海，为什么对大高个儿出手那么重。于海壮着胆子说："你手下这些当兵的经常在集上吃东西不给钱，他们三个人和我一个人动手，我只能狠狠地教训一个了。"军官听后告诉身旁的一个兵："回去贴个告示，'严禁任何士兵买东西不给钱，否则军法处置'。"军官说完拿起五块大洋给于海，于海死活不要，军官拿起大洋放进了于海的空水桶里。水桶的进水口和出水口都不大，大洋放在里面很难拿出，于海只好这样收下了。军官和当兵的要走的时候，于海把大高个儿脱臼的胳膊接上了。后来，大家给于海起了一个外号"于大胳膊"。那个军官常常来于海的面摊吃面，和于海交流摔跤技法。他还经常问于海有没有当兵的白吃白拿，于海告诉他，从那以后很少有当兵的不付钱了。一天，军官又来吃面，并告诉于海部队要调走了，这是于海在福山和军官见的最后一面。

国民党军官走了，于海加入了八路军。几年后，在临沂战役的时候，八路军要争取一个国民党军官投诚，经过侦查得知他们要找一个厨子做饭。领导介绍于海去了，军官和于海一见面就互相认了出来，军官已是营长，营长对于海很放心，二人相处得很好。于海经常为八路军传送情报，营长也看出于海有来头。营长和于海无事不谈，他对共产党的看法很好，于海就动员营长投诚。营长在共产党的争取下，加入了八路军，参加了革命。于海和他还常常比赛摔跤，他始终没有学会于海的搂腰小背摔跤法。于海告诉他这个摔跤法是祖传的。后来，于海看他在军队里立了功就把搂腰小背摔跤法教给了他。

牟老爷当官的故事

从前，福山有个在外地当官的人，人称牟大老爷，芝罘区只楚镇芝水村人。他的几段故事广为人知，一是他审案的故事，二是他为皮匠写招牌的故事。

据说，牟大人喜欢喝点小酒。但是，他为官清正廉明，别人请客他不去，不占人家便宜，喝酒也从来不耽误公事。他的字也写得很好。牟大人断案常常有妙法。一次，酒坊刘老板来报案，说自己的几麻袋高粱被盗。牟大人根据案情分析是内外勾结所为，就告诉刘老板三天破案，回家听信去吧。并告诉他，回去对伙计们说，官府因为没有证据，不给查办。刘老板回去照办了，但担心牟大人是在戏弄他。这天赶大集，师爷和衙役们乔装打扮成收购高粱的人，告诉卖高粱的人，每份高粱要拿一小把当样品，他们检查合格了才正式收购，许多人都给了样品。县衙的人为他们的高粱编了号，并告诉卖高粱的人，三天后还在这里公布和收购。县衙的人带着高粱样品回到县衙，牟大人吩咐他们把高粱泡在水里放在暖和的地方催芽。三天后，四十多份高粱都出了芽，只有七号的高粱没有出芽。牟大人就叫衙役到集市上把七号卖高粱的人带回大堂问话。衙役带来一个外号叫"黑瞎子"的人。牟大人问他："高粱是什么时间收获的？"黑瞎子说："是当年收获的。"牟大人问他："高粱做过什么处理没有？"黑瞎子回答："没有处理过，是晒了又晒、捡了又捡的上等高粱。"牟大人说："县衙要买几麻袋高粱，你家大约有多少高粱？"黑瞎子信以为真，反问："有四麻袋多够不够？"牟大人逗引黑瞎子，告诉他："再有两麻袋就好了。"黑瞎子就顺着杆往上爬，急着说："明天保证把高粱送到县衙来。"牟大人说："好好好，全要，快回去准备吧。"黑瞎子万万没有想到，他被牟大人设的妙计套住了，黑瞎子没有那两麻袋高粱，夜里就又到酒坊偷高粱，衙役得知后没有抓他，黑瞎子和酒坊的伙计顺利得手。

伙计得了钱，前脚到了妓院，后脚就被衙役抓回了大堂，伙计老老实实交代了犯罪事实，这一切黑瞎子全然不知。第二天黑瞎子雇了马车，把六麻袋高粱拉到县衙门口，几个衙役把黑瞎子押到大堂上跪着，牟大人一拍惊堂木，让黑瞎子交代犯罪事实。黑瞎子还百般抵赖，拒不交代连续盗窃的事实。牟大人拿出几份高粱样品给黑瞎子看了看，问他，为什么他家的高粱不发芽。黑瞎子还是丈二和尚摸不着头脑，牟大人传出了酒坊伙计，黑瞎子一看傻了眼。伙计一看高粱样品，就对黑瞎子说："酒坊为了出的酒好，进的高粱都要先用开水煮一煮晒干再入库，肯定不能发芽。事情已经败露，你就赶快交代吧。"黑瞎子一看无法抵赖，就老老实实交代了犯罪事实。

酒坊掌柜听说，满满六麻袋高粱全找回来了，就美滋滋地在门口等着。一会儿牟大人就叫车夫把高粱送到了酒坊，刘老板把高粱入库，挑了两坛酒来送给牟大人，想好好感谢他。牟大人没有白要，付了酒钱，并告诉刘老板要好好做生意。

　　县衙的人和熟人都知道牟大人好喝一口，也知道牟大人喝酒从来不误事。这年风调雨顺庄稼大丰收，牟大人每天都喝两盅。这天天很冷，牟大人喝了两盅，脸红扑扑地出了县衙，在街上遇见一个等客的鞋匠。牟大人想：天这么冷还出摊，手艺人真不容易。他就和鞋匠闲聊起来。鞋匠见牟大人的靴子上有些泥土，就指着靴子说："您快坐下，我免费给您擦擦靴子。"牟大人想：也罢，就叫他擦擦吧，给他几个钱也算帮他了。牟大人就脱下靴子，鞋匠很快就把靴子擦干净了，像新的一样。牟大人一看鞋匠手艺熟练，干活仔细，就要给鞋匠几个钱。他一摸腰间慌了神，自己分文没带，真是一文钱难倒了英雄汉。鞋匠看出了牟大人尴尬的表情，就说："不要钱，真不要钱。"牟大人说："我身上没有带钱，回去一定给你送来。"牟大人看鞋匠是个勤快的人，就继续和鞋匠闲聊，这时官差过来施礼说："牟大人，大堂来了公案，请大人快快回府。"牟大人向官差打了个钱的手势，官差做了个没有的手势。无奈，牟大人不好意思地对鞋匠说："谢谢，谢谢，回见，回见。"就走了。鞋匠一听，原来这是县太爷牟大人，感到很荣幸，高高兴兴地回了家。

　　鞋匠的老婆一看男人挺高兴，就问男人："今天发财了吗？"鞋匠眯着眼说："我今天见到了县太爷。"他老婆说："你一个鞋匠，县太爷怎么会理你？"鞋匠说："真的，真的，他也姓牟，和咱是一家子。"老婆又说："人家都说这个县太爷是个好官，你看他的面相善不善良。"鞋匠回答："看他说话态度挺好的。"二人高高兴兴吃完了饭，老婆看鞋匠高兴得多吃了一块片片（玉米饼子），就说男人："看把你美的，要是天天见到县太爷，能把家甲吃穷了。"鞋匠哈哈一笑说："等县太爷再来，我也叫你去看看。"老婆说："好啊，等到猴年马月吧。"

　　第二天鞋匠又出了摊，那个官差拿来一串铜钱给鞋匠，告诉他钱是县太爷给的。鞋匠死活不收，并告诉官差，擦擦靴子不用材料，工夫不搭钱，不管谁都不要钱，鞋匠就叫官差把钱拿走了。牟大人因为欠鞋匠一个人情，这天专程来到鞋匠摊上。鞋匠一看牟大人来了，就叫老婆出来看看牟大人长什么样，三人互相打了招呼坐下，就开始聊家常，为了擦靴钱一直你推我让。鞋匠老婆对鞋匠说："家里没有念书人，请牟大人给写个招牌吧。"牟大人很痛快地答应了，鞋匠就把牟大人请到了家里，老婆就去弄笔墨纸砚。鞋匠也好喝两盅，二人干等着的时候，他给牟大人倒了一碗酒，自己也来了一碗，二人大口大口地喝着。牟大人酒兴一来就问鞋匠："写什么字号？"鞋匠说："咱俩都姓牟，就写'牟家鞋铺'吧。"鞋匠的老婆拿着笔墨纸砚回来了，牟大人借着酒兴开始写，结果写成了"牟家靴府"。牟大人一看把"鞋铺"写成了"靴府"，他"哎呀"一声说："我老眼昏花了，把'鞋铺'写成了'靴府'，重写吧。"鞋匠的老婆说："好好好，靴比鞋大，府比铺大，咱家的买卖要发财了。"鞋匠和牟大人相视一笑，鞋匠说："就叫'牟家靴府'吧。"鞋匠找木匠雕刻了牌匾挂在门上，人人都说写得好，鞋匠的生意也一天比一天好。牟大人还经常过来看看鞋匠，一看见牌匾就不由自主地笑笑。

后来"牟家靴府"越做越大，制作皮鞋、皮靴和各种布鞋。牟大人看到也非常高兴，他还给鞋匠的闺女当了媒人，把鞋匠的女儿介绍给了一位姓郭的老板做儿媳。两家结为亲戚后，牟家、郭家都制作鞋类制品，分店开到了青州府、济南府和胶东半岛。据说，过去开鞋铺的牟姓和郭姓的人多数是向牟家、郭家学的手艺。

神医

俗话说，"行行出状元，就看练不练"。这话不假。从前，福山有个神医就是虚心好学练出来的，他姓姜，在福山非常有名。他挂着"杏林医馆"的招牌，悬壶济世，不为金钱所诱惑。病人也非常信任他，来找他看病的人络绎不绝。

姜大夫为了学到精湛的医术，常常拜师学艺。一次，他到福山城北盐场村药王庙去祭拜药王神，遇到了神针高手金大夫，二人探讨起了医术。姜大夫向金大夫请教扎针的奇穴，金大夫告诉他："哑门穴、虎口穴、人中穴是禁穴也是奇穴，但是有治病的奇效，必需熟练掌握才能使用。"金大夫还教给他用针方法。姜大夫如获至宝，回家就在自己身上练习。他在练习扎哑门穴的时候，差点把自己扎哑巴了；在练习扎人中穴的时候，又把自己弄昏了过去，幸亏家人帮他把银针拔了下来。经过一年的练习，姜大夫的身上扎得全是针眼，不过他的针灸技术已经到了炉火纯青的水平，为许多人治好了疑难杂症，得到了金大夫和病人的赞扬。

有一次，一个大户人家的女人生孩子难产，婴儿先出来一只手，无法顺利生产。在这种情况下，大人和孩子往往都要命丧黄泉，家人急得直跺脚，稳婆建议叫姜大夫过来看看怎么办。姜大夫来了，可是男主人因为姜大夫是个男大夫，不让姜大夫为其妻子接生。这时产妇已经奄奄一息，眼看产妇和孩子就要一命呜呼。姜大夫没有和男主人计较，告诉男主人，可以把自己的眼睛蒙起来，他和稳婆一起接生，男主人同意了。姜大夫蒙上眼，他摸了摸婴儿的手，叫稳婆拿出两根银针。姜大夫穿过产妇的肚皮把针扎在了婴儿的人中穴上。婴儿被扎得剧烈疼痛，身子一颤抖，姜大夫顺势一推，婴儿的手就进到了产妇的子宫里。姜大夫给产妇扎了几针，又给产妇推拿按摩了一会儿，产妇终于把婴儿生产下来了。他从产房出来揭下蒙在眼上的布，告诉男主人："你得了个儿子。"男主人说："多谢姜大夫帮忙了。"姜大夫很严厉地批评男主人说："一开始你不顾两条人命的死活，不想让男人接生，你差点误了大事。"姜大夫走了，男主人低着头羞愧地想：自己确实做错了，要是没有姜大夫这样的神医，后果不堪设想。

姜大夫的名气越来越大，有许多病人专程来找他看病。一天有个朋友请他去看病，他去了一看是为其女儿看病。女孩告诉姜大夫，自己没有和男人有染，可是肚子却一天天地大了。有的大夫说是怀孕，父母就对她又打又骂，她自杀了几次都没有成功。现在死都死不成了，她已经被绑起来好几天了。女孩眼泪汪汪地求姜大夫救救她，看看她到底得的是什么病。姜大夫批评了她父母的错误做法，接着为女孩诊脉。他一边诊脉一边笑，女孩的父亲不高兴地说："姜大夫，咱们都是朋友，你何必嘲笑我们。"姜大夫说："既然我们是朋友，为什么不早点叫我来看看。"父亲答道："怕你知道了笑话我们。"姜大夫说："你这一爱面子不要紧，女儿可遭大罪了。"父亲着急地问姜大夫："我女儿到底怀没怀孕？"姜大夫肯定地说："没有。"女孩父亲就说："肚子这么大为什么不是怀孕呢？"姜大夫嘲笑她父亲说："公猪肚子也不小，那也是怀孕吗？"姜大夫告诉他们："你们的女儿确实没有怀孕，是得了一种叫'肠绦虫病'的怪病。"父亲问姜大夫说："既然找到了病根，有没有方法医治？"姜大夫说："治是能治好，但是治疗的时候女孩会昏死三天，你们不要害怕。治好后女孩三年内不能结婚，否则会影响胎儿发育。"女孩抢着说："都按姜大夫说的做，谢谢姜大夫证明了我的清白。"姜大夫用了几天工夫，为女孩用了药扎了针，女孩排出了一条约一丈长还带骨节的虫子，足足盛了一木盆，女孩的肚子马上就瘪下去了。经过姜大夫的细心治疗，女孩完全康复了。女孩为了感恩，就认了姜大夫做义父，要为姜大夫养老送终。

后来，女孩出嫁后生了个男孩。女孩对姜大夫像亲生父亲一样对待，在当地传为佳话。

舒半仙之死

舒半仙是福山有名的算命先生，有人说他姓徐，也有人说他姓舒，不管他姓什么，他就是算命算得好，天天有人找他算命。后来他不幸死在海上（芝罘区的旧称），是被日本军官杀害的。

舒半仙原来是福山城北舒家村的人，他在福山城里算命出了名，人称舒半仙。芝罘的有钱人常常跑到福山城里找他算命，后来他看着芝罘的有钱人多，就在芝罘午台街摆了个卦摊，找他算命的人还是络绎不绝。

1938年2月，芝罘被日本鬼子占领了，有人叫舒半仙回福山老家躲躲，舒半仙认为一个算命的人，日本鬼子能拿他怎样，就照旧天天出卦摊。有个日本鬼子军官叫宁冈，他之前学习过中国文化，还会写许多汉字。宁冈在中国屠杀了许多中国人，可谓血债累累。一天宁冈在羊肉馆吃完了饭，在街上遇到了舒半仙，看到他摆的八卦图，就知道他是算命的人。宁冈想：自己的两手沾满了中国人的鲜血，会不会遭报应？就叫舒半仙给他算一算。宁冈问舒半仙都有什么算法，舒半仙说可以批八字、摇卦，还可以测字，宁冈说测字。舒半仙弄平了沙盘，宁冈一想刚刚吃了羊肉，就先在沙盘上写了一个"洋"字，又写了一个"扬"字，最后写了一个"羊"字。舒半仙问宁冈三个字都测什么事，宁冈说："第一个'洋'字测中日两国谁能胜利，第二个'扬'字测自己官运如何，第三个'羊'字测自己寿命如何。"舒半仙对宁冈说："第一个'洋'字是，你们洋洋得意来到中国，日本现在占上风；第二个'扬'字是，你是个军人，扬起屠刀杀了许多中国人，你的长官还要升你的官。"舒半仙说到这里，把宁冈美得龇着牙嘴都咧到了耳朵根。宁冈说："好好好。"又问第三个字怎么样，舒半仙停顿了一会儿说："'羊'字有天没有地，是六画，'六'与'流'谐音，流就是流走的意思。芝罘在海边，水流要把你带走，不好，不好。"宁冈一听不好就对舒半仙说："你再给我好好算算。"舒半仙就把三个字测的内容连起来说了一遍，"你们日本人洋洋得意来到中国，扬起屠刀杀害了许多中国人，已是血债累累。'羊'字有天无地，流年、流命加流水，六天必亡。"宁冈气得跳了起来，"八嘎八嘎"地骂着走了。舒半仙给宁冈算命的时候，舒半仙的几个朋友在旁边看着，见到宁冈恼了，就叫舒半仙快走，怕宁冈回来闹事。舒半仙说："算命的人有什么说什么，不怕。"

就在这时，宁冈带子几个日本鬼子气势汹汹地来到舒半仙的面前，舒半仙已无处可逃。日本鬼子把舒半仙五花大绑，对他又打又骂，舒半仙不屈不挠，大骂日本鬼子是掉头鬼，犯了砍头罪，没几天活头了。宁冈就把舒半仙在大庙的广场上用指挥刀砍死了。宁冈还不解气，就把舒半仙的头砍下来挂在旗杆上示众。在场的中国人对日本鬼子的罪行恨之入骨，纷纷诅咒日本鬼子遭天打五雷轰。

人们都说，多行不义必自毙。在舒半仙死后的第六天，宁冈带领军队和芝罘的武工队作战，日本鬼子被武工队打得溃不成军，宁冈被孙家滩村的武工队队长孙振先连打三枪，一枪打在眼睛上，一枪打在心脏上，一枪打在腿上。百姓们说："子弹打在宁冈的眼上，是告诉宁冈和日本鬼子瞎了眼竟敢杀害中国人；子弹打在宁冈的心脏上，是让宁冈好好看看他的狼心狗肺；子弹打在宁冈的腿上，是让宁冈死了也是个不会走路的鬼。"

宁冈和其他日本鬼子被消灭了，武工队大获全胜。百姓把宁冈的尸首扔到了大海里，喂了鱼鳖虾蟹，让他永远回不到日本。

"疙瘩头"的故事

据说，过去福山有个大户人家，家中的把头外号叫"疙瘩头"。他本来姓田，可许多人都不知道，只知道他叫"疙瘩头"，这是怎么回事呢？

一年，莱西的麦子客老田，去福山一家大户人家打工。打麦子的前天傍晚，老田告诉东家，明天不能打麦子，会下大雨。东家不信，还是按原计划打麦子。第二天上午确实是蓝天白云，麦子晒好了，伙计们就赶着毛驴热火朝天地打麦子，麦秆上的麦粒大部分被打了下来。老田告诉东家先把麦粒收起来，东家和家里的把头没有听老田的话。可是，正在吃午饭的时候，天上突然下起了瓢泼大雨。他们赶忙抢收麦子，但因为雨势非常大，结果麦粒被水冲走了一大半，东家心痛不已。

老田在东家收拾完了麦子，又在他家管理夏季庄稼。东家发现老田可以非常敏锐地观察到天气变化，干农活也十分在行，就把老田雇佣为常年伙计。老田慢慢地也当上了把头，他的屋里天天挂着三个咸菜疙瘩，一个挂在梁头上，一个挂在窗框上，一个放在地上，这件事没有人关心和在意。因为老田预测天气总是能百发百中，许多人出远门时都爱找老田测测天气。一次福山的一家果子（糕点）铺要到龙口去送果子，让老田测测天气。老田告诉掌柜，如果两天一夜到达，路上不会卜雨，超过这个时间就会下雨而且下得很大。掌柜就和伙计赶着三辆马车上了路，在距离目的地三十多千米的地方，一辆马车出了故障不能行进，掌柜把好马车上的防雨油布留给了故障马车，赶着好马车的伙计们继续赶路送货。结果好马车顺利到达了目的地后，故障马车还没有修好，眼看就要到了老田说的时辰，掌柜就把油布盖在了车上，时辰一到果然大雨倾盆。幸亏掌柜提前做好了防雨准备，保护了一车果子免受损失。伙计们都说幸亏老田帮忙预测了天气，果子铺的掌柜回来后还送了几斤果子答谢老田。老田也因此名声大噪。

一年夏天，福山县衙组织民工加固清洋河河堤，加固河堤的土还没有夯实，就被上游下雨形成的洪水冲垮了，一连几次都是这样。有人告诉县令，老田能预测天气，可以找他预测一下未来几天下不下雨。县令请来了老田，结果每次下大雨老田预测得都很准确。一次老田告诉县令快快把没有夯实的河堤修好，大雨就要来了。县令看着天气晴朗，就说哪里来的雨。老田说午后大雨就来了，县令叫民工们加快夯实的进度，到了午后大雨顷刻而至，夯实的河堤没有被冲毁。为此，县令赏了老田五两银子。

后来，县令问老田是如何预测天气的，老田告诉县令，是用疙瘩头（咸菜）预测出来的，他还念了歌谣给县令听："下面疙瘩返潮湿，放牛小孩穿蓑衣；半空疙瘩返潮湿，蒙蒙细雨不歇息；上面疙瘩返潮湿，大雨淹了庄稼地。"县令一听挺有意思，说："好一个疙瘩头，预测天气还真灵验。好好好，疙瘩头。"民工们哈哈大笑。就这样老田有了"疙瘩头"的外号。

盖草房的故事

福山从明代至清末出了七十五个进士。他们各个为官清廉，受到皇帝的嘉奖和百姓的爱戴，留下了许多佳话。

据说，福山有个进士，在南方为官，为国家解决了外来的匪患，为当地百姓解决了水利灌溉难题，破除了歧视妇女的陋习，使百姓安居乐业。皇帝为了表彰他，亲自写了"福""寿"二字赠给他，还特批了许多银两给他在福山老家盖房子。

他捐了一些银两给当地百姓，还盖了一所学堂，留了一些给自己盖房子。工匠们很快就把三进院的四合院盖好了，高高的院墙，大大的门楼，可是进院子里一看盖的全是草房。很多人都认为这样有钱的人家必定要盖瓦房，怎么会盖草房呢？放下房草的奥秘暂且不提，先说说后来发生的事。

进士继续回到南方做官。他接二连三地收到边境的来报，说外寇多次袭扰国内的村庄。进士来到边关，亲自带领部下布兵防御，但是，外寇对我方的布防了如指掌。我方的防御一时失控，百姓民不聊生，这可把进士急得团团转。进士对经常和国外有来往的人进行了彻底排查，发现其中有几个人还和当地官府的人有密切来往。进士和部下通过秘密的侦查、跟踪，发现确实有官府的人和外寇勾结，泄露了我方的军事秘密。进士抓获了传送情报的小喽啰，掌握了官员串通外国的犯罪事实，并将卖国的官员斩首示众。边境恢复了安宁，百姓得以安居乐业，这真是大快人心。

后来，被治罪官员的余党对进士怀恨在心，他们写了黑御状诬告进士。他们状告进士在边关布防的时候贪污银两，在福山老家盖了豪华四合院。他们只知道进士家的房屋外围豪华，就拿此事来做文章。宫廷接到奏折就来到福山，一看进士家中的房屋是草房，和普通民众一样，家中也没有豪华的摆设。福山县令还把进士捐钱和盖了学堂的事告诉了宫廷派来调查的人，他们回宫报告给了皇上。皇帝和大臣们才知道这些人是诬告，接着有大臣反应状告进士的人行为不检点。皇帝下令彻查这些人。经过调查，这些人不但有卖国行为，还贪污受秽，于是把他们抓进了大牢。进士因为治理有功，被连升三级。

再说说进士盖房的事，当时盖房子的问进士想盖什么样的房子，进士告诉他，就和当地人一样盖草房就行了，但是一定要结实。盖房子的把麦秸草用桐油刷了几遍，据说，刷了桐油的麦秸草盖房子几百年都不烂。

进士在南方为官，造福一方，为国家和百姓流尽了最后一滴血。他去世后，当地人为了纪念他修了个纪念碑，并一直保留至今。

老孙的故事

俗话说，善有善报，恶有恶报；不是不报，时候未到。现实生活中，有很多因为做坏事而得到报应的人。

传说有个财主姓孙。老孙十分小气，他从来不施舍他人，也不帮别人的忙。村里的人捐了一所学堂，捐助人立了个规矩：如果给学堂捐了钱，以后子女上学不用交钱；如果没给学堂捐钱，以后子女上学要交钱。老孙觉得他就一个儿子，捐钱不划算，就没有捐钱。村长和邻居都觉得老孙家富裕，动员他捐钱，但他死活不捐。

老孙算了算，儿子上学交的费用要比人家为学堂捐的钱少得多，他心里美滋滋的，觉得自己占了便宜。

可是，好景不长，老孙的儿子一上课就头痛，走出学堂就好了。老孙带儿子看了很多医生，都说什么病也没有。有人告诉他：到庙里求求神仙吧，说不定神仙可以保佑你的儿子早点好起来。古人求神仙的时候都诚心诚意，而老孙只拿了一个干干的苹果去上供。神仙早就知道老孙是个小气鬼，但没有和他一般见识，照样为他指点迷津。

老孙回到家的当天夜里，全家人做了同一个梦，梦见了几个神仙，他们说："老孙小气不要紧，还经常损人利己。一个神仙说，'老孙把寡妇家长势好的庄稼苗挖到自己家地里种。他看到人家的驴比自己家的健壮，就把人家驴的缰绳解开，把驴放跑了'。另一个神仙说，'老孙不但小气，还故意要手段欺骗别人。他卖粮食的时候，口袋的上面和下面装好粮食，中间装坏粮食'。还有一个神仙拿起账本看了看说，'老孙小气不要紧，还做了许多坏事，折了自己的阳寿，活不了几天了'。"

老孙吓出一身冷汗，醒了过来。老孙使劲推他老婆，要告诉她梦中的事。老孙的老婆还在做梦，梦里神仙刚要告诉她怎样才能保住老孙的性命，就被老孙弄醒了。老孙的老婆惊醒后说："坏了坏了，神仙刚要告诉我救你命的方法，你就把我叫醒了。完了完了，你死定了。"他老婆生气地说："家里的东西吃不完，我说送点给邻居，你偏不让，还净做坏事，都折在自己身上了吧。"

两口子正说着，儿子忽然醒了，并告诉他俩："有个白胡子老头告诉我，明天上学时头就不痛了。"儿子睡得迷迷糊糊的，两口子让他一起磕头感谢神仙。第二天，儿子到了学堂，头真的不痛了。

人人都怕死，老孙也不例外。自从做了那个梦，他就天天耷拉着头。他老婆恨他，也心疼他、舍不得他。于是，老孙的老婆就做了一些好吃的，和老孙一起到庙里求神仙解救。他俩在庙里对着神像磕头认错，表示要痛改前非，好好做人。

二人晚上在寺庙里留宿，在梦里去到了阴曹地府，看到了做坏事的下场：卖东西缺斤短两的人被用秤钩挂着，拐卖妇女的人被下了油锅，不孝顺父母的人挨了铡刀，破坏人家庄稼的人被用绳子吊在半空等死。老孙吓得瘫在地上。阎王爷对老孙的老婆说："你把老孙送来认罪是十分明智的，等回去看看他有没有悔改之心，本官再做打算。"阎王爷还对他俩说："要想活命，必须鼓励身边的人多做好事。"老孙和他老婆醒后，知道是神仙在点化他俩，决心要好好做人。

老孙和老婆回到村里，把他们梦到的事告诉了其他村民，让大家认识到做坏事的后果，并让大家多做好事。老孙也以身作则，痛改前非，不再做坏事，也不那么小气了。一次，村中的小桥坏了，他主动出钱买石料，请工匠把小桥修好了。村民们都说老孙变了，心眼儿变好了，开始做好事了。后来，老孙也一直坚持做好事，不再那么斤斤计较了。

一天夜里，老孙的儿子梦见牛头马面要抓走老孙，阎王爷阻止了他们，说道："且慢，老孙已经变好了，他做的好事够抵十年寿命了，不用把他抓走了。"儿子醒来把梦中发生的事告诉了老孙，并表示自己也要多做好事，用功读书，将来有个好前程。

麻姑的寿桃

很久以前，有甲、乙、丙三个人。甲是个真诚善良的人，乙是个忠厚老实的庄稼人，丙是个爱贪小便宜的商人。三个人的品行不一样，归宿也不一样。

甲家的生活并不富裕，但是他乐善好施，常常助人为乐。一次，天大旱，村中的井里取不出水，需要加深才能有水。有钱的人不愿意出钱挖井，没钱的人拿不出钱挖井。甲就把家中的粮食卖了一些，换来钱把井加深了一些。井水多了，给全村的村民带来了方便，大家都十分感激他。甲干了很多这样的好事，说都说不完。

乙是个忠厚老实的庄稼人，有人来买他的小麦，他晒了又晒，选了又选，把最好的小麦卖给人家。那人一看乙家还有几袋瘪麦子，就说可以按好小麦一半的价格，买下他的瘪麦子。可是，瘪麦子根本不值钱，平常都按好小麦五分之一的价格卖。乙感到很奇怪，就问那人买瘪麦子用来干什么？那人说："把瘪麦子掺在好小麦里，照样卖个好价钱。"乙一听他要掺杂使假，就坚决不卖。乙的老婆说他："他要多出钱买咱不值钱的瘪麦子，咱又不吃亏，你管那么多干什么？"乙告诉老婆和那人："掺杂使假是缺德的事，庄稼人绝对不干。人把良心卖了，钱有花完的时候，良心却找不回来了。"乙一直是这样，从不坑蒙拐骗。

丙是个商人，天天想着占点小便宜。邻居家的鸡跑到他家里来，他就让他老婆把鸡抓起来，据为己有。他做买卖经常作假，缺斤短两。他贩鱼卖的时候，还会故意往鱼里注水，好多卖些钱。他还有个毛病，就是上山回来从来不空着手，总要偷点别人的庄稼。如果别人有的东西他没有，他夜里都想得睡不着觉。

一天，麻姑为王母娘娘采了一篓子寿桃。她在路上遇见了阎王爷，两个神仙就聊了起来。

麻姑问阎王爷："最近有没有送恶人上西天？"阎王爷说："最近人人向善，没几个恶人。"麻姑高兴地说："这样多好，人人都向善，人间就太平了。"阎王爷叹了一口气说："不过，丙这个人爱贪小便宜，灶王爷劝说他多次，他还是不思悔改，只好把他送上西天了。"麻姑说："怎么还有不听劝说的人，还是留他一命吧。"阎王爷说："不是我狠心，是他确实无药可救了。要是你不信，你就去试试。"麻姑说："好，如果他有悔改之心，你能放过他吗？"阎王爷哈哈一笑说："好，如果他有悔改之心，我让他再活十年。"

一天，甲、乙、丙三人刚赶完集一同回家，他们走累了，就在一棵大树下歇一歇。麻姑把那篓子寿桃放在了离他们不远处，她和阎王爷在旁边观察着他们的一举一动。甲第一个看见了寿桃，他说："谁把桃子放在那里了？"丙也看见了寿桃，他说："正好我们又渴又饿，我去拿几个吃。"乙赶紧说："人家种桃子不容易，不能去拿。"丙说："瓜桃李枣，谁见了谁咬。"甲说："没有得到允许吃人家的东西，小心烂嘴。"丙说："没有的事，桃子我非吃不可。"丙说着就要去拿桃子,甲和乙拉住了他,但还是被他挣脱了。丙过去拿了三个桃子,他边吃边说:"你俩真傻,不吃白不吃。"

三个人的行为麻姑和阎王爷在一旁看得一清二楚。麻姑还是不愿相信,她变化成了一个老婆婆,过来问三人谁吃了桃子,甲和乙摇了摇头,表示自己没吃。丙说:"我也没吃。"麻姑对丙说:"吃了就是吃了,认个错就完了,以后不要再这样做了。"丙不高兴地说:"还不知道桃子是不是你的,净多管闲事。"麻姑又劝说了丙半天,丙还是不认错。于是,麻姑告诉丙:"这是王母娘娘过生日用的寿桃,它对神仙来说是桃子,吃了能长命百岁,但对凡人来说却是毒药,吃了很快就会死的。"丙气冲冲地对麻姑说:"我看你这个老婆子才快要死了。"丙话音刚落,他就感觉肚子有点痛。麻姑说:"这是桃子的毒性发作了,你就等死吧。"

丙的肚子越来越痛,他感到大事不好了,就求麻姑救救他。这时阎王爷过来在麻姑的耳边小声说:"甲、乙二人劝说丙不要做恶事,又增加了十年寿命。丙的寿命已经到头了。"心善的麻姑对阎王爷说:"还是等丙回到家后再把他带走吧。"阎王爷同意了,这时丙的肚子也不痛了。麻姑就对甲、乙、丙三个人说:"你们快回家吧。"阎王爷又补充了一句说:"切记行善才能长寿。"

麻姑和阎王爷说完,就驾云而去。三个人这才知道他们是神仙,赶忙向他们行礼。丙吓得不行了,苦苦哀求神仙保佑他,可是为时已晚。甲和乙把丙送回了家,丙到家一会儿就断了气。这真是,偷吃寿桃不思改,善恶有报全都来,长寿秘诀自己握,作恶多端死得快。

地名故事篇

双帮壕的鲫鱼

福山双帮壕位于北城墙和西城墙外拐角处，也叫眼镜壕、双眼壕。两壕的水连在一起，两壕之间有一座石拱桥。

历代修建城池在同一地点取土，久而久之形成了两个相连的大壕湾。后来，开凿了护城壕，护城壕的水和双帮壕的水连在一起，成了福山城外的美景。

传说，有一年福山遇上连续的阴雨天，雨连下了四十多天，庄稼歉收，百姓生活拮据。一天，双帮壕里不知是从哪里来了许多鲫鱼。一条足有半斤重。人们从来没有在双帮壕里见到过这么大这么多的鲫鱼，因为不知道鲫鱼的来路，再加上传说鲫鱼是龙鱼，大家都不敢吃。百姓就在双帮壕边上烧香、祷告，怕给福山人带来什么灾祸。西关村一个叫张老大的人也来烧香、祷告。张老大在西门外有个叫"朝天锅"的铺子，卖炒菜和米饭。他心地善良，常常施舍饭菜给吃不上饭的人。这天夜里，张老大做了一个梦，梦见福山青龙山的青龙告诉他，玉皇大帝知道福山人心地善良，勤劳肯干，看到福山大雨连绵，庄稼歉收，百姓生活拮据，于是赐给福山人鲫鱼添补生活。张老大醒来才知道自己做了一个梦。他想：自己很少做梦，莫非这是真的？他叫醒老伴，老伴醒来就埋怨他，说自己正在听青龙告诉她鲫鱼的事。张老大听老伴也这样说就觉得梦是真的。天刚亮，他就用篓子到双帮壕网了十几条鲫鱼拿回家，鲫鱼的肚子是金黄色的。张老大没有多想什么，就做了两条鲫鱼尝尝能不能吃。鲫鱼一出锅，又香又鲜，张老大吃了一碗，过了半个时辰也没感到不舒服。由此他知道鲫鱼确实可以吃。

张老大想，鲫鱼是玉皇大帝赐给的，是给福山人送福的好事，要快快告诉百姓们。他就把鲫鱼拿到自己的铺子做了出来，准备分给百姓们尝尝。可是鲫鱼做好了，没有人敢吃。张老大就把老婆、孩子叫来吃，好给百姓们做个样子看看。张老大给百姓们讲了鲫鱼是怎么来的，百姓们解除了疑虑，都尝了尝鲫鱼，觉得非常好吃。百姓们简单地举行了一个仪式，就开始有秩序地抓鲫鱼。壕里的鲫鱼非常多，几乎一伸手就能抓到。大家抓了鲫鱼，高高兴兴地回家去了。大约半年的时间，双帮壕里的鲫鱼就是抓不完。百姓们用鲫鱼添补了生活，度过了涝灾之年。后来，百姓们自发地在双帮壕边上种植了许多垂柳，这里年年垂柳飘荡，水儿清清，成了休闲和垂钓的好地方。

直到20世纪80年代，由于人们缺乏对环境保护的认识，直接把工业污水排到了双帮壕里，这里成了一潭死水，臭气熏天。后来，为了扩大县城范围，双帮壕被填平了。

上夼村和下夼村地名的由来

上夼村和下夼村位于福山西北部。要说两村地名的由来，必须先说一下上夼村西南方向的奇泉寺。

奇泉寺位于上夼村西南。据《登州府志》记载，奇泉寺始建于唐朝，时为福山（清阳县）第一大寺院。经过历代的修整和扩建，奇泉寺规模宏大。寺内有古银杏树一株，泉水池一处。奇泉寺周边的山上到处都是梨树，春天梨花盛开的时候，这里鸟语花香，一片雪白。清朝和民国年间，每到农历三月十六梨花节，福山和周边地区前来赏花的人络绎不绝，热闹非凡。奇泉寺附近有两个村子，两个村周围的山上有许多柿子树，有猪嘴柿子树和饼柿子树两种。在奇泉寺上面的叫上柿子夼村，下面的叫下柿子夼村。

奇泉寺是福山最大的寺庙，常年香火不断。传说，上柿子夼村的老周在去奇泉寺的必经之路旁边有块地，老周常年在地里料理庄稼，经常看到南来北往的香客到从这里经过。这年老周在地里种了一些西瓜，他支了一个窝棚看管西瓜，常常有香客在这里歇歇和老周唠嗑。一天，来了一个南方人，和老周聊了半天。一开始老周以为这个南方人是去奇泉寺上香的，可是他没有去，一个劲儿地问这里的山呀水呀的。老周问他是来干什么的。南方人不好意思地说，自己是来采地气的。老周好奇地问，这里有好地气吗？南方人说，刚来还没有看出来。夜里南方人就到奇泉寺借宿，第二天他又来到老周这里，把一包土交给老周保管，说要到周围转转看看。南方人走了，上柿子夼村的一个族长来到老周这里，老周告诉了他南方人的事，族长和老周好奇地打开南方人的土包，里面就是普通的泥土。傍晚南方人回来了，又带来一包泥土，还是交给了老周保管，他又去了奇泉寺借宿。一连几天这个南方人天天出去，天天往老周这里带泥土。南方人一共拿给老周八包泥土。后来，南方人就在奇泉寺住了几天没有回来。

这天，那个族长来问老周，那个南方人地气看得怎么样了，老周说他拿来八包泥土人就不见影儿了，说着说着南方人回来了，他们打了招呼。南方人叫老周和族长帮忙，整理出一块平地，他画了一个大八卦图，在各个方位放了一包泥土，然后用手慢慢地把泥土撒在八卦的八个宫里。他又用手量了量泥土飘出的距离，量完后用手掐着指头，嘴里还念叨着什么，头一直摇个不停。老周和族长问南方人附近的地气怎么样。他叹了口气说："好地气我是得不到了，因为一拿不走，二我不是本地人。"老周和族长说："既然是这样你就说说我们这的地气好在哪里？"南方人说："这里奇泉寺佛光普照，神力十足，东面有福山镇守，南面有卧牛山把门，西面有西山岭护驾，北面有大海护卫，上柿子夼和下柿子夼能出许多士大夫（当官的人）。"老周和族长说："你净瞎说，两个村从来没有出过一个官人。"南方人说："两个村的名字都叫柿子夼，不容易出学子，如果叫士子夼就能出官人了。"南方人说完就离开了福山。族长希望村里能出官人，就找到下柿子夼的族长商量改村名。于是，两个村改名为上士子夼、下士子夼。

后来，两个村的年轻人勤奋读书，还真的有人考取了功名，当了官，比较出名的有：鹿泽长（1791—1864年），1813年（清嘉庆十八年）拔贡；谢隽杭（1841—1916年），1880年（清光绪十年）进士。二人为官期间清正廉明，为百姓做了很多事。现在，这两个村叫上夼村和下夼村，村里的人还是十分重视学习，出了许多大学生、研究生。这真是，好山好水养育你，仕途光明靠学习，人生前途想第一，不在地名靠自己。

棘子夼村新说

棘子夼村位于福山西北部，属古现镇（现烟台经济技术开发区古现街道），原名王家庄，是古现镇大王家村一个富户的庄园，后来因为一个地方官改名为"棘子夼村"。

旧时，每个村都有一个村官，临近几个村还有一个小地方官，没有品级。但是，小地方官在当地权力挺大。王家庄村周围的小地方官姓刘，外号刘歪歪。不是因为他有什么毛病叫他刘歪歪，而是因为他心眼儿坏，常常欺压管辖范围内的百姓，不该管的闲事他也管，就是不管正经事，常常拿百姓的小事当由头，骗吃骗喝，所以百姓就给他起了这个外号。一次刘歪歪和一个姓王的人发生口角，因为姓王的人有理、不买他的账，刘歪歪就记恨姓王的人，凡是姓王的人找他办事他都不理不睬，还常常报复姓王的人。刘歪歪的辖区有个村叫王家庄，村子不大，就几户人家，在一个山沟沟里，村里村外长着许多棘子。这种棘子长着许多直刺和倒钩刺。一次刘歪歪又想到王家庄去捞点外快。他穿着一件长袍，因为刮风他的长袍被风刮到棘子上多次，倒钩刺把他的长袍挂破了，把刘歪歪气得自言自语地骂："还什么王家庄，简直成了棘子沟。"他不耐烦地进了村。这时，王老汉在那里扬场（扬起粮食，借着风力，把粮食中的糠皮吹走）。忽然，刘歪歪被什么东西眯了眼睛，他认为是王老汉弄的，就不依不饶地找王老汉的麻烦。村民知道刘歪歪是从上风向过来的，他的眼应该不是王老汉扬场造成的，都说刘歪歪不对，但是刘歪歪还想为难王老汉。这时王家庄的村长过来给王老汉解了围。村长把刘歪歪领回了家，把他的眼睛处理了一下。刘歪歪还说："不能饶了王老汉。"村长就叫他老婆煮了两个荷包蛋给刘歪歪吃，刘歪歪才算了事。

王老汉名叫王有德，为人忠厚老实，还是个勤快人。一次他挑着一担棘子到县城去卖，到了下午也没有人来买棘子，王友德就挑着棘子往回走。走到县衙的北边，见到一片菜地，有几只鸡、鸭、鹅在地里吃菜。老汉想为什么种菜的人不用棘子扎个篱笆挡一挡鸡、鸭、鹅呢？王老汉就把棘子送给了种菜的人，也没有要钱就走了。之后老汉只要有卖不出去的棘子，就送给种菜的人。这块菜地原来是县衙的，在没有棘子扎的篱笆墙的时候，有人在县官面前说，要用砒石精（一种矿物毒药）把来菜地吃菜的鸡、鸭、鹅毒死。县官一听，就大发雷霆，批评他们不知道农家人的辛苦："鸡、鸭、鹅就是农家人的命，怎么能做这种大逆不道的事。"种菜的人再也不敢打跑进菜地的鸡、鸭、鹅了。后来，王老汉送了许多棘子给种菜的人，篱笆墙就扎了起来。

一次县官溜达到菜地，发现菜地扎上了篱笆墙，用的棘子又高又粗，就问种菜的人棘子是从哪里来的。种菜的人原原本本地说了王老汉送棘子的事。县官就叫衙役去找卖棘子的人，衙役找了几天才找到。县官问明了王老汉的姓名、年龄、家境、住在哪里。县官想，王老汉住在一个穷山村，大老远的为菜地送来这么多棘子，应该付他棘子钱。王有德憨厚地说："只要一半就可以了，那是些卖不出去的棘子。"县官说："虽然是卖不出去的棘子，但是质量好。"就说服他收下了钱。县官还管了王有德一顿饭。王有德拿着钱连连道谢，高高兴兴地回到王家庄。

在县衙普查和更改地名的时候，刘歪歪因为怀恨王姓人，就上报县衙说，王家庄这里到处是棘子，应该改名为"棘子沟"，还注明这是根据当地物产起的名字。县衙师爷一查，福山有好几个王家庄，还想起了王有德为菜地送棘子的事，根本不知道刘歪歪改村名的歪心思，就把王家庄改名为"棘子夼"。师爷在更改地名的上报文书中这样说，王有德在不知道菜地是县衙所属的时候，无偿送棘子给菜地用，属于善人之举，值得弘扬，这是其一。原村名有重复，这是其二。根据地理物产标志，该村周围确实有很多棘子，这是其三。为此，该村庄改名为棘子夼村。文书写好后县官画押，就上报给州府衙门，通过一级一级地上报，批文很快回到福山，王家庄正式改名为棘子夼村。

县衙公布了更改王家庄村名的消息后，村民们都不很理解，纷纷到村长那里去问，许多人都说是刘歪歪搞的鬼。村长和王有德一起来找种菜的人，他俩还带了一些蔬菜种子给他，求他帮忙打听打听为什么改村名。三人正在那里看蔬菜种子的时候，县官和师爷过来了。还没有等种菜的人开口，县官就认出了王有德。县官得知他俩是为了改村名的事而来，就让师爷把改村名的原因说了一遍，这时村长才知道王有德做了好事。县官向他们了解棘子夼村周围的民情民意，二人就把刘歪歪的所作所为简单地说了几句。县官告诉师爷要好好查一查刘歪歪，几天后刘歪歪就被押进了县衙大牢。

村长回来后就把王有德做的善事告诉了村民，村民才知道王有德做了善事，把王家庄的村名改为"棘子夼"，是为了弘扬村民的善心，也是告诉后人要多做善事、和睦相处，村名改了也是好事。这真是，村名更改有榜样，人人友爱还善良，和睦相处一家人，家家幸福又安康。

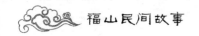

一箭地的传说

　　相传，远古时期福山邱家庄村以北是大海，根本没有陆地，是一个老神仙被邱家庄的人感动后，用神箭射出了一片陆地，才有了现在的福山城区。

　　传说，古时候邱家庄村那里是个陆连岛，北面是一望无际的大海，村民靠着捕鱼为生。因为陆地上土少石头多，收获的粮食非常少，淡水资源也非常缺乏，人们的生活十分艰难。但是，村民们互帮互助、和睦相处、团结友爱。

　　一天，村里来了一个白头发、白胡须、白眉毛的老头，老头满面红光，拄着大拐杖，还拿着弓箭，活像个老寿星。村民见来了外地人都热情招待，老头在各家轮换着吃饭。一次老头来到一户人家，这家共有六个孩子，有四个孩子是自家的，有两个男孩是邻居家寄养的。继子都十五六岁了，他俩天天在山上种地，主人的孩子天天到海里捕鱼。老头问母亲："为什么不让继子到海里捕鱼。"母亲告诉老头："这两个男孩的父亲因为到海里捕鱼遇难而亡，孩子的母亲因为受不了打击得了重病，也过世了，两个孩子还没几岁就没有了父母，自己就收留了他俩。为了给人家留下后人，所以就不让他俩出海捕鱼。"俗话说，望着人家孩子好，自己的孩子才能好。老头明白了母亲的良苦用心，夸她是个善良的人。老头问两个继子，母亲对他俩好不好，两个孩子都说非常好，他俩也很感恩这位母亲。老头听了非常高兴，并告诉两个孩子不孝之人是大恶之人。两个孩子点点头。老头看到亲生的孩子和寄养的孩子相处得像亲兄弟一样好，他非常高兴。老头知道他们家很贫困，在他家住了两天就到其他人家里去了。

　　一天，老头来到他家告诉他们，海边有一条渔船是他送给他家的，他们到海边一看果然多了一条渔船。他们想老头来了以后，从来没有离开过村子，从哪里弄来的渔船，难道老头是个神仙不成。这天，老头在另一户人家住着，妇人把老头和她公公安排在一起吃住，吃鱼的时候老头发现，鱼里竟然没有鱼刺。老头问妇人的公公这是为什么。公公告诉老头："儿媳妇看我年纪大了，老眼昏花，吃鱼有刺不方便，就把刺挑了出来。吃贝类海鲜的时候总是把肉切小，怕我塞牙，不好消化。"老头说："你儿媳妇可真孝顺。"公公点点头，非常高兴。老头看到妇人在吃鱼头、鱼尾什么的，就问妇人："鱼肉给公公和我吃，自己不吃，不是亏待自己吗？"妇人回答："邱家庄人的儿媳妇都很孝顺，好吃的都是给老人和孩子们吃，你是客人也是个老人，应该多吃些鱼肉。"有一次海上刮大风，邱家庄村的人都出来为渔船加固缆绳，没有渔船的人家也出来帮忙。老头问他们为什么自己没有渔船也来帮忙，村民们回答说，这是祖上传下来的规矩，一家有事大家互相帮助。老头高兴地伸着大拇指点赞。老头还看到邱家庄的人非常爱护动物，家家养着许多家禽和牲畜，冬天时海水被冰封住了，海鸟没有什么吃的，村民们就来喂海鸟。通过这许多事，老头看出这里的人都非常善良，善良的人应该有好的报应。

老头来邱家庄村时带了一把弓箭，但是从来没有人看到过老头用它。这天，老头要走了。村民都来送他，给他准备了熟鸡蛋、虾米、鱼干、火烧等。老头很高兴地说："打扰了大家多日，大家有什么要求，看看我能不能帮忙解决。"村民们你一言我一语地说着，很多人都说："这里三面是海，缺少土地，要是土地多一些就好了。出海捕鱼十分危险，常常船毁人亡，还是种地安全。"有人就说："他也不是神仙怎么能帮上这个忙呢？你们不要为难老人家了。"这时老头笑着说："看看我的弓箭能不能帮上忙。"老头拿起弓箭，他把弓拉满，接着就听见嘭的一声，箭带着五彩斑斓的光向村子北边射了出去，一会儿箭就要落在现在的南涂山附近，只见海水慢慢地退去。这时飞来一只大海鸟，叼着快要落地的箭继续往北飞去。说来也巧，这时又来了一只大海鸟，两只大海鸟叼着箭在现在的福山区处的上空转了三圈后又继续往北飞去。当大海鸟飞到现在的永福园村上空时，大海鸟一轮换，箭就下沉许多，这时又飞来一只大海鸟帮忙。三只大海鸟一快一慢地叼着箭向东飞到了现在的芝罘岛上空，向西飞到了八角海口上空。大海鸟叼着箭飞过的地方，海水慢慢退去，露出了大片平地和山丘，大海鸟叼着箭回到老头面前，放下箭飞走了。这时邱家庄人才知道老头是个神仙，村民们给老神仙磕头表示感谢，老神仙说："不必感谢，是邱家庄人感动了我，我才能请求天庭帮你们的忙。"

老神仙临走时告诉邱家庄人，大海鸟在空中下降或者盘旋的地方，会出现山丘、平地和河流，还在夹河入海口的西边留了一座沙山，是将来用做保护福山的。老神仙说完就轻步登云走了，邱家庄人都跪拜磕头感谢天庭和老神仙的恩赐。慢慢地，邱家庄村的北边形成了福山的母亲河——内夹河和外夹河，还有太平顶、青龙山、芝阳山、积金山等山，芝阳泊、城后泊、古现泊、八角泊、芝水泊等泊地。之后，邱家庄村北面慢慢有了胜利东村、四台子村、永福园村、盐场村、宋家疃村、苏家庄村等村庄，也有了福山城区。这里成了福山人美丽的家园，几千万年来养育着崇文、尚德、创新、奋进的福山人，也留下了许多美丽的传说。

阳主庙的故事

阳主庙坐落于芝罘区芝罘岛上，1934年以前芝罘区归福山管辖。秦始皇祭祀的"八主"之一就是"阳主"，"阳主"即"太阳神"。福山最东边就是芝罘岛，这里也是福山最早看到太阳的地方，阳主庙就盖在芝罘岛上。

阳主庙三面环山，一面是沟壑通向大海。阳主庙经过历代修缮，规模日渐庞大。据元朝残碑记载，延祐元年（1314年）阳主庙曾进行一次大规模修建。建筑共分两组：一是由山门、大殿、后殿、东西两廊共一百三十六间房屋组成的封闭式庙宇建筑，二是与山门相对的戏楼一座。另外，庙东面有十二间道士住房，庙西面有一座九层十米高的古塔，据说这是为纪念郝道士修建的。庙宇周围古树名木挺直参天，老槐树盘根错节，大柞树两人合抱才能合围。四周一片浓荫，衬托出庙宇的古朴典雅，显得分外壮观和肃穆。阳主庙大殿庄严肃穆，而后殿却富有生活气息，后殿正中并排摆放着四个女神的雕像，她们个个形体丰满，面容清秀俊丽，眼神生动，和蔼可亲。她们都是阳主的妻子。那么阳主为什么有四个妻子呢？在福山流传着这样一个故事。

传说，过去芝罘岛上住的人很少。岛上有户人家，父亲是个斯文人（福山指有学问的人），人送雅号"老斯文"。他家有四个女孩，可是女孩不大的时候，她们的母亲就过世了，是父亲含辛茹苦地把她们养大。在父亲的教育下，女孩各个都有一技之长，老大琴棋书画样样精通，老二能做一手好鲁菜，老三的绣品精巧细致，老四剪纸、制衣、做袄样样拿手。四个闺女都大了，慢慢地也有了找女婿的想法。父亲知道后，心想自己的女儿各个优秀，理应找个好人家。就准备张罗着为女儿找婆家了，姊妹四个知道后都非常高兴。

一天姊妹四个去赶海，收获了许多小海螺、螃蟹、蛤和鱼虾等。回家的路上她们一边走一边说着找女婿的事，就来到了阳主庙门口，老大说："阳主是太阳神，知道天下所有的事。"老二接着说："还能保佑天下太平。"老三说："还能保佑风调雨顺。"最后老四说："还能保佑咱们都找个好女婿。"姊妹四个一合计，就把收获的东西拿到庙里祭祀阳主。

到了阳主塑像面前，她们看到阳主穿着龙衣蟒袍，得体大方，慈眉善目，惹人喜爱。她们怕海风侵蚀了脸，各个都在头上戴着围巾，为了表示对阳主的尊重，她们就把围巾摘了下来，开始向阳主许愿。许完了愿，姊妹四个互相看了看。老大问妹妹们，是不是许了找女婿的愿，三个妹妹都笑着承认了。这时她们忽然看到阳主的脸上露出了笑容。老大说："我们想找女婿，阳主都在笑话我们了。"老二说："女孩到了年龄找女婿是顺理成章的事，阳主不能笑话我们呀。"老三说："阳主也要找媳妇，说不好还看上我们中的一个了呢。"老四就大胆地说："我愿意做阳主的媳妇。"这时阳主庙外面下起了大雨，老大说："看来老天爷不让我们走，咱们姊妹中肯定有一个是阳主的媳妇。"老二说："阳主不说话，咱们怎么知道是谁呢？"老三说："我想嫁给阳主，也不知道阳主喜不喜欢我，真是愁死人了。"还是老四心眼多，她说："我们四个把围巾蒙在头上，看看谁的围巾自己落下了，就是阳主看上了谁，谁就是阳主的媳妇。"她们四个都把围巾蒙在头上。你说怪不怪，忽然外面一刮风，她们四个的围巾都落了下来。老大说："这肯定是碰巧了，阳主哪能娶四个媳妇。"老四说："要不我们四个把围巾像抛绣球一样丢给阳主，如果阳主接到了谁的围巾，谁就是阳主的媳妇。"姊妹们一听这个主意好，公平合理。她们就跪在阳主面前，老大喊完"一——二——三——"，她们就把四条围巾丢向阳主的塑像，说来也巧，四条围巾正好都落在阳主手上。姊妹四个你看看我，我看看你，都很奇怪怎么会这么巧，这时外面的雨停了，老大说："妹妹们，阳主哪能娶四个媳妇，我们回家吧。"但是，她们心里都暗自高兴，觉得阳主神都能看上了自己，将来一定能找个好女婿。回家的路上姊妹四个都在琢磨这件事。她们心里美滋滋的，谁也没有把这件事说出去。

当天夜里老斯文梦见阳主拿着玉皇大帝特批的求婚聘书以及老斯文四个女儿的围巾作为信物，来向老斯文求亲。老斯文答应了四个女儿的婚事。老斯文知道女儿们很快就要离开自己了，他就天天给女儿们做好吃的。但是，他还是舍不得女儿离去，常常偷偷落泪。老大看出了父亲有心事，就问父亲因何事伤心，父亲就把梦中之事告诉了她，老大也把在阳主庙发生的事告诉了父亲。父亲知道了这一切，就把四个女儿叫到一起，告诉她们嫁给阳主也是天意，是造福胶东人的好事，就高高兴兴地去吧。女儿们都给老斯文磕了头，表示在家的这段时间一定要好好孝顺孝顺父亲。

又过了好几天，老斯文梦见阳主和他定下了娶亲的日子。四个女儿知道后，都高高兴兴地准备出嫁。一天夜里，凡是知道有阳主庙或者听说过阳主神的人，都见到阳主身穿龙衣蟒袍，扎着玉带，骑着高头大马，胸前戴着大红花来到老斯文家，向老斯文行了三拜九叩大礼。还说，感谢岳丈赐给的四个好媳妇，感谢他为胶东人做了功德无量的好事。阳主就用四顶花轿，锣鼓喧天地把他四个女儿抬走了。第二天，老斯文和村民到阳主庙一看，阳主身边真的多了四个雕像。阳主请求村民为四个娘娘盖个寝宫，后来老斯文就组织村民在阳主庙大殿的后面盖了娘娘宫殿，民间叫娘娘殿或者娘娘宫，就是阳主庙的后殿。

后来，玉皇大帝为了感谢老斯文的献女精神，把老斯文点化成了一个道人。他云游四海，整天乐呵呵的，活到了一百七十岁，死后就葬在芝罘岛上。据说，阳主庙旁边有几间小房子，村民称之为老道庙，它们就是村民为了纪念老斯文的献女精神，让他和女儿好好团聚而修建的。

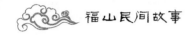

追忆福山老鱼市

据史料记载，清乾隆年间福山城里有三处集市，旬定街阴历逢三为集市，城里街逢六为集市，平定街逢九为集市，后将三处集市设于城门外，阴历逢三为南门外集市，逢六为东门外集市，逢九为西门外集市。还规定，不论哪个集市日，鱼市都在北店子街上。北店子街鱼市的确切位置是在东北关北店子街偏南街西，东起溢香园烧肉铺路南以西、赵钱勇公利烧肉铺路北以西，西至李某某洪顺兴屠宰房路南以西、唐家磨坊路北以西，路宽约八米，长约一百米。东边为鱼市头，西边为鱼市尾，鱼市在海产品旺季就往西面城墙边上以及往北延伸。鱼市上主要是挑八股绳（一条扁担挑两个筐子，一个筐子用四条绳子系在扁担上）的鱼贩以及从北面海边来的用毛驴驮鱼的鱼贩。他们在鱼市上叫卖新鲜的鱼和其他海产品。城周围的店铺也出售干的海产品，还出售从清洋河捕获的淡水鱼虾蟹。

旧时鱼贩出售大鱼论条卖，小鱼论摊卖，对虾论对卖，螃蟹论串卖，干海米和小虾米论包卖，也有论斤卖的。过去没有什么食品包装袋，卖出的鱼是用马莲草串好，顾客可以提着走。一般不会把马莲草从鱼眼处串过，因为看鱼的新鲜程度主要是看眼睛，旧时饭店烹调整鱼菜品非常讲究鱼眼睛的完好。螃蟹也是用细绳绑着一串一串地卖。旧时鱼市正月卖开冰梭鱼和冷水偏口鱼，一般按时间顺序，先吃小嘴偏口鱼、大嘴偏口鱼，再吃长脖偏口鱼和牙片鱼，二月卖鲈鱼，三月卖加吉鱼。福山有过了谷雨吃杂鱼的说法，还有"豆黄蟹子麦黄鳖"的俗语。福山人非常讲究吃海产品的季节，如清明前后吃对虾（春虾），八月十五前后吃对虾（秋虾）。鱼市一般是早上天刚刚亮开始，上午八九点钟结束，新鲜的海产品四五个小时就上了人们的餐桌。在福山鱼市上有许多买卖新鲜鱼的故事。

过去，福山北店子街鱼市东头有家叫"溢香园"烧肉铺，掌柜韩德明，青州府人氏。他家不但制作的烧肉出名，而且制作的熏鱼也非常出名。其熏鱼色泽金黄，肉嫩刺酥，鲜香无比，回味无穷。之所以老韩的熏鱼制作得好，关键是选料正宗，精选春季牙片鱼、秋季牙片鱼和鲅鱼，加工精细，配方独特。老韩的店铺就在鱼市头上，经常从鱼贩那里买鱼。

一天，鱼贩给老韩送来一条六七斤的大牙片鱼。按照以往卖鱼的经验，鱼贩认为老韩一定能给个好价钱，可是老韩一看这牙片鱼，就告诉鱼贩，这条鱼确实挺大的，但是有些地方的肉已经坏了，做不出品相好的熏鱼，所以不收鱼贩的鱼。鱼贩感到莫名其妙，他想，这条鱼从海里捕上来时还直跳，到这来也就两个时辰，为什么老韩说鱼坏了呢。鱼贩来了犟脾气，就说："韩掌柜，我倒要看看这鱼到底有什么毛病。"他就叫老韩割开给他看看，老韩笑笑说："好吧，你挑鱼卖也不容易，给你按最高的价钱，鱼我留下便是。"鱼贩说："如果鱼真的有毛病，我一分钱都不要。"老韩叫来伙计把鱼洗好，割开鱼肉一看，果然有一处巴掌大小红色的坏了的鱼肉。鱼贩不解地问韩掌柜为什么会这样。老韩告诉鱼贩，鱼捕获后正常死亡，鱼肉是白色的，如果捕获后用钝器打死，被击打的地方鱼肉会变成红色。制作熏鱼时红色的地方就会变成黑色，食用时没有什么问题，卖的时候人家一看像炸煳了一样就不好卖了。饭店如果用来做鱼片菜就更难看了。这时鱼贩才明白过来，原来是他在船上往筐里装牙片鱼时，牙片鱼活蹦乱跳，装了几次也没有装进筐里，他就用扁担把牙片鱼打了两下，把牙片鱼打死了才挑到老韩这来。

鱼贩这回口服心服，正要离去，韩掌柜却按最高价钱给鱼贩算了钱，并告诉他卖完其他鱼后回来，让他看看坏的鱼肉制作的熏鱼是什么样的。鱼贩高兴地说："好，好，一定回来看看。"一个时辰后鱼贩回来了，韩掌柜把熏鱼做好了，鱼贩一看一大盘子熏鱼金黄金黄的，但有一小盘子熏鱼黑黢黢的，一看就让人觉得不好吃。鱼贩伸着大拇指说："韩掌柜真是行家里手，能隔着鱼皮看到里面的鱼肉。"鱼贩要退一半鱼钱给老韩，老韩说什么也不要。韩掌柜拿了一块黑黢黢的熏鱼给鱼贩尝尝，鱼贩一吃感觉味道非常好，老韩就把那些黑黢黢的熏鱼送给了鱼贩。鱼贩很感激韩掌柜，他知道老韩爱喝酒，就买了一壶黄酒送给老韩表示谢意。之后，鱼贩只要有好鱼都送到老韩家让他先选，二人成了知心朋友。

一年春天，海里鲐鱼大丰收。鱼市上全都是卖鲐鱼的，村民都来挑选新鲜鲐鱼回家尝鲜。一个初次贩鱼的鱼贩，用毛驴驮着两篓鲐鱼来到鱼市上。他刚刚放下驮篓把鱼摆好，村民就说这鱼不新鲜，原因是鱼眼睛是红色的。看鱼的新鲜程度主要是看鱼眼睛，鲐鱼不新鲜吃了容易过敏和中毒。这时韩掌柜走过来了，他一看鱼眼睛红红的，但是瞳孔还是亮亮的。他横着拿起一条鱼，鱼身体不打弯，鱼鳃也整齐鲜红，认为鲐鱼应该是新鲜的。老韩一看鱼贩是个生面孔，就知道他是个新手。因为老韩在北店子街鱼市头上居住，多年经营熟食生意，和村民都十分熟悉。老韩是个热心肠的人，他看着鱼贩的鲐鱼没有人问价，鱼要是卖不出去，鱼贩就挣不到钱，老韩就张罗着熟人来买鱼，鱼很快就卖完了。鱼贩对老韩连连道谢，老韩告诉鱼贩，新鲜鲐鱼死亡后，鲐鱼体内的鱼血还没有凝固，贩鲐鱼装筐时必须头朝上竖着一层一层摆好。如果胡乱装筐，鲐鱼的血就回流到鱼头里，鱼眼睛就红了。顾客一看鱼眼睛是红的，就担心不新鲜，白给也没人要。鱼贩一听才知道自己没有把鲐鱼摆放好才出了毛病。

第二天鱼贩又用毛驴驮着鲐鱼来到鱼市上，因为这次鲐鱼摆放得正确，毛驴走得快来得也早，鲐鱼卖了个好价钱。鱼贩卖完了鲐鱼，算了算本钱和利钱，收入很好。他很高兴，鱼贩就提着四条鲐鱼来到了溢香园烧肉铺感谢老韩。老韩收下了鲐鱼，又拿些烧肉回赠鱼贩。鱼贩要给烧肉钱，老韩说什么也不收。鱼贩很感激地走了。伙计说老韩："四条鲐鱼换了三四斤烧肉，卖烧肉的钱能买半筐鲐鱼，咱们可赔大了。"老韩抽着水烟袋，笑呵呵地说："做生意讲究人气旺，有来有往就是人气旺，就有财源。为人要舍得，舍得，有舍才有得。"伙计点了点头表示同意。所以溢香园烧肉铺在北店子街经营十几年，总是人来人往，生意兴隆。

据说，民国时期在福山东门外有家叫"明日倒"的饭店，掌柜是东北关村人，姓赖。他的饭店名字有点特别暂且不说，就说说掌柜对新鲜鱼和鱼类菜肴的研究吧。

福山人喜欢吃清蒸加吉鱼，春天吃黑鳞加吉鱼，秋天吃红鳞加吉鱼。黑鳞加吉鱼是夹河入海口出产，红鳞加吉鱼是福山岗嵛村北面的海里出产；黑鳞加吉鱼生长在海底黑色的淤泥和细砂中，红鳞加吉鱼生长在有礁石和粗砂的环境里。春天淤泥温度低，黑鳞加吉鱼没有泥腥味，鱼肥而鲜美。秋天红鳞加吉鱼生活的环境营养丰富，鱼鲜香肥美。清蒸加吉鱼要用一斤至一斤半的鱼，太小的加吉鱼味道不正宗，太大的加吉鱼鱼肉粗糙。

一天赖掌柜在鱼市上见到几条可以用来清蒸的加吉鱼，眼睛十分明亮，鱼鳞黑中泛着蓝光，确实很新鲜。他让鱼贩用马莲草把鱼拴好，要把六条加吉鱼全部买下来。鱼贩在拴鱼的时候，赖掌柜叫鱼贩把其中一条鱼拿了出来。鱼贩不解地问为什么，赖掌柜告诉鱼贩："这条鱼一般人看不出来有毛病。"他指着鱼说："这条鱼一只眼睛后面发红，鱼鳍上的薄膜已经破损，说明这条鱼肚子里已经有了寄生虫。鱼鳃是暗紫色，说明这是一条病鱼。"鱼贩想自己贩鱼多年，从来没有这么仔细地观察过鱼，就把鱼肚子剖开，一看鱼肚子里果然有几条约两寸长的寄生虫。鱼贩非常佩服赖掌柜的眼力。

"明日倒"饭店在做鱼类菜品方面确实是行业中的佼佼者。比如，清蒸加吉鱼、清蒸冷水偏口鱼、绣球全鱼、糟溜鱼片、一鱼两吃、扒鱼腹等，都做得十分地道，味道鲜美，回味无穷。福山之所以被誉为"中国鲁菜之乡"，就是因为福山从古至今就有一批鲁菜大师在努力着。

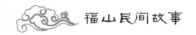

清洋河和高谷河的传说

很久以前，高疃镇周围没有河流和泉水，后来有了义井河、高谷河、清洋河以及许多泉水，这些河流和泉水养育着福山人。这些河流的由来都有美丽的传说，清洋河和高谷河也不例外。

传说，白娘子和小青在高疃镇周围修炼时，留下了清洋河和高谷河。过去高疃镇周围没有河流，只有马山、猪山、隆山、疋山、神仙顶、崮岝山、牛山、天鼓岭等山川。青蛇和白蛇在胶东半岛找了半天，也没有找到可以修炼的地方。这天，她俩来到高疃周围一看，这里山山相连，花草树木遍地，是个修炼的好地方，她俩就在这住下来开始修炼。当时白蛇和青蛇就剩下和人类接触的功课没有修炼好，她俩就白天出来修炼，夜里藏在山里。一天，白蛇和青蛇幻化成两个女孩，在高疃镇里溜达，看到一个村妇背着一个大孩子，还有一个小孩子在旁边跟着走。白蛇和青蛇觉得很奇怪，就问村妇为什么背着大孩子，让小孩子跟着走。村妇告诉她俩，大孩子父母双亡，是自己收养的别人的孩子。为了让这个孤儿感受到关爱，就对他好一点。白蛇和青蛇都十分感动。白蛇和青蛇继续在村里溜达，青蛇告诉白蛇，要试一试高疃人是否善良。青蛇就把一条围巾丢在街上，要看看捡到围巾的人怎么处理。她俩躲在远处看着。这时来了一个姑娘，看到围巾就捡了起来，高喊"谁的围巾丢了"。她连着喊了几声也没有人回应，姑娘就把围巾系在树枝上走了。白蛇和青蛇赶快追上姑娘，青蛇问姑娘没有找到围巾的主人，为什么不自己留下。姑娘告诉她俩，围巾是别人的，自己不能占为己有。高疃人拾金不昧，她俩十分佩服。青蛇问姑娘为什么把围巾系在树上，姑娘告诉她，如果失主回来找围巾就能看到。白蛇和青蛇继续在村里溜达，过了几个时辰，她俩回来看到围巾还系在树上。

青蛇拿下围巾，继续和白蛇在村里溜达，看到一户人家敞着大门，她俩以讨水喝的名义进到院里，一看是捡到围巾的那个姑娘。姑娘把她俩请进屋里，姑娘的母亲正在给公公喂饭，姑娘告诉她俩，母亲和自己天天给爷爷喂饭，已经好几年了。白蛇和青蛇过了一会儿就出来了，姑娘出来送送她俩，青蛇问姑娘："村里人都怎么孝顺吗？"姑娘说："村民都非常孝顺老人，爱护儿童。"白蛇和青蛇都觉得高疃人十分善良，青蛇就把围巾送给了姑娘做纪念。

白蛇和青蛇在高疃修炼了许多天。这天她俩来到村子南面，见到一户人家在盖房子上大梁，有许多人在干活，青蛇说："看来这户人家很有钱，盖房子雇了这么多人。"白蛇就问干活的人："一天给多少工钱？"那人笑了，他说："高疃这里盖房子，家家户户都是自愿来帮忙。"这时盖房上梁的仪式开始了，木匠和瓦匠开始上梁，他们唱着："上梁大吉四邻笑，一步一个大元宝；上梁上梁把脚翘，一斗饽饽一斗糕……"这时，主人为了感谢村民帮忙盖房子，开始分发糖果和饽饽，让大家分享喜庆。白蛇和青蛇看到高疃人团结友爱、互帮互助非常高兴，并且认为在高疃一定能修炼好，将来过上人间的美好生活。

转眼间，白蛇和青蛇的内外功夫修炼成功。青蛇看到高疃人的幸福生活，有了在人间成婚的念头。青蛇问白蛇将来要找个什么样的女婿，白蛇告诉她，要向高疃人学习，知恩图报，要和当初救过自己命的许仙结婚。白蛇问青蛇有什么打算，青蛇说高疃人心地善良，助人为乐，民风淳朴，娶在高疃选女婿。白蛇非常赞同青蛇的想法，她俩想，高疃这里、那里都挺好，就是没有河流。白蛇告诉青蛇："咱们修炼多年已经有了法力，为了答谢高疃人，我们为这个地方造出河流来吧。"就这样白蛇和青蛇开始为高疃造河。

夜里，人们感到地动山摇，听到山里隆隆作响，早上人们起来听到了哗哗的水声。人们循着水声找去，在山边看到了两条河流，河水清澈见底，甘甜可口。因为河流是白蛇和青蛇造的，所以各自取了"白"字和"青"字命名，一条叫白洋河，一条叫清（青）洋河。后来因为邻县也有一条河叫白洋河，就把白洋河更名为高谷河。高谷河和清洋河确实造福了福山人，更造福了高疃人。为了感谢白蛇和青蛇，过去每年二月二，高疃人都要到河边祭祀。

清洋河成了福山人的母亲河，世世代代养育着福山人。高疃镇也成了山美、水美、人更美的人间天堂。

望海岭的由来

在高疃镇曲家村南边，有处大水湾，人们称之为"凉水湾"。据说，很早以前凉水湾里有两条龙王，一条是好龙王（俗称李龙王），一条是坏龙王。坏龙王是东海龙王敖广之子敖隆（俗称傲龙）。傲龙因为犯了天规，被玉皇大帝贬到凉水湾里思过，并由李龙王监督。

传说，傲龙常常在东海兴风作浪，掀翻渔船，吃掉落水的渔民。渔民叫苦连天，死亡渔民的魂魄纷纷去玉皇大帝那里状告傲龙。玉皇大帝把傲龙打了一百大板，贬到凉水湾里思过，并委派李龙王来监督傲龙。傲龙来到凉水湾时已是遍体鳞伤。李龙王为它疗好了伤，并告诉他要悔改思过，为凉水湾周围的人多做好事，将来就可以回到东海。

起初，傲龙表现得还挺好，对李龙王言听计从，也守规矩，旱天的时候还为当地人行雨。李龙王看傲龙有悔改的表现，加上傲龙想念家乡东海，他就告诉傲龙，只要好好思过，为当地人造福，就领着他到北大成山上看看东海。当时傲龙还没有远距离飞行的本事，李龙王就教它学习飞行。一次，凉水湾周围近百天没下雨，李龙王就和傲龙一起为当地人行雨，使当地解除了干旱，村民的庄稼有了好的收成。还有一次，两个孩童在凉水湾戏水，一个不慎滑进湾里，另一个想把落水的孩童拉上岸，可是二人双双落水。李龙王和傲龙一起把两个孩童托上了岸。孩童回家后把此事告诉了家人，孩童的家人就到凉水湾答谢李龙王和傲龙。他们在凉水湾边上摆放了鸡鸭鱼肉、水果和饽饽等贡品，嘴里念叨着"谢谢神灵搭救"。然后，他们往曲家村走去，走出了十几米远，突然听到凉水湾里的水哗哗作响。他们回头一看，凉水湾里有两条龙在游动，凉水湾里的水慢慢旋转，放出五颜六色的光芒，非常好看。回村后他们就告诉其他村民，凉水湾里住着两条龙王。

之后，人们逢年过节就到凉水湾祭祀两条龙王。傲龙看到村民很尊重他和李龙王，常常给他俩供奉好东西吃，就有点沾沾自喜。这期间傲龙已经能远距离飞行了，他整天缠着李龙王，要李龙王带他到北大成山上看看老家东海。李龙王动了善心，就请示了玉皇大帝，得到了玉皇大帝的批准，就带着傲龙来到北大成山上。早上，他俩看到太阳在大海里冉冉升起，船舶在海里慢慢航行。他俩往山下一看，凉水湾周围一片片金黄色的麦子就要收获了。李龙王告诉傲龙，麦收季节村民就怕下大雨，那几天一定要千方百计地把大雨驱赶走，让村民好好地收获麦子，傲龙高高兴兴地答应了。这天李龙王带着傲龙在高瞳附近好好玩了玩，可是，傲龙从北大成山回来后就慢慢地变了。在麦收的季节，他不和李龙王一起驱赶大雨，麦收结束了庄稼需要雨水，傲龙也不帮忙行雨，整天练习远距离飞行的功夫。傲龙背着李龙王偷吃了村民的一匹马和几头猪，还想偷偷地回到东海。可是，李龙王没有发现傲龙的心事。俗话说，若要人不知，除非己莫为。玉皇大帝早就知道了傲龙的事，就安排雷公看着它。这天，天上乌云滚滚，眼看就要大雨倾盆，可是庄稼不需要雨，一直下雨会涝死庄稼。于是，李龙王叫傲龙一起去驱赶大雨。傲龙告诉李龙王，让李龙王先行一步，他一会儿就到，李龙王就先上天去阻挡大雨的到来。

傲龙一看机会来了，可以借着大雨逃回东海。李龙王在空中驱赶大雨，傲龙就收拢大雨，傲龙和李龙王对着干。李龙王一看是傲龙在呼风唤雨，就到北大成山上规劝傲龙，告诉他这样会影响当地村民的生活。傲龙和李龙王彻底翻了脸，气势汹汹的，就是要下大雨，自己要借着雨的力量回到东海。

这时，天上电闪雷鸣、大雨滂沱，傲龙腾空而起想要飞走，李龙王就来阻挡傲龙。此时，村民看到北大成山上空有两条巨龙上下翻滚着打斗在一起，他俩一会儿在空中搏斗，一会儿在北大成山厮打。他俩打斗了十几个回合，一条龙（李龙王）败了落在北大成山上，一条龙（傲龙）赢了飞向了空中。雷公一看傲龙要逃回东海，就连降三个霹雷，把傲龙炸成了几块，傲龙的头落在了隆口村的山上，肚子里吃的那匹马落在了高疃的山里，吃的那几头猪落在了上疋山夼村的山上，傲龙的龙甲落在了邹格庄的山上，就这样雷公把傲龙的身体粉碎了，把他的魂魄捉到了天宫。后来高疃周围就有了龙口石、马山、猪山、龙甲石等山石和山。

再说说李龙王吧。李龙王受伤后，村民看到他在一阵风和雨的作用下回到了凉水湾，夜里高疃人都做了一个梦，玉皇大帝告诉高疃人，这里要下三天小雨，来帮助李龙王恢复体力，永保高疃人幸福平安，风调雨顺。善良的高疃人，特别是曲家村的人，就到凉水湾祭拜李龙王，还在曲家村的山上盖了龙王庙。

后来，村民在北大成山上常常看到一条像龙的云彩，摇摇摆摆地向东面望去，人们猜想这可能是傲龙幻化成的。此后，村民也把北大成山叫作"望海岭"。

福山与土龙

福山是福山区命名的依据和标志。传说，古代福山上有条土龙，世世代代保佑福山人过着美好幸福的生活。

据说，之前福山城西村有个王老汉，常常到福山上砍柴。这天，他在福山上发现了一棵大树，树根像龙爪子似的抓在地上。他想，这回不用到处找柴火砍了，他拿起斧子就砍树根，发现树根里面是红色。王老汉砍了一会儿累了，就坐在那里抽老旱烟，转眼一看砍下的树根没有了，自己接回到树上。王老汉正在纳闷，这时，福山西面上夼村的安老汉上山来，也发现这里多了一棵大树。他觉得，像这样百年才能长成的大树，几天工夫就出现在这里不太可能。二人一照面，王老汉就惊讶地对安老汉说："这里真邪道，我砍的树根忽然不见了。"安老汉问王老汉："在哪里砍的？"王老汉指指被砍的地方说："就在这里。"安老汉看了看确实有缺口，他用手扒了扒被砍的树根，却怎么也扒不下来。二人互相看了看，安老汉对王老汉说："这棵树不是一般的树，不要再伤害它了。"王老汉心里也犯了嘀咕，就答应了，到别处砍柴去了。王老汉走了，安老汉看了看被砍的树根，真是遍体鳞伤，他就用许多土把被砍的树根盖了起来，累得气喘吁吁。他靠在树下歇歇，不知不觉就睡了过去，他在梦中听到北海龙王和福山土龙的对话。福山土龙告诉北海龙王："今天出来现身接了玉帝的圣旨。"北海龙王问福山土龙为什么精神不振，土龙告诉它："刚才我的后爪被王老汉砍伤了。"龙王看了看土龙的伤口说："确实伤得不轻，你为什么不把他踢开。"土龙回答："王老汉不是故意要伤害我的，再说王老汉是个好人，他卖柴火总是晒得干干的，从来不骗人，还将柴火送给没有能力打柴的老人。王老汉勤劳又善良，我们怎么能伤害他呢？"龙王点点头说："对对对，这种人咱不能伤害。"土龙又说："幸亏安老汉给我包好了伤口，他也是个大好人，他做的好事比王老汉做的还多。"北海龙王又说："早就听说福山人心眼好，听老弟这么一说还确实如此。"听到二龙的对话和对自己的评价，安老汉醒来后十分高兴。这时，王老汉急火火地过来告诉安老汉，他也听到了二龙的对话，安老汉一听他说的和自己听见的一样。二人讨论起福山土龙现身的事，回头一看大树不见了，二人就知道大树确实是土龙的化身。二人回去告诉人们，福山上有土龙，能保佑福山人平安，以后要好好保护福山上的一草一木。土龙知道人们做的好事和坏事，要多做好事，才能一生平安。

从这以后，安老汉和王老汉常常到福山上拜土龙。一天夜里，安老汉梦见土龙告诉他，蓬莱西面的海里有一条得了狂病的龙，搅得海里波涛汹涌，海水淹没了许多村庄。土龙要到福山西边挡住海水，保护福山不被海水淹没。土龙在挡洪水的时候卷出了一排大山，就是现在从磁山到福山的好几个山岗，最终福山人都平安无事。

王老汉、安老汉和村民一起在山上盖了一座龙王庙来感谢土龙的贡献。在土龙的保护下，福山年年风调雨顺，五谷丰登。

把过石的故事

"把过"是一种儿童的玩具，是用石头、果核和骨头等制作的。福山把骨头制作的叫"把过骨"，玩的时候叫"拾八骨"；把石头制作的叫"把过石"；把桃核和山核桃制作的叫"把过核"。把过骨、把过石、把过核统称"把过"。把过骨是猪前腿膝关节处一块"八"字形的小骨头，非常光滑，福山叫"八骨"或"把过"。一般三至五个为一副，其中一个用靛红染成红色叫红八骨。玩的时候，把所有八骨撒在地上，手拿红八骨抛向空中，与此同时抓起地上的八骨，再迅速接住抛出的红八骨，一次拿起的八骨越多越好。比赛的时候只要有一次没有抓起其他八骨或没有接住红八骨就视为失败，让其他人继续玩。用小的石头和山核桃等制作的把过也是同样的玩法。此游戏可以几个小朋友一起玩，也可以自己玩，是小女孩特别爱玩的游戏。

福山有个巨大的把过石。大顶山半山腰的山崖上，有一块巨石，当地俗称"把过"石。该石直径约三米半，自然天成，无雕琢痕迹。现在，巨石尚在，人们爬上石崖凭一人之力可使巨石摇动，但多人一齐却不能将巨石移动，可谓奇观。

把过石的由来

传说，很早以前大顶山上非常漂亮，山花烂漫，百果飘香。山西面有清洋河为伴，山顶平坦，是人们游玩的好地方。春暖花开的季节，天宫的七个仙女偷偷来到大顶山上游玩。她们看到福山人都安居乐业，幸福美满地生活着，觉得福山是福地。七个仙女玩累了，小妹就拿出把过石来拾把过，姐妹们就玩了起来。有个村姑看到她们玩的拾把过游戏非常好玩，就一边学一边玩了起来。就在她们玩得正热闹的时候，玉皇大帝得知了七仙女私自下凡的事，怪罪王母娘娘没有看管好七仙女。无奈之下，王母娘娘派天神下凡催促七仙女回天宫。七仙女是神仙，她们知道天神快要到了，就好意告诉村姑快回家吧。村姑不知道内情，还不愿意回家。就在这时，天神带着电闪雷鸣下来了，七仙女中的大姐怕伤到村姑，就轻轻地推了村姑一把，村姑不知不觉间到了半山腰。村姑抬头看见七仙女伴着云雾升上了天空，接着村姑听到天空中传来了七妹的声音，七妹喊着："有颗把过石没有拿回来。"她要回来取的时候，天神就把小小的把过石变成了巨石。七妹放弃了，七仙女回到了天宫。

村姑回过神来一看，自己玩过的小石子变成了巨石。村姑回到村里，告诉村民大顶山上多了块把过石，村民们上山一看，果然如此。后来村姑就教孩子们拾把过，从此人间就有了拾把过的游戏。七妹回到天宫后，常常偷偷来福山看她的把过石。后来，七妹遇见了董郎，就私订终身嫁给了董郎。玉皇大帝认为七妹私自下凡都是把过石惹的祸，就想派雷公把把过石劈碎。王母娘娘制止了，她告诉玉皇大帝福山人非常善良，留着把过石给福山人保平安吧，将来众神仙下凡也有个落脚的地方，就这样把过石一直留在了福山。

把过石救人

传说，大顶山下一个村庄中的一个妇人的丈夫死了不久后，她的肚子却一天天地大起来了。村里的人认为是她不守贞节，对她严加审问。寡妇说："我没有和如何男人有染，肚子里的孩子是丈夫的。"族中人不信，就对寡妇动用了族规，把寡妇打得死去活来。寡妇无奈，跑到大顶山上，想在把过石上撞死，以证明自己是清白的。寡妇跑着向把过石撞去，却毫发无伤。一个放牛的老汉看到了，觉得寡妇肯定一命呜呼了，后来却发现寡妇竟然没受伤，就感到蹊跷。他想起之前自己的一头牛惊了，撞在把过石上就死了。老汉劝说寡妇："不管遇到什么难事也不能去死，今天是神仙保佑你没有死，肯定会有人还你清白的，快回家吧。"寡妇哭哭啼啼地回了家，她还在想，人倒霉了喝凉水都塞牙，死都死不成。寡妇回家后还在想怎么自杀。老汉劝走寡妇后，就坐在把过石旁边歇歇，听见把过石里传出了歌谣：把过石，把过石，把过石儿能救命；还请老汉回村去，证明寡妇清白身。老汉一听知道了寡妇是清白的，神仙让自己回村证明寡妇的清白，老汉就把回去发生的一切告诉了尊长。无巧不成书，村里来了郎中，尊长就让郎中为寡妇诊脉，最后诊断结果是，寡妇在她丈夫在世前就已经有孕了。尊长向寡妇赔礼道歉，寡妇高高兴兴地回家了。

八脚奶奶与巴家寨地名的故事

传说，很早以前，巴家寨村并没有名字，只是一个十几户人家散居的地方，因为住户少，人也少。住户常常被欺负，没有女人再愿意嫁过来。一年，有两个女人逃荒来到这里居住，一个是老婆婆，一个是个女孩。女孩不到十六岁老婆婆就死了，就剩下女孩孤苦伶仃地生活着。女孩举目无亲，有人还想占她的便宜，但都被女孩制服了，谁也不知道女孩有高超的武功。后来，在村民的撮合下女孩嫁给了巴姓小伙为妻。过去女孩没有名字，婚后村里的人都叫她"巴家媳妇"。几年后，巴家媳妇有了三个儿子，巴家媳妇偷偷教儿子武术，后来她丈夫也跟着学了起来。

一次，村里来了三个盗贼，村民大声呼救，巴家媳妇两三下就制服了盗贼。村民才知道巴家媳妇会武功。盗贼头目找到巴家媳妇说，想和巴家媳妇比比武术，如果自己赢了，不许巴家媳妇管他们的事，如果输了，从此不踏进村里半步。巴家媳妇对盗贼说："你一个人来不顶事，三五个也白搭，快走吧，老老实实做人才是本事。"村民都为巴家媳妇捏了一把汗，觉得一个女子怎么敢和盗贼说这样的话。盗贼头目也觉得巴家媳妇说话太狂，就和巴家媳妇比试起来，几个回合下来，盗贼头目还不知道怎么回事，就被巴家媳妇仰面朝天摔了好几次。盗贼头目问巴家媳妇："我回去选三个人，一起回来继续比试行不行？"巴家媳妇说："再加上两个也没有问题。"盗贼头目走了，村民和巴家媳妇的家人都说："她不能这样和盗贼比，如果输了怎么办？"巴家媳妇说："不用担心，盗贼的功夫是锅台后的拳脚，没有经过大场面。我干娘是沧州第一女子功夫高手，我这是沧州祖传的功夫，打他们几个绰绰有余。"

　　盗贼头目领着喽啰们来了，五六个彪形大汉像一群狼一样扑向巴家媳妇。只见盗贼们纷纷倒地，巴家媳妇毫发无损。第二个回合，盗贼们又被巴家媳妇打了个落花流水。按照比武规矩，两局获胜就已经决定了胜负，可是盗贼们还是继续往上扑，巴家媳妇继续大展拳脚。武术行当有句话，"手是两扇门，全靠脚打人"。巴家媳妇用旋风脚踹倒了一个盗贼，用二踢脚踢倒了一个盗贼，用仙鹤脚蹬倒了一个盗贼，用空中双鹰脚踹倒了一个盗贼，用罗汉脚蹬倒了一个盗贼，最后来了一个猛虎扑食脚踏在盗贼头目身上，六个盗贼都躺在了地上。可笑的是，盗贼们起来有的胳膊不能动了，有的腿不能动了，巴家媳妇把他们胳膊和腿的穴道点死了。盗贼头目低头请求巴家媳妇把他们的穴道点开，并表示今后不会再骚扰村民。巴家媳妇给他们解开了穴道，盗贼头目对巴家媳妇说："女侠真是有八只脚，脚下功夫了得，脚脚不落空，确实是大师。"几个盗贼觉得他们的头目什么本事也没有，还不如一个女人，就要拜巴家媳妇为师。巴家媳妇告诉他们："如果他们能改邪归正，好好劳动，就收他们为徒弟。"盗贼头目也同意归顺巴家媳妇，就这样他们在这里安了家。通过巴家媳妇的教育，他们不再为非作歹，在这里开荒种地，安心劳动。后来，巴家媳妇开始教他们武功，并告诉他们，习武一是为了强身健体，二是为了防身和看家护院。许多邻居也跟着巴家媳妇学习武功，从此，这里几乎人人都会点武功。徒弟们看着巴家媳妇脚下功夫高超，就给巴家媳妇起了个外号"八脚师傅"。这里的人会了武功，就没有人敢再欺负他们，巴家媳妇成了这里的山寨寨主。许多人觉得这里安全纷纷来此居住，山寨的人越来越多。

　　巴家媳妇慢慢老了，儿孙满堂。大家都叫她八脚奶奶或巴家奶奶。因为巴家奶奶是这里的功臣，大家都同意给这里取名为"巴家寨"。

永福园村的三块石板

相传，福山城北的永福园村很早以前是一片沼泽地，后来这里的水变少了，建起了韩家岛、潘家岛、胡家岛三个自然村，在唐光启年间合并为一个大村。村南有两株古槐树，村东有清乾隆年间修建的初氏家庙。

永福园村主街上有三块石板，得几个人才能搬动。村子北临黄海，东靠大沽夹河，离产石头的地方有十几千米，那这三块石板是怎么来的呢？

传说，玉皇大帝和众神下凡游玩，在福山城里赶福山大集。这时，一个老汉来到卖拉面的摊上，向摊主还吃面的钱。摊主说："老汉，您是吃的我的面条吗？我怎么不记得了。"老汉告诉他："我去年吃面忘了给钱就走了，后来我外出一年，现在才回来，真不好意思。"老汉说着就拿出来钱来给了摊主，说下次还要再来吃面。玉皇大帝把这一切全看在眼里，众神都说："福山人真讲诚信。"玉皇大帝他们发现这里有几个相似的小岛村，村民出入沼泽地很不方便，如果几个小村连起来，就能兴旺发达。玉皇大帝他们跟着老汉来到他家，老汉告诉他们自己姓初。玉皇大帝问这里的人怎么样，老初就告诉玉皇大帝，几个村的人都心地善良，十分讲诚信。玉皇大帝问老初，几个村有没有什么困难？老初就说，就是村与村之间的来往最困难，因为这里之前是沼泽地，水坑较多，要是村与村之间有石桥就好了。玉皇大帝告诉老初，这里的人心眼好，以后会有的。老初听后想：这里盖房子得到十几千米外弄石头，谁能弄来石头修桥呢？老初没把他们的话当真。

夜里老初和村里许多人听到外面隆隆作响。天亮后，老初和村民看到村与村之间用大石板连接了起来。后来三个小岛村出入方便，几个小岛村越来越富裕，最后连成了一个大村，取名为永福园村。

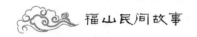

百店子街的故事

　　清朝末年，福山有条繁华的商业街，叫百店子街，位于夹河西岸，连续下雨夹河就会发洪水，泥泞的街道就会影响店铺生意。为了解决这一难题，商铺业主在商户联户会的组织协调下，打算砌店铺门前的石台阶。

　　商户联户会是百店子街店铺的业主自发成立的组织。联户会负责商铺的买卖纷争、雇工介绍、店铺租赁、契约代写、借款担保，还监督欺行霸市、哄抬物价和纳税等事情。联户会里有个姓盛的负责人，人称盛三爷。他为人正直，心眼好，办事痛快，公平合理。盛三爷办事非常精明，许多人解决不了的难题，他都能妥善处理，在商铺业主中有较高的声誉。清同治元年夏天，福山县大雨连绵，夹河水上涨，城里街上的水从东门流出，经过北店子街向北流进护城河入夹河。这样一来在大雨连绵的日子里，北店子街就成了汪洋一片，店铺无法做生意了，联户会和盛三爷商量解决这个多年来的老大难问题。联户会最后决定，各商铺共同出钱和出工统一砌店铺门前的石台阶。这项任务就落到了盛三爷肩上，盛三爷和联户会一起根据各店铺情况制作了商铺出资和出工明细表，贴在了百店子街的几个醒目之处公示。上面写着：为了解决雨天商铺门前积水的问题，联户会决定由商铺共同出资和出工在百店子街两边各砌三级石台阶，联户会推举商铺代表监督施工，商户代表和各店铺出资和出工情况公示如下，有异议者五日内到联户会议事。

　　公示贴出后，商铺业主们纷纷表示赞同。他们认为，百店子街两边砌上石台阶后，阴雨天方便顾客行走，自己也方便，家家店铺相连也方便做生意。这是一件为百店子街造福的事，商铺业主们都相互转告准备资金等待开工。很快联户会收到了商铺业主的资金，盛三爷预定了石条。但是有四家商铺没有出资，一家是在外地有生意，一家是家里有人在县衙当差，一家是在城里街有买卖，还有一家是一贯不道德经商，这家业主做事总是斤斤计较，外号刘斤斤。刘斤斤不但不愿意出资砌石台阶，还串通那三家也不出资，联户会和盛三爷多次登门劝说这四家出资，可是他们成了铁公鸡，一毛不拔。

这天盛三爷送了请柬要宴请这四位业主吃饭，再次劝说他们出资砌石台阶。盛三爷来到福山东门外的布衣馆饭店等着四位的到来。布衣馆饭店在当地很有名，做正宗鲁菜还包办酒席。掌柜和盛三爷非常熟悉，但这天掌柜不在店里，饭店来了一个新伙计，伙计不认识盛三爷，就殷勤地问盛三爷："先生，点什么菜？"盛三爷说："不着急，客人还没有到。"快到了饭点，伙计又问盛三爷点什么菜，盛三爷还是告诉伙计不着急。中午饭点已过，盛三爷见那四位还是没有来，就气得抽起了旱烟袋。食客基本上都离去了，伙计忙活得差不多了，就又过来问盛三爷点什么菜，盛三爷说再等等吧。盛三爷想：一定是刘斤斤串通了那几个人故意不来，他们还是不想出资。最后饭店里只剩下了盛三爷一个客人，伙计又来问点什么菜，盛三爷本来就窝着一肚子火，伙计还说盛三爷不吃饭来喝不花钱的茶水，盛三爷更是气上加气，就要为难为难这个伙计。盛三爷告诉伙计点一盘"请客不到"、一盘"窝心菜"、一盘四个"横行没有腿"和一盘"老辣菜"。伙计从来没有听说过这四道菜，就急急忙忙找堂头问问这都是什么菜，堂头也不知道都是什么菜，堂头就又去找大厨。大厨也不知道是什么菜，就更不知道怎么做了。这时，百店子街溢香园烧肉铺的韩掌柜来订货，见到堂头和大厨正在讨论这些菜，就告诉他们第一个菜请客不到，那就是干费心，切一盘猪肝、猪肺、猪心就可以了。这时饭店掌柜回来了，他看了看剩下的三个菜，告诉堂头和大厨："窝心菜就是大蒜泥。俗话说，韭菜辣麻筋，辣椒辣嘴，大蒜辣心，大蒜吃多了就窝心地辣。看后两个菜名一定是有人怠慢了点菜的人，我去和他聊聊再决定做什么菜。"他叫大厨切好了猪肝、猪肺、猪心，捣好了大蒜泥，亲自端了出来。掌柜一看是盛三爷，二人客套一番话后，掌柜问盛三爷是谁惹恼了他，盛三爷给他讲了四个人不出资的事。掌柜一听茅塞顿开，知道了四个"横行没有腿"是去掉腿的螃蟹，"老辣菜"是老姜，盛三爷把四个不出资的人看成了横行的螃蟹，但姜还是老的辣，盛三爷终会解决这个问题。掌柜拿了一壶好酒，二人一边喝酒，一边合计怎么整治那四个人。二人把菜吃完了，酒也喝完了，没有腿的螃蟹和老姜也端上了桌。盛三爷让掌柜和他一起演个双簧，盛三爷叫掌柜把螃蟹和老姜包成四份，盛三爷分别送到了那四个人家里，然后回到了联户会。盛三爷走后，掌柜就到这四家去串门，顺便问问盛三爷来干什么，家家都拿出了没有腿的螃蟹，疑惑地说："不知道盛三爷是什么意思。"掌柜就说："你家不出资砌石台阶，得罪了联户会和盛三爷，将来联户会和盛三爷不会再出面帮你们解决生意上的难事。再者你们不砌石台阶，夏天门前水汪汪的也影响生意，这不是和螃蟹一样没有腿寸步难行吗？"说完掌柜走了。有两家觉得掌柜说的有道理，就找到掌柜让他帮忙说情到联户会交了钱，刘斤斤和那家家里有人在官府当差的还是没有交钱。联户会和盛三爷没有因为那两家没交钱而耽误砌石台阶的时间。

在联户会的统一指挥下，福山高瞳的石匠就在百店子街上热火朝天地干了起来。为了不影响商铺白天做生意，石匠晚上点着灯笼、火把施工，因为资金充足，安排得当，工程很快就收尾了。东门外由于地势高，当初没有砌石台阶的计划，这里店铺的业主看到百店子街商铺的门前砌了石台阶，门前整洁美观，又方便顾客出入，自己也方便，布衣馆掌柜就出面找到联户会和盛三爷协调，要在东门外的商铺门前也砌上石台阶。几天时间，百店子街和东门外店铺的门前都砌好了石台阶，真是焕然一新。但是那两家没有出资的店铺门前还是老样子。许多店铺得知那两家没有出资砌石台阶，都认为他俩自私自利，不愿意和他们做生意。石台阶砌好后没几天就大雨倾盆。夹河水上涨，护城河满槽，百店子街上排水不畅，因为大多数店铺修好了石台阶，一点也没有影响做生意。可是没有出资的那两家却遭了殃，门前水汪汪一片，人们走到他们店铺门前就成了断头路，许多人都说他们两家是缺德商铺。雨天过后他们两家也是门庭冷落，这真是自作自受呀。

又是个下雨天，福山县衙来了个州官。他早就听说福山县城外面有条商业街叫百店子街，很热闹，想到此处看看。县官看着下雨就说改天去看看，州官说下雨不要紧，咱们有雨伞，就这样州官和县官一行出了东门，在东门外看到家家商铺门前都有石台阶，被雨水冲刷得干干净净，雨天行走方便，叫人看着心里也舒服。州官他们在百店子街上沿着石台阶走走看看，当走过了许多家商铺时，联户会盛三爷也出来迎接。盛三爷向州官他们介绍了砌石台阶的情况，然后来到了那个没有砌石台阶的店铺门前，那里成了断头路，门前一片水汪汪的。州官问："这家为什么没有砌石台阶？"盛三爷说："这家有个人在县衙干活，觉得自己了不起，联户会把他家用的石条都买来了，他家就是不出资修石台阶。"县官一听很恼火，问盛三爷他家那个在县衙干活的叫什么名字，县官说："我怎么不记得县衙里有这个人？"有个差人说："这个人在县衙后院种菜。"州官他们折回去走了。县官回到县衙找到那个人，对他说："砌石台阶是方便自己也是方便大家的好事，你家明明有钱就是不出资修砌真是太不道德了。命令你家向联户会交两倍砌石台阶的费用，如果不交就不允许你继续在后院种菜，快回去办理吧。"盛三爷一看他交了两倍的费用喜出望外，他趁热打铁，来到县衙把刘斤斤的事禀报了县官。县官叫师爷写了一封公文，命刘斤斤三日内交齐两倍砌石台阶的费用，一年内税赋也交两倍，否则交由县衙法办。刘斤斤一看公文，也老老实实交了砌石台阶的钱。在县官、联户会和盛三爷的共同努力下，百店子街商铺门前的石台阶都修好了。

后来，福山某村要开采一种石板石，到县衙办手续，县官得知后就到实地勘察，发现石板石质量很好，就批准开采。县官叫采石场把第一批石板石卖给百店子街联户会，要把百店子街的路面全用石板铺上，费用由县衙先行垫付。联户会和盛三爷得知后，就到每个商铺宣传和做工作，最后费用由商铺出一半，县衙出一半。之后，百店子街的店铺门前有石台阶，街是石板路面，干净整洁，焕然一新，方便了顾客，也增加了商铺生意。商铺为了感谢县衙和联户会，给他们送了牌匾，上面写着：功德无量，造福百姓。

刘家帐子村的传说

据《盐场村志》记载，刘家帐子村原为盐场村内的一个小自然村，位于盐场村东，村子原来叫刘家场。明朝洪武年间刘氏家族的一群人由江西彭城郡迁居盐场村，刘家场原来是盐场村刘氏家族的人打粮的场院，后来逐渐形成一个小的村落。因"场"与"帐"的韵母相同，故"刘家场"被口传为"刘家帐子"。

20世纪50年代初，刘家帐子村分为前街和后街（陈官庄）两个村，前街归盐场村管辖，后街归永福园村管辖。后来，前街和后街合并，统一归盐场村管辖，刘家帐子村从此消失。

传说，很久以前，有个老道路过刘家帐子村。老道又饥又渴，就问一位刘姓村民，能不能给他点吃的。善良的刘老汉满足了他的要求，老道吃饱喝足后，就对刘家人说："此村不能久住。"刘老汉说："这个村子存在了一百多年了，什么事也没有呀。"老道说："不信你慢慢看吧。"刘老汉问："为什么不能久住，你有什么依据吗？"老道说："第一个原因，该村位于洼地，而且街面高低不平，一下雨就会形成水沟，将前、后两街隔开，形成了分开的格局。第二个原因，村子南面正对着青龙山和芝阳山的山口。芝阳山俗称龟山，青龙山俗称龙山，村子冲着龟龙二口不能久远。第三个原因，村子北面正对着小河（柳子河），水气过旺会导致财气不旺。最后一个原因，村子叫刘家帐子，'刘'和'流'是谐音，'帐'和'长'是谐音。连起来就是'流家长子'。俗话说，'国有大臣，家有长子'。'流家长子'说明此村人丁不旺。"刘老汉反问："刘家帐子不是还可以理解成'留家长子'吗？"老道说："得是高处的村庄才行。"刘老汉说："请问道长，可有办法弥补吗？"老道说："可以弥补。由此向西五百步，就是建新村的好地方，可以把村子建在那里。"刘老汉记住了老道的话。

老道走后，刘老汉告诉了刘家帐子村的村民此村不能长住的原因以及建村子的新地方。刘老汉家先在新地方建了房子，之后，李、左、胡、曲、孙、王、周等姓氏的人也到新地方居住，慢慢地聚集成一个村落，取名盐场村。盐场村越来越大，后来该村的人比刘家帐子村的人还多。盐场村的村民和谐相处，互助友爱，村里出了许多名人。后来，刘家帐子村归了盐场村管辖。

宝马石和马石夼的由来

宝马石简称马石，位于福山城东南，龙王山南麓，旺远刘村西北马石夼。马石高9.5米，长6.5米，宽1.5米。马头长1.3米，宽1.1米。从远处望去，石头酷似马形，故名马石。夼随石名，称马石夼。龙王山南坡东大岭上有两个大石洞，民间把面朝东的称为西厢房，把面朝西的称为东厢房。东大岭下有个泉水潭，俗称黑龙潭。

传说，很久以前，东、西厢房住着两个猎手，东厢房住着巴忠义，西厢房住着刘传气。有意思的是，两个人名字的最后一个字合在一起组成"义气"一词。因此，二人结为兄弟，并在龙王庙里立下誓言，说要有福同享，有难同当。于是，二人经常一起打猎、捕鱼，喝酒吃肉，也常住在一起。

巴忠义和刘传气各有一匹马，用来进山打猎。巴忠义的马是白马，刘传气的马是黑马。巴忠义是个彪形大汉，为人忠厚老实，也讲义气。刘传气个头不高，心眼挺多，但爱贪图小利。巴忠义和刘传气在一起打猎，总是巴忠义出力多，刘传气爱耍小聪明，常常让巴忠义用马驮着自己的猎物。冬天到了，要买兽皮御寒，刘传气就指使巴忠义去买，自己在家享清闲。他在家炖肉总是先把好的吃了，只给巴忠义留些骨头和汤。

一次二人在龙王山上打猎，发现了一些木灵芝，就采了回来，打算到集市上卖掉。以往二人都是五五分成，这次因为是刘传气先发现的，巴忠义告诉他，出售后二人可以四六分成。刘传气偏偏要三七分成，自己得大头。巴忠义还是答应了他，没有和他计较。平时巴忠义还为刘传气制作弓箭、喂马、修理马鞍等，刘传气都心安理得地接受。

巴忠义的白马通人性，它好像知道刘传气对巴忠义不厚道。有几次刘传气想骑着白马到县城赶集，白马就是不听他使唤，他一靠近白马，白马就踢他，刘传气十分纳闷，不知道是怎么回事。巴忠义的白马是一匹宝马，三伏天跑百里不出汗。一天，刘传气想吃福山城里的包子，就让巴忠义骑着白马到城里买包子，巴忠义只用了一炷香的时间就回来了，刘传气便觉得白马是一匹宝马。巴忠义老实忠厚、诚信待人；而刘传气只知道索取，不知道回报。一次，刘传气中暑，巴忠义就冒着酷暑到山上为刘传气采药，并给他喂药、送饭，照顾了好几天，他的病才好。巴忠义上山打猎，还会把出售猎物的收入分给刘传气一份。巴忠义常常对刘传气说："我们兄弟一场，我能帮你就帮你，兄弟之间就是要互相照顾。"可是，刘传气还是自私自利，没有感恩之心。

一次，二人骑着马上山捕猎，巴忠义的白马总是跑在前面，刘传气的黑马总是被远远落在后面。刘传气不服就使劲抽打黑马，黑马好像对他产生了敌意，它又蹦又踢，就是不听他使唤。慢慢地黑马有了灵气。一天，刘传气自己上山打猎，见到一只肚子鼓鼓的母狼，行动非常缓慢，看样子马上就要产崽了。以往刘传气和巴忠义一起捕猎时，遇到怀孕的动物，巴忠义决不允许他捕猎。可现在只有刘传气一个人，他拉满了弓箭准备射杀母狼，而此时黑马突然大声嘶叫，母狼听到叫声逃走了。刘传气十分生气，他用鞭子使劲抽打黑马，说时迟，那时快，黑马前蹄跃起一丈高，把刘传气从马背上甩了下来。刘传气从地上缓缓站起来，拉住缰绳对黑马就是一顿暴打。黑马忍无可忍，狠狠地一甩头，把缰绳从刘传气手里挣脱，一溜烟跑了。刘传气一瘸一拐地走了半天才回到家。刘传气回到家看到巴忠义正在喂白马和黑马，他就用几条缰绳把黑马拴好，开始狠狠地抽打黑马。巴忠义阻止了他，并询问刘传气为什么抽打黑马，得知原因后，巴忠义就说刘传气不应该这样做。巴忠义说，动物也有怜悯之心，捕猎怀孕的动物太残忍了，黑马有灵性是好事，以后要善待黑马。可是，刘传气不理不睬没有吭声。巴忠义看到黑马的眼睛里含着泪水，觉得黑马十分可怜。

有一天，他俩又骑着马到山上捕猎，回来的时候，黑马总是赶不上白马，刘传气很生气就狠狠地抽打黑马。好不容易来到黑龙潭边上，巴忠义牵着白马到潭边饮水，刘传气也赶着黑马到潭边饮水，但黑马可能是因为受了委屈，就是不喝水。刘传气狠狠地抽打黑马，巴忠义看到黑马身上全是带血的汗水，元气大伤，如果不好好喂养，黑马可能就会死亡。于是，巴忠义狠狠地训斥了刘传气，可刘传气还是不理睬巴忠义说的话。黑马使劲地瞪着刘传气，巴忠义说："这就是你不善待黑马的结果。"还没有等巴忠义把话说完，刘传气就拿起一块大石头砸在了黑马头上，巴忠义根本来不及阻止。黑马的头鲜血直流，接着黑马一头撞向了刘传气，刘传气四脚朝天倒在了地上。黑马围着巴忠义转了一圈后，一头扎进了黑龙潭，再也没有上来。

刘传气的黑马没了，上山捕猎也不方便了，他就天天想着把巴忠义的白马弄到手。这天，天下着蒙蒙细雨，刘传气想，天气不好，巴忠义一定没有骑着马出门打猎，我该怎样得到巴忠义的白马呢？忽然，刘传气看到采来的草药里有许多断肠草，他想起人们常说，吃了断肠草，一步挪不了。刘传气计上心来，他把断肠草煮出药汁掺在酒里。刘传气自己提前喝下了解药，拿着酒和肉来到巴忠义家，说要请他喝酒。巴忠义想，兄弟今天挺大方，以往都吃我的、喝我的，今天竟然主动拿着酒和肉来找我。不承想，刘传气这是黄鼠狼给鸡拜年——没安好心。巴忠义把肉炒好，还炒了花生米。二人就要开始喝酒的时候，白马一个劲儿地叫，巴忠义出去抚摸着白马说："老伙计吃得饱饱的，还叫什么呀。"然后转身回到屋里。刘传气让巴忠义快坐下喝酒，二人一起干了一杯酒，还要继续喝，白马在外面大叫。

巴忠义两盅酒还没有喝完，断肠草就发挥了药力，一会儿工夫他就七窍流血，一命呜呼了。这时，白马的眼泪唰唰地流了下来，四只蹄子在地上乱扒。刘传气试了试，发现巴忠义已经没有呼吸了。他心中又怕又喜，怕的是为了得到白马自己杀了人，喜的是自己得到了白马。刘传气心想，趁着没人发现，快点离开这里吧。刘传气牵着白马从巴忠义家出来，他对白马说："白马，今后我就是你的主人了。"说完，他就骑上白马飞奔而去。白马扬起蹄子绕着龙王山转了一大圈，然后又来到龙王庙绕了三圈，最后白马来到黑龙潭。刘传气心里美滋滋的，觉得白马骑着稳当，速度飞快，真是匹宝马，自己终于如愿以偿了。他万万没有想到，自己的末日即将来临。这时，白马一个急刹，把刘传气甩进了黑龙潭，刘传气不会游泳，被淹死了。接着，白马跑到巴忠义住的山上，化成了一块马形巨石。

后来，村民们都叫这块石头"宝马石"，简称"马石"，把巨石所在的山吞称作"马石吞"。

美 食 故 事 篇

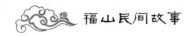

炒面的由来

相传，福山有很多人喜欢读书学习，经常到京城赶考。他们在赶考期间发生了许多有趣的故事，其中就有一个赶考的书生发明了炒面的故事。

传说，古时福山古现镇一个姓王的书生进京赶考，因为天气炎热，怕路上干粮发霉，临走的时候，母亲为他炸了许多馓子（油炸食品）在路上吃。这天王书生走到傍晚才找到一家客栈，他感到口干舌燥，嗓子像冒火一样。他把馓子拿出来，让客栈伙计帮他用水泡一泡。伙计把馓子拿到厨房，大师傅一看，就用菜汤给它泡了泡，王书生一尝觉得很好吃。王书生在路上一有机会，就把馓子用菜汤泡着吃，他觉得馓子泡着吃硬软合适，还十分方便，既有馓子的味道，还有蔬菜的鲜味。

王书生到了京城一家客栈，客栈里有几个也是赶考书生。在临近开考的前几天，那几个书生不复习功课经常外出，而王书生却一直在认真地复习功课。他听客栈的伙计说，那几个书生是出去贿赂考官的。王书生没有在意，还是继续复习功课。后来考榜公布，王书生名落孙山，他闷闷不乐地往家走，路上他遇到一个福山老乡，老乡得知王书生闷闷不乐的原因，就对王书生说："考官受贿，这世道不公平，毁了好学子的一生。没有考取功名不要紧，有文化干什么都是好样的。"二人越说越投机。老乡是在京城干厨师的，在老乡的鼓励下，王书生想回家当个厨师也挺好。二人回到家乡福山古现镇，在老乡的引荐下，王书生到了一家饭店做学徒。

因为王书生是个读书人，饭店的人都叫他王书生。他勤快肯干爱研究，把鲁菜招牌菜的选料、处理、制作等都记了下来。几年的工夫，王书生就成了优秀的厨师。掌柜看王书生是干饭店的好手，就开了一家分店让他打理。新饭店开张的那天在京城做厨师的老乡也前来祝贺,饭店取名"书生饭店",店面上挂的鎏金大字的牌匾是王书生自己写的,人人都夸他字写得好。店内挂着字画,摆着盆景,还在显眼的地方放着一个书案,笔墨纸砚齐全。很快饭店就顾客盈门,生意红火。

传说,福山炒面就是这家饭店误打误撞发明出来的。一次,饭店承办了宴席,因为临时调整,提前制作的面条就不上了。那时白面金贵,王书生想,夏天面条容易坏掉,他想起当年赶考吃的馓子(一种油炸食品)不容易发霉,他就让伙计就把面条炸熟了放在那里。说来也巧,半夜饭店被一群官兵敲开了门,他们的首领让王书生快快做饭给他们吃,王书生急中生智想起了泡馓子的方法。他和伙计一起煮了肉汤,把炸面条放在碗里,浇上肉汤即可食用。官兵们各个吃得很香,这样炒面的雏形就出来了。这种吃法过去在福山古现镇和八角乡非常流行,渔民出海捕鱼也经常这样吃,后来在胶东流行开了。

慢慢地,王书生研制了炒面的两种做法:一是冲汤炒面,先把面条炸好备用,浇上肉汤即可食用。这种方法制作的炒面是带汤的,方便快捷。面条又脆又香,年轻人很喜欢吃。二是煸炒的炒面,煮完肉汤再放入面条,使面条松软,煸炒到没有明显水分为止,然后装入盘内,另加一碗高汤,各人可以根据喜好自己加高汤食用。这种做法有点麻烦,适合老年人和小孩食用。王书生还在此基础上研制出了海鲜炒面,更是美味可口。过去海上(旧时指芝罘区)的有钱人,专门雇轿子、雇马车来福山城里吃炒面。在每年农历四月十八的福山"太平顶庙会"上,许多大连、天津、济南的客商都要尝尝福山的炒面。这真是,书生落榜开饭店,细心研究做炒面,小吃迎来八方客,身有文化前途远。

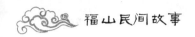

盘丝饼的故事

福山有一个民间故事，说的是四个年轻的秀才进京赶考，一路上游山玩水，不知不觉间来到福山古现。他们见到路边大槐树旁有一家饭店，门上挂着一块匾，上面写着：福山第一店，王懿荣题。四个秀才一看，觉得饭店真是好大的口气，就想为难为难饭店。没想到，他们非但没有为难住饭店，饭店还因为他们发明了盘丝饼。

四个秀才一进饭店，堂倌就上前热情地问："请问客官来点什么？"甲秀才说："我吃个皮打皮的小酒食。"乙秀才说："给我来个皮辊来打皮的酒菜。"丙秀才说："给我上个罗锅钻胡同。"丁秀才说："我点一个吹吹打打的面食。"堂倌把菜名逐个记在本子上，拿给了大厨，大厨一看是丈二和尚摸不着头脑，自己不仅不会做，而且从来也没有听说过这些菜名。大厨正在愁眉苦脸地琢磨这些菜应该怎么做的时候，掌柜进来了。她看到了大厨为难的样子，就问大厨是怎么回事，大厨把四个秀才要吃的东西告诉了掌柜，掌柜一听就说："小事一桩，福山第一店没有做不出来的菜。"她接着说："皮打皮的小酒食是猪耳朵，皮辊来打皮是猪尾巴，罗锅钻胡同是海米拌葱，吹吹打打的面食是把苞米片片放在热灰里烤烤。"大厨一听茅塞顿开："还是掌柜见多识广。"大厨一会儿就把菜做好了。

堂倌把做好的菜端上了八仙桌，四个秀才一看大吃一惊，这个"福山第一店"还真是名不虚传。甲秀才问堂倌菜是谁做的？堂倌说是掌柜指导大厨做的。四个秀才给了堂倌和饭店赏钱，堂倌高喊："四位爷赏钱一大串。"（旧时，许多行业得到了赏钱后，都会高喊出来，目的是让其他客人也给赏钱）接着秀才问堂倌掌柜有没有什么爱好，堂倌说："我们家掌柜琴棋书画、织布纺线、绣品剪纸样样拿手，而且远近闻名。"于是四个秀才告诉堂倌，说要见见掌柜，还要买掌柜的字画。

堂倌领着四个秀才来到了掌柜的书房，掌柜掀开门帘出来迎接，四个秀才吃了一惊。原来掌柜是位女性，年近四十，举止大方，彬彬有礼，优雅端庄。掌柜问："四位先生想要什么画？"甲秀才说："我要幅张生戏莺莺。"乙秀才说："我买吕布戏貂蝉。"丙秀才说："我来张梁山伯与祝英台。"丁秀才说："给我画张吕洞宾戏牡丹。"掌柜一听，四个秀才明明是在戏弄自己，就说："你们四人要的画我都卖完了，就剩下四郎探母这幅画了，你们如果想要，就拿走吧。"四个秀才一听顿时哑口无言，很长时间没有答上话来，就在他们要灰溜溜地走的时候，掌柜说："四位不着急的话，我作几幅画给你们看看，回头我请客。"四个秀才被掌柜将了一军，无奈只好留了下来。

掌柜画了四幅画，都是勉励四个秀才要努力学习、积极进取的寓意，四个秀才一看掌柜确实了不起。掌柜说："福山是鲁菜之乡，能人辈出，人要知道'天外有天，人外有人'的道理，好好学习，大家都能前途无量。掌柜又说："我请客，让你们尝尝我们的拿手菜。"

掌柜领着四个秀才来到雅间，还没有等他们坐下，掌柜就问四个秀才贵姓，甲秀才说："我有一棵大白菜，十人见了九人爱，教书先生添一画，又好插又好戴。"乙秀才说："老二不是个东西，不见大哥的面。"丙秀才说："我姓半边林靠半边地。"丁秀才说："我有一个字，四十八个头，学生问老师，老师也发愁。"掌柜一听笑着说："你们拿这些小儿科的东西来考我。那就请菊先生、况先生、杜先生、井先生上座吧。"四个秀才坐下后，都感叹掌柜确实才华横溢。乙秀才问掌柜贵姓，掌柜回答："一斗半，二斗半，三斗半，四斗半，说的是一石（十升为一斗，十斗为一石），可不是一担。"四个秀才一听，自己的姓字谜没有难住掌柜，反而被掌柜难住了。这时堂倌上来四道菜，有福山烧鸡、熟猪头扣肉、三元饼和全家福。掌柜告诉四个秀才："这四道菜是祝福四位仕途有成而准备的，一是大吉大利（烧鸡），二是鸿运当头（扣肉），三是连升三元（三元饼），四是全家福（福山也叫大件）。寓意是祝你们四位大吉大利,考取功名,连中三元,全家幸福圆满。"四个秀才连连道谢,掌柜问他们还想吃什么,他们说就吃福山大面吧,掌柜告诉堂倌准备八碗福山大面。这时,一个秀才笑着对掌柜说:"大面一人一碗就够了,剩下的四碗大面可以做出其他面食吗?"掌柜笑着说:"小菜一碟,没有问题。"掌柜就在堂倌耳边嘀咕了几句,大厨很快就把福山大面做好了。四个秀才吃得津津有味,直夸饭店名不虚传。

一会儿工夫,堂倌端上了四盘金黄金黄的、一丝一丝的面饼。四个秀才一看,确实是用面条做成的面食,上面撒着白糖,香甜扑鼻,他们一尝果然很好吃。秀才问这饼叫什么名字,掌柜说:"叫盘丝饼。你们进京赶考,家人时时刻刻牵挂着你们。你们要早点把喜讯传回来,免得家人惦念。"四个秀才都说"好好好""是是是",十分感谢地走了。就这样饭店经过进一步研制,用福山大面制作出了盘丝饼。

砂大碗盛面的故事

栖霞是烟台盛产砂大碗的地方。砂大碗已有千余年的历史，现在比较出名的是"德"字号砂大碗，其被列入山东省和烟台市非物质文化遗产保护名录。孙德民是栖霞砂大碗技艺的传承人。

栖霞农民实业家牟墨林先生有个大庄园，这个庄园现在是国家4A级旅游景点。牟墨林有个儿媳妇是福山下亓村人，她父亲是大官人鹿泽长（1791—1864年），清嘉庆十八年（1813年）拔贡，初任兵备道，官至江苏按察使，1848年曾为中国最早的地理书《瀛环志略》作序。鹿泽长博通经史，士林称奇才，在任知县期间，为百姓解决了许多难事，大家都说他是清官、好官。

鹿泽长的幺女鹿氏，二十岁嫁给了栖霞牟墨林长子为妻。鹿氏三十多岁守寡，在牟家持家三十多年，为保住牟家的百年基业操劳了一生。鹿泽长和牟墨林结为亲家后，两家来往频繁，牟墨林到芝罘办事，福山亲家这里就成了一个驿站。鹿泽长的家人也常常去栖霞牟家看望闺女鹿氏。一次鹿泽长回福山探亲，牟墨林前来探望。牟墨林回栖霞时，鹿泽长把从南方景德镇带回的几套精致细瓷餐具送给了他。牟墨林非常高兴，他想这些餐具可以分给几个儿子一家一套。鹿泽长在外为官很难见面，牟墨林就邀请鹿泽长到栖霞府上做客，也好看看闺女。鹿泽长和他约定好了去栖霞的时间。

鹿泽长来到栖霞牟墨林家中时天色已晚，牟墨林只是简单地招待了他，也是为了留给他时间让他和闺女唠唠家常。第二天一早，牟墨林请了栖霞县令、师爷，还请了栖霞当地的名人来陪鹿泽长。他们邀请鹿泽长参观了栖霞的名胜古迹。牟墨林则在家里张罗中午的饭菜。牟墨林找来栖霞最有名的饭店来制作菜品，酒是当地最好的黄酒、白酒和米酒，主食准备了手擀面，由鹿泽长的闺女亲手制作，牟墨林以当地最高的接待标准来招待鹿泽长和其他人。饭店的掌柜和厨师里里外外地忙活起来，要好好为这桩大买卖大显身手。

　　将近中午，牟氏门前停下几顶小轿，家人高喊着："贵客到！"牟墨林和儿媳鹿氏等人在大门口迎接，客人进了客厅，饭店派来的人已准备就位，堂头赶紧给客人递上毛巾擦擦脸和手，他招待客人坐下，敬上了茉莉花茶。牟墨林朝堂头挥了一下手，意思是开始上菜。这时，四个双品大拼盘端上桌来，拼盘内鸡、鸭、鱼、肉样样齐全，一个海鲜大碗全家福，接着是八个炒菜，地上跑的、天上飞的、水里游的，山珍海味，应有尽有，客人们吃得很高兴。一会儿，又上来一碗醒酒汤和四种糕点。这一步栖霞叫撤桌，中间吃点点心，吃点水果，喝点茶水休息一下，再品尝下一轮菜品。接着又上来了名菜十大碗，十个大碗中分别为整鸡、整鱼和整鸭，还有海参、海胆和鲍鱼，再加熊掌、燕窝、鱼翅和火腿。

　　他们一顿饭吃了几个小时，这时堂倌说，最后就是主食栖霞手擀面。牟墨林介绍说是儿媳妇鹿氏亲手制作的，县令和其他人都夸鹿氏贤惠能干，持家有方，里里外外一把好手。牟墨林和鹿泽长都感到非常自豪，在座的都夸栖霞的鲁菜口味正宗，十分好吃。说话间，用砂大碗盛着的手擀面端上桌来。当时细瓷饭碗在大户人家已经普及，鹿泽长想，自己还送了许多细瓷碗给牟氏，怎么还用粗糙的砂大碗盛面呢？这样未免太寒酸了吧。这时鹿泽长已经非常不高兴了，县令和师爷都看出鹿泽长的脸色不好看，师爷认为鹿泽长就是在用砂大碗盛的手擀面端上桌之后变了脸色。鹿泽长呼喊闺女鹿氏上桌，鹿氏满脸带笑问父亲有何事，鹿泽长指着砂大碗刚要开口，满桌人都明白了是怎么回事。还是师爷出场解了围，他告诉鹿泽长，栖霞砂大碗盛面的历史悠久，砂大碗是用特殊方法处理后才使用的，他又说同样的面用砂大碗盛和用瓷碗盛味道就是不一样。鹿泽长这才明白是怎么回事，尝了尝用砂大碗盛的手擀面，确实好吃。鹿氏也打圆场说："公公问过自己好几次父亲的口味、喜好等，就是为了好好招待父亲，就凭着女儿在牟家的人缘，公公、婆婆也不能慢待父亲呀。"在场的人都哈哈大笑，饭店掌柜告诉鹿泽长："砂大碗要先打磨光滑，接着用清水浸泡一段时间让里面的盐分出来，晾干后用鸡汤和香料煮十几个钟头，抹上香油在阳光下暴晒几天让香油渗透进去，然后洗净使用。"饭店掌柜又说："冬天用的砂大碗底厚、边也厚是为了保温，夏天用的砂大碗底薄、边也薄是为了散热快。"鹿泽长听后哈哈大笑说："栖霞小小的砂大碗还有这么多讲究，好，好！"就这样化解了一场误会。

　　鹿泽长在栖霞住了几天，和女儿商量，自己官级不低，又走南闯北，连栖霞砂大碗的奥秘都不明白，感到自己很没有面子，要在栖霞最好的饭店回请上次坐席的人。鹿氏把此事告诉了牟墨林，牟墨林就去通知了上次一起吃饭的人。鹿泽长在栖霞最好的饭店设宴款待大家，席间鹿泽长高谈阔论，什么八大菜系，山珍海味，都说得头头是道。鹿泽长又补充说，栖霞砂大碗还叫"得禄碗"，传说是李世民东征路过栖霞时送的美名。在场的人都说确有此事。饭店掌柜看出了门道，他就说："鹿大人和各位大人光临小店，是小店的荣幸，请鹿大人为小店留下墨宝。"在众人的簇拥下，鹿泽长写下了一副对联，上联是"与他人有别添别味"，下联是"同自家无异增异香"。横批是"砂碗盛面"。饭店掌柜高兴得不得了，就送了一套饭店特制的砂大碗给鹿泽长做纪念，在场的人都乐开了花。后来胶东的饭店用砂大碗盛面成了一大特色。

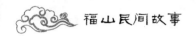

鲁菜巧做熘肝尖

鲁菜被誉为八大菜系之首，福山被称为"中国鲁菜之乡"，留下了"要想吃好饭，围着福山转"的说法。关于"熘肝尖"这道菜有这样一段故事。

过去福山有家烧肉铺叫"溢香园"，掌柜韩德明，善于制作烧肉。他有祖传的配方和工艺，再加上他本人的努力，制作的烧肉味道非常好。溢香园烀的猪肝软硬合适，十分入味，香气扑鼻，最大的特点是软中带脆，这也成了溢香园的招牌肉食。他家的烧肉常年供应当时福山有名的饭店，特别是和吉升馆饭店有密切的来往。

吉升馆是福山一流的大饭店，掌柜是于丰阜。溢香园的烧肉天天往吉升馆送，一来二去两家的掌柜就成了朋友，二人常常在一起谈论鲁菜和烧肉的做法。一天，吉升馆掌柜老于问溢香园掌柜老韩，为什么溢香园烀的猪肝吃起来有脆爽的感觉，而自家饭店做的熘肝尖吃起来没有这种感觉。老韩笑了笑说："这可是我们家的秘方，不能随便告诉别人。"老于和老韩没有说到一块儿就散伙了。第二天老韩拿来二斤生猪肝给老于做熘肝尖，熘肝尖做好了，老于、厨师和老韩一起尝了尝，这次做的熘肝尖味道就是不一样，爽滑脆嫩。老于用自家的猪肝也做了一盘熘肝尖，但没有脆爽的感觉，而且过一会儿还反血，老于感到十分纳闷。饭店所有人都认为原因出在猪肝上，老韩还是卖关子没有说出其中的奥秘。老于为此事想得头痛。为了提高自家鲁菜的品质，老于还是没有放弃。

这天，老于办了宴席，还请来了老韩，老韩对老于的目的心知肚明，但还是去了。席间老于对老韩说："那事这样行不行。"并伸出五个指头，又做了个圆圈的动作。在座的人都不知道二位打的什么哑谜，但是人人都知道这是五十大洋的意思。老韩说："不行，不行，必须再乘十倍。"老于一听脸真成了猪肝色。在座的一个客人说："老韩不是个见钱眼开的人，你俩做什么买卖得五百大洋？"老韩一看老于阴沉的脸，为了不扫大家的兴，他哈哈一笑对老于说："于老弟，钱越多越把我们的关系弄远了，有钱买不来感情和友谊，咱们先喝酒，咱俩的事私下再谈。"老于一听心里亮堂了许多，他拿起酒杯敬了老韩一杯。酒饭过后客人们就要离席了，老韩站起来说："各位，明天中午还在这里，我请各位尝尝于掌柜的新菜——熘肝尖。"老于知道老韩这是答应了，就抢着说："我请，我请。"客人们走了，老韩告诉老于："明天早上我来叫你一起去买猪肝。"老于心里的石头终于落地了。

第二天早上，老韩和老于来到杀猪的地方，老韩告诉杀把（杀猪的人）："今天多要五斤猪肝。"一会儿猪肝称好了，老韩告诉老于："正常杀猪的顺序是，先放血，去掉头和四个蹄子，再剥皮取内脏，最后取出猪肝。因为整个过程需要很长时间，猪肝是猪的血库，猪肝内就存有瘀血，影响猪肝的品质，做出来就不好吃。"老韩又说："今天咱们买的猪肝是放血后先取出来，放在案板上空一空瘀血，这样得到的猪肝新鲜又干净。"老于一听，整个取猪肝的过程确实不一样，就高兴地提着猪肝往家走。老韩又告诉老于："猪肝要用湿布盖好，不要让风把猪肝吹干了外皮，这样才新鲜。"老于回到饭店就急不可待地让厨师做熘肝尖，他尝了尝确实和以前的口感不一样，高兴地跳了起来。

老于得到做熘肝尖的好材料，就叫伙计去通知那些做客的人，千万要来吃新的熘肝尖。客人在席上尝了熘肝尖，都连声称赞。他们认为老丁花了大价钱才得到了老韩的秘方。老于美滋滋地告诉他们，老韩分文没收。他们都对老韩竖起了大拇指，老于和其他人都连连给老韩敬酒，差点把老韩灌醉。

后来吉升馆的熘肝尖成了招牌菜，许多食客纷纷前来品尝。这真是"鲁菜品质高，选料有奇妙，名菜熘肝尖，唯有福山好"。

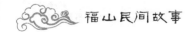

巴家寨杏子的由来

巴家寨村盛产杏子，民间有俗话说："绍瑞口村的苹果多，巴家寨杏子满山坡。"巴家寨村栽培杏子已有几百年的历史，就是现在福山卖杏子的人，都号称自己卖的杏子是巴家寨的杏子。关于巴家寨村的杏子有这样一段故事。

相传，很久以前，福山发生了瘟疫，许多人被染病，巴家寨也有很多人患病。村中有个巴姓老大夫精通中医，用中药为病人治病。这种瘟疫只有老中医的药方有效，许多人纷纷来求药，村中的人很快治好了病，周围村的病人也纷纷来找老中医治病。后来，有许多人的病治疗效果不佳，有人认为是老中医为了赚钱，有意让病人好得慢。这事被传到了县衙，县官亲自找到老中医询问此事。县官问老中医："为什么本村的病人好得快，其他村的病人好得慢？"老中医回答："因为杏仁这味中药短缺，我已经尽力了，能保住病人的性命就不错了。"县官问："为什么不去进药？"老中医告诉他："大部分杏仁是外地生产的，运来还需要些时间。"县官问老中医一个病人需要多少杏仁，又根据病人数量计算了需要的杏仁总量。杏仁的用量很大，县官也感到无能为力，他也和老中医一样急得团团转。几天后，巴家寨村的鹿老汉来找老中医看病，得知此事，他告诉老中医他一个邻县的生意伙伴种了几十亩地的杏子树，现在正好是杏子成熟的季节，去那里收购杏核肯定有的是。老中医就托鹿老汉去收购杏核，鹿老汉组织村民出了几辆马车，自己出钱买回来几马车杏核，村民自发地把杏仁取出来，供老中医使用，瘟疫很快就得到了控制。村民的义举得到了福山县衙的赞赏，为了表彰村民乐于助人的行为，官府免去了村民三年的赋税。

为了防止瘟疫再危害福山人，老中医和鹿老汉打算每年储存一些杏仁来防病治病。每年都会剩下许多杏核，他俩就组织村民种在了村里的山上。几年时间过去，巴家寨的山坡上到处都是杏子树，春天满山遍野都是杏花，夏天金黄的杏子挂满枝头。这就是巴家寨杏子的由来。

经过几百年的培育，崇义村有了许多杏子品种，如胭脂瓣、麦黄香、青皮脆、黄龙等，在福山非常有名，留下了"绍瑞口村的苹果多，巴家寨杏子满山坡"的说法。

御厨刀的传说

传说，元朝年间京城有家福山人开的饭馆叫"福山名菜馆"。门面两旁写着：福山福地福山名菜，山珍海味样样俱全。饭店在京城非常红火，朝廷官员常常光顾，饭店还常常为达官贵人上门制作饭菜。一次，有大臣在皇上和娘娘面前推荐福山厨师，皇上说："福山乃弹丸之地，出不来什么好厨师。"就作罢了。皇上喜欢吃红烧肉、酱肘子等肉食，一连三天皇上顿顿吃这些东西。可是，皇上从第四天开始食欲不振，几天来不思饮食，御医们怎么也诊治不好。朝中的官员一听皇上龙体欠安，急得团团转，宫中的娘娘更是坐立不安。

娘娘突然想起了大臣推荐的福山厨师，她觉得给皇上换换口味，兴许皇上就爱吃饭了。娘娘派大臣找来了福山名菜馆的邹大厨。在来的路上邹大厨知道了皇上食欲不振的事，他学过几年中医，认为皇上吃了油腻的东西而引起了伤食之症。邹大厨来到皇宫没有先给皇上做饭菜，而是给皇上诊了脉。邹大厨诊完了脉，又看了看皇上的舌苔。邹大厨说："皇上没有病，我去做饭菜，皇上吃了保准就好"。邹大厨又补充了一句说："我敢用脑袋担保。"邹大厨来到厨房，用萝卜、陈曲、麦芽、陈皮、山楂，加上胡椒粉做了一碗消食汤。皇上一看只不过是一碗萝卜汤（因为邹大厨把那些中药拿了出来，只留下了萝卜），那能有什么疗效。皇上不想喝，娘娘说："衙医治不好皇上的病，厨师说能治就快试一试吧。"皇上喝了，邹大厨又告诉娘娘，再给皇上泡一壶茶喝。到了傍晚，皇上就想吃东西了。邹大厨就给皇上做了清炒山药片、清拌红根菜、酸辣萝卜丝和大葱炒芹菜。皇上美美地吃饱了，娘娘也非常高兴。娘娘问邹大厨是怎么治好了皇上的病，邹大厨告诉娘娘："皇上就是吃得太油腻了消化不好，我做的饭菜都是助消化的，皇上就慢慢有了食欲。"皇上说："你这个厨子还真有两把刷子。"娘娘接着说："人家是没有金刚钻不揽瓷器活。"皇上就把邹大厨留在了御膳房做饭。邹大厨成了御膳房的高手，显示出了福山厨师的高超技艺。

一次，外国使臣前来进贡，皇上设宴款待。邹大厨做了一大桌子菜，有葱烧海参、芙蓉干贝、浮油鸡片、锅烧鸭子、清炒虾仁、糖醋排骨、软炸里脊……邹大厨还为皇上特别制作了福山特色的空心拉面，皇上品尝后连连叫绝，国外使臣说："好好好！一餐吃尽了天下美味，真是死而无憾。"邹大厨的烹饪技艺让皇上在外国使臣面前赚足了面子，为此，皇上把邹大厨封为御膳房厨官。

娘娘过生日的时候，邹大厨也精心制作了饭菜，还特别制作了福山名菜"全家福"。皇上和娘娘都赞不绝口。娘娘提出要好好奖赏邹大厨，除了金银财宝以外，皇上还找工匠为邹大厨特别制作了一把刀，刀上刻有"御厨刀"字样，还有皇上的御印，刀背上刻有黄金雕花，刀把上还镶嵌着珠宝玉石。此刀十分锋利，削铁如泥，还从来不用磨。御厨刀配有金丝楠木的刀架和香龙木的刀盒。每逢皇宫有特别的宴席，邹大厨才会拿出来展示展示，平时邹大厨就把御厨刀摆放在自己家里。许多宫里宫外的人都想出重金收藏此刀，邹大厨说什么也不卖。御厨刀成了邹大厨的心肝宝贝。

邹大厨在御膳房干了多年，培养了许多厨师。邹大厨告老还乡的时候，御厨刀却突然不见了。许多想收藏御厨刀的人说，是邹大厨把御厨刀藏在了宫里的某个地方，他不想让此宝贝流入民间。有人说，是邹大厨自己把御厨刀带回了福山，据说有人在福山的銮驾庄村见过此刀。还有人说，御厨刀被外国人拿到了国外去了。众说纷纭，没有人确切知道御厨刀的下落。

大枣饽饽的由来

传说，腊月有个书生的家中失了火，烧得什么也没有留下。书生就搭了个草棚来住。因为书生为人善良，灶神就点化他出去讨饭吃。书生去谁家，谁家都有过年的食物给他。腊月二十三灶神要上天去汇报工作了，他把灶神送走了。到了年三十，书生家里没有什么来祭祀玉皇大帝，他看看讨来的饽饽大的大，小的小，其他食物也不太好，愁得团团转。

事情说来也巧，年三十这天下起了鹅毛大雪，半天下了一尺多厚，地上一片雪白，还真有些"瑞雪兆丰年"的景象。可是景象再好，书生也高兴不起来，一是因为他家的遭遇，二是因为实在没有什么好东西来祭祀天地大老爷。他想：福、禄、寿、喜、财诸神过年上他家吃什么呢？不管什么原因，在这一夜连两岁、五更分两年的日子，怎么能不好好祭拜天地呢？他看着遍地的大雪，想到既然上天降了瑞雪，那就在雪上做做文章吧。他在地上用雪堆了几个大饽饽，把烧折的椽子当作香点了起来，一看还真像那么回事。他看着堆积的雪饽饽和白雪顺了色，一点也不醒目，就掬了几棒木灰（烧坏的房子的木灰）放在雪堆的饽饽上，一看黑白分明还挺好看。他把讨来的东西也摆了五样，确实像祭祀天地大老爷的样子，就高兴地祭拜天地，请天地大老爷和福、禄、寿、喜、财诸神到他家过年。天上的玉皇大帝和福、禄、寿、喜、财诸神正在灶神的带领下，选择去谁家过年。他们在天上往下一看，书生家的饽饽最大，还烧了三支高香，备了许多菜品，十分虔诚。福神告诉玉皇大帝，到书生家过年是首选。灶神知道书生家的遭遇，怕玉皇大帝去了不高兴，就以种种理由阻拦。诸神看灶神屡次阻拦，觉得背后一定有隐情，就问为什么不让诸神到书生家过年，灶神就一五一十地说了书生家的不幸遭遇。玉皇大帝听了决定去书生家看看是否真是如此，他们就来到书生家。灶神问书生为什么这样祭祀众神，书生说，自己家里没什么可孝敬众神的东西，只能以物代物，用雪做了特大的雪饽饽。灶神问书生为什么要在上面放木灰，书生告诉灶神，木灰是装饰物，五捧木灰就是五福并至的意思。另外，把那三根橡子当作香，还摆上了从邻居家讨来的好吃的东西。玉皇大帝和福、禄、寿、喜、财诸神一听，个个喜笑颜开，认为书生的家被火烧得几乎什么都不剩了，还能有这份心，十分可贵。众神问灶神书生为人怎么样，灶神说，书生为人心地善良，忠厚老实，做的好事三天三夜也说不完。玉皇大帝听后动了恻隐之心，就命令其他神仙帮帮书生。福神把福事赐给了他；禄神把进士赐给了他；寿神说，要是他能当个清官，我就给他长寿命；喜神说，我点化个大闺女让他快快成亲；财神说，还是我给他点实惠的吧，赐给他多多的钱财。众神就在他家过了年，初二晚上众神完成了各自的任务，就留下灶神各自回了天宫。

过了农历二月初二，邻居们拿来盖房的物料帮书生建房子。盖房子的时候，邻居大娘拿着米和面，领着女儿枣花来帮书生做饭给木匠和瓦匠吃。书生想起了用雪堆的饽饽上的木灰装饰，就请求大娘和枣花也做那样的饽饽。枣花家每年都收获很多枣，她就是因为在枣树开花的季节出生的所以叫枣花。枣花知道了雪饽饽的样子，就告诉母亲拿家里的红枣做装饰来蒸枣饽饽。娘俩做出来一看，白白的饽饽上嵌着大红枣美极了。才几天的工夫，邻居就帮书生把五间房盖好了。邻居们一看带来的盖房物料还有许多没用完都很纳闷，这些物料能盖三间房就不错了，怎么盖了五间还剩下这么多。他们把剩下的物料又为书生盖了对面的厢房，还是没用完，就又帮书生盖了五间南屋，建成了胶东标准的四合院。不多的材料竟然盖了这么多间房，有人就说是神仙帮的忙。帮忙的邻居吃了从来没见过的大枣饽饽，都觉得又好看又好吃，就问这种饽饽是怎么来的？枣花的母亲告诉邻居，这是书生想出的样子，枣花提出的用大枣做装饰，大家把它叫作新式饽饽、枣花饽饽。书生解释道："枣饽饽每行都是五个枣，是五福并至的意思。"大家都拍手叫好。

在房子落成的日子，书生在大娘和枣花的帮助下做了许多枣饽饽送给邻居以示庆贺。后来，大家撮合书生和枣花二人成了亲。婚后，夫妻恩爱，书生勤俭持家，施舍穷人，做了许多好事，后来还真中了进士。因此，之后大家逢年过节就蒸大枣饽饽表示喜庆和吉祥。这真是，众人拾柴火焰高，四合房儿盖得好，大枣饽饽也来到，神仙见了乐陶陶，人人还是心善好，福禄寿喜全来到，行善作恶皆有报，贫穷富贵自己找。

东北关桃子的传说

很早以前，东北关村并不种植桃子树，因一次意外才有了桃子园。

据说，过去内夹河的河面很宽，水量也很大，内夹河边上有一个小码头。许多船从内夹河入海，再去往芝罘岛和蓬莱码头等地方，从这里走比陆路近还省事。一年春天，海上乌云滚滚，刮着大风，下着大雨，巨浪滔天，一条船拉着一船桃子树苗，在海里迷失了方向。船上的人都惊慌失措，船老大祈求海神娘娘保佑平安。船老大的祈求还真是灵验，一会儿乌云中闪开一条红色的缝隙，船就朝着缝隙航行，很快就进了内夹河。船老大看到有几条船在内夹河里的小码头避风，他也把船靠过来避风，船得救了。下船后船老大得知这是福山的内夹河，渔民的家人都来给他们送饭吃。船老大他们举目无亲，这里也没有饭铺，好心的福山人就把饭菜分给船老大他们吃。大风刮了几天还没有停下来，船老大看着桃子树苗都快干枯了，就往桃树苗上浇水保湿，可是春风一吹桃树苗又干了。船老大急得满嘴起泡，有人说："船老大，把桃树苗卖了吧。"船老大说："这里没有熟人，这么多桃树苗卖给谁呀？"福山人就说帮忙给他卖桃树苗，福山人一打听，大部分农户都把地种完了，没有空闲地了。东北关村的一个村长知道了此事，就找到了宋家疃村的村长，二人合计帮助船老大解决这个困难。

　　船老大他们一连几天吃着福山人给的饭，心里很过意不去，给福山人钱，福山人也没有要。船老大想，要不把桃树苗送给福山人得了。船老大告诉了两个村长，要把桃树苗捐给他们，两个村长十分高兴。桃树苗从船上卸了下来，堆得像小山一样，村长给了船老大一点钱和吃的把他们送走了。但是两个村长犯了难，这么多桃树苗栽在哪里呀？二人一合计，小码头西面有一块荒地，可以发动村民开荒把桃树苗栽在那里。村长就来到县衙，找县官商量开荒种桃树苗的事。县官听了事情的原委，觉得这是好事，十分重视。县官说："季节不等人，今天就特事特办，马上去看看那块地。"县官和村长来到地里，县官左看看、右看看，说："这里是一片荒地，杂草横生，离内夹河太近，恐怕以后会有水患。"县官指定将此地往西五十步的地用来开荒种桃树苗，一是能留出将来修内夹河防水坝的地方，二是这里杂草少更容易开荒，三是这里是熟沙土适应桃树的生长。村长谢过县官，就回村召集村民来开荒种桃树苗，东北关村和宋家疃村的老老小小齐上阵，桃树苗很快就栽好了。一个月后桃树苗长得绿油油一片，因为东北关村的人种的桃树苗多，就叫这里东北关桃子园。

　　秋天的时候福山大旱，县官来视察旱情，看到桃子园的桃树苗都蔫了，就找来村长勘察桃子园的地形，商量开一条引夹河水的渠道灌溉桃子园。就这样官府出了银两，渠道很快修好了，桃子树又恢复了长势。后来，因为内夹河发大水时会淹了桃子园，县衙就又出资修了防护坝，这样桃子园就万无一失了。几年后桃树开花了，粉红色的花朵招来了蜜蜂采蜜，燕子、喜鹊在花丛中穿梭，煞是喜人和好看，这里成了花的海洋、鸟的天堂。桃花盛开的季节，城里、关外的村民也来赏花、游玩，文人墨客也来作诗、画画。

　　等到桃子熟了，村民们把最好、最大的桃子送到县衙给县官品尝。县官吃了东北关桃子赞不绝口，但叹了口气说："就是一直没有打听到送桃树苗的人在哪儿，咱们不能忘了人家的好意。"

福山"德禄碗"名称的由来

福山很早就有了烧制陶窑的技艺，民国以前，家家户户都用过陶制的器皿。大型的有水缸、粮食缸、荷花缸、养鱼缸等，中型的有和面盆、洗刷盆、面缸、火盆、污水桶等，小型的有大小饭碗、碟子、盘子、油罐、送饭罐、暖手炉、香炉、筷子篓、砚台、笔洗、花盆、砂锅等。旧时福山有一种泥饭碗叫"德禄碗"。关于"德禄碗"名称的由来有两种说法，一说是秦始皇赐给的名字，二说是李世民取的名字。福山人常常叫陶碗"大砂碗""砂大碗""泥得喽""得喽碗"等。因为福山人的发音不准确，把"德绿碗"读成了"得喽碗"。

一是秦始皇赐名的传说。据说，秦始皇东巡经过福山时，李斯把福山最好的厨师召去，为秦始皇做福山饭菜吃。福山厨师为秦始皇做了许多美味佳肴：福山烧海参、蝴蝶海参、一品鲍鱼、绣球干贝、芙蓉干贝、清蒸加吉鱼、醋椒鲈鱼、两吃鱼扇、盘龙鱼喜珠、红烧肘子、油爆双脆、清炸腰花、砂锅扣肉、砂锅奶汤鱼唇、砂锅全家福等，还为秦始皇做了福山大面、福山豆腐脑、三鲜水饺、三鲜馄饨、发面包子、肉馅火烧、韭菜合子、酸辣凉粉、硬面锅饼、椒盐烤饼、盘丝饼、福山大枣饽饽等面食。秦始皇游遍了胶东的山山水水，吃尽了福山的美味佳肴。

话说这天，李斯为秦始皇准备了福山有名的砂锅宴，分别是砂锅扣肉、砂锅奶汤鱼唇、砂锅全家福、砂锅炖鸡等，还为秦始皇做了福山炝锅面（一种简易面条）。秦始皇吃得很高兴，夸奖李斯为他准备了可口的酒菜。李斯说："这几道福山菜都有美好的寓意，砂锅扣肉的寓意是祝皇上鸿运当头，砂锅奶汤鱼唇的寓意是皇上是天下人的首领，砂锅全家福的寓意是祝皇上全家幸福快乐，砂锅炖鸡的寓意是皇上永远大吉大利。"秦始皇听了哈哈大笑说："好，好，好！快快赏福山厨子纹银百两。"当然李斯也得到了奖赏，这时为秦始皇做的福山炝锅面端了上来，秦始皇尝了尝炝锅面，他感觉面条不冷不热，美味可口，回味无穷。他又仔细看了看盛炝锅面的饭碗，砂大碗表面粗糙，黑乎乎、沉甸甸的，不如其他饭碗讲究。李斯看到秦始皇在观察砂大碗，就告诉秦始皇："砂大碗盛面冬天保暖，夏天散热快，而且盛任何饭菜都能保留原汁原味。"李斯又说："皇上用砂大碗吃面，一定能健康长寿。"秦始皇一听非常高兴，就对福山砂大碗大加赞赏，他说："这么好用的饭碗叫砂大碗太过普通了。"李斯就说："请皇上给砂大碗赐个好名字吧。"秦始皇琢磨了一会儿说："那就叫'德禄碗'吧。"李斯和大臣们拍手叫好，以后砂大碗就有了"德禄碗"的美称。

二是李世民起名的传说。传说，唐太宗东征高句丽时，官兵们途经福山。这天傍晚，他们来到福山古现镇。他们走了一天路，各个口干舌燥，又饥又饿。队伍里的官员找到村长，告诉他官兵们要在这里修整队伍多住几天，让他帮忙找人给官兵们做饭吃。福山人按照当地人的习惯，晚上给他们擀了爆锅汤（一种面条）喝。在这几天，福山人一家负责几个官兵，每天为他们做饭吃。福山人本来就擅长烹饪，都把拿手的家常饭菜做给官兵们吃，官兵们各个吃得饱饱的，都说福山饭菜的味道真好。俗话说，喝汤（简单的面条）省，吃面费，包子、饺子菜白费。福山人吃饭有个习惯，晚上经常吃烂面条，福山叫爆锅汤。有几天晚上村民做爆锅汤给官兵们喝，都是用砂大碗盛着。官兵中有个南方人，懂得烧陶窑的技术。他看到福山砂大碗粗糙而结实，器形美观大方，透气性好。用砂大碗煾鸡鸭鱼肉和蔬菜等食品，别有一番风味。特别是用砂大碗喝爆锅汤味道更好，能保留食物的原汁原味。他就和队伍里的厨子谈论此事，厨子也有一样的看法，二人就用福山砂大碗做了几道菜给队伍里的官员尝了尝，官员觉得味道非常好。临行前官员和厨子向当地人要了几个福山砂大碗带走了。

在唐太宗李世民东征高句丽凯旋的庆功宴上，厨子用福山砂大碗做了鲁菜给李世民品尝。有砂大碗扣肉、砂大碗奶汤鱼唇、砂大碗全家福、砂大碗炖鸡等。李世民酒菜过后评价说："用砂大碗制作的菜肴香气扑鼻、口味纯正。"李世民问大臣："这是什么碗？"大臣回答说："这是福山砂大碗。"紧接着把用砂大碗盛的面条端了上来。李世民尝了尝面条说："此碗盛面就是好吃，能保留食物的原汁原味。朕第一次用这种样子不好看的碗，但是制作的饭菜却别有一番风味。美哉，美哉。"一个大臣献殷勤说："皇上德高望重，天下第一，理应享受天下美食，可以从福山征用一批砂大碗为皇上享用。"李世民说："朕准了，大臣们也可以分些享用。"李世民又说："因为有你们的辅佐，朕才有今天，才能赏赐给你们高官厚禄。以后就把福山砂大碗改名叫'德禄碗'吧。"大臣们高呼："皇上英明，万岁，万岁，万万岁。"从此，福山砂大碗开始进贡给朝廷，也有了"德禄碗"的名字。

关于福山本地陶碗，福山人也叫"德禄碗"，因为"德禄碗"的名字吉利，福山人进京赶考时都要带着"德禄碗"，以求金榜题名。

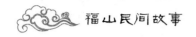

神仙"引子"的由来

　　引子就是"酵母"，福山人习惯把酵母称为"引子"。福山是"中国鲁菜之乡"，福山人对美食非常有研究，不但制作鲁菜十分在行，制作面食也毫不含糊。俗话说，"要想发好面，必须引子强（好）"，福山发面用的"引子"，民间俗称"神仙引子"和"乞巧引子"。关于引子的由来有这样一段故事。

　　每年阴历七月初七是乞巧节，家家户户都要制作巧馃，传说要给牛郎送去，在和织女相会的路上当干粮。传说，很久以前，福山没有发面引子，一个妇人在家和了一些面做巧馃，因为娘家人有事情，她就急忙忙赶回娘家了，和好的面没有全部制作成巧馃，剩下了一块面团。当她夜里回来的时候，婆婆就唠唠叨叨地说了她几句，让她看看剩下的面团怎么办。七月温度特别高，面团又放在有阳光的地方，已经发酵了。因为时间已经很晚了，她把面团放在那里就去睡觉了，打算明天再想办法。妇人梦到了织女，织女告诉她："婆婆唠叨她几句是应该的，我尝了尝你给牛郎做的巧馃，非常好吃，谢谢你呀。"织女又说："剩下的面团可以继续做干粮。"妇人看到织女在用面团做卷子（一种面食）。

　　第二天早上，妇人早早地起来，用手拨开面团一看，发现面团里有许多小孔，闻一闻面团，还有一股淡淡的酸味。她揪了面团上的一点面放到嘴里尝了尝，发现这种面没有难闻的味道，还有一种香味。她就照着织女的样子把面团做成了卷子在锅里蒸着，当锅里呼呼地冒出热气时，空气中散发着白面的清香味。卷子蒸熟了，她掀开锅一看惊呆了，卷子比下锅时大了一倍，卷子雪白不说，还香气扑人，她拿起一个卷子尝了尝，口感松软，有韧性，有甜味和淡淡的酸味，里面还有许多小孔，她从来没有吃到过这么好吃的卷子。妇人把卷子给婆婆尝了尝，婆婆也觉得非常好吃。婆婆问她从哪里学会的这种做法，她告诉婆婆是织女教的。她和婆婆把卷子分给邻居们尝了尝，大家都赞不绝口。

后来，村民通过分析、研究、试验，发现在气温较高的时候，面团可以发酵得很好，经过几次发酵后，再在发酵好的面团上洒少许面粉，做成小面饼晾干。需要用时把小面饼用水泡开，按一定比例加些白面，等发酵后再上锅蒸。此外，村民还制作出了干粉引子。因为阴历七月初七前后的温度最适合制作引子，村民就把发面引子叫作"神仙引子""乞巧引子"，后来简称"引子"，还留下了七月初七做引子的习俗。

自从有了引子，爱好研究美食的福山人，用发面做了许多好吃的面食，比如福山大枣饽饽、花饽饽、发面包子、发面饼、发糕和各种馒头，还有一半发面一半凉水面的烤饼、锅饼等。总之，引子在福山面食中发挥了巨大作用，为福山美食增添了光彩。

布衣馆的故事

传说，很久以前，福山有个饭店叫"布衣馆"。饭店里的厨师各个手艺精湛，饭菜花样齐全、美味可口，在福山首屈一指。有家饭店生意平平，饭菜不如布衣馆的好吃，这家饭店的老板就动了歪心思，他找了四个有钱有势但人品不怎么样的年轻人，来刁难布衣馆。

这天，四个年轻人一起来到布衣馆，堂倌招待四人落座。他们先要了一壶茶。福山当地人喜欢喝茉莉花茶，很少喝其他品种的茶叶，堂倌就上了一壶茉莉花茶，四个年轻人一看就说不要茉莉花茶。他们知道饭店没有其他茶叶，就说要西湖龙井茶，堂倌知道他们来者不善，就向掌柜要钱去茶庄买来了西湖龙井茶。茶叶泡好了，四个人喝着茶，堂倌又问："请问客官喝什么酒？用什么菜？"其中一个人说："来四壶老黄酒。"其余三人没有说话，那个人继续说："先来个四一六（指四个凉拌菜、一个汤、六个炒菜）。"堂倌担心四人有诈，就仔细地问："四个凉拌菜要双拼的吗？"他们就说："什么好就来什么。"堂倌把菜名报给了厨房。一会儿，菜端上了桌，四个年轻人大快朵颐地吃了起来。

四个年轻人美酒下肚，借着酒劲想出了坏主意，就开始刁难饭店。一个人把堂倌叫了过来，堂倌跑过来说："请问客官有什么吩咐？"他们说："我们要点菜。"堂倌小心地说："客官再点菜恐怕吃不完呀。"其中一个人不耐烦地说："你们开饭店还怕大肚汉吗，看来你这个堂倌欠揍。"堂倌就说："对不起，客官，请点菜吧。"四个人一人点了一个菜，第一个菜是黄雀穿树林，第二个菜是蝴蝶捧参，第三个菜是双皮拌不死菜，第四个菜是罗锅穿绿袄。堂倌记好了菜名一看，这都是什么菜，从来没听说过呀，就知道他们是专门来找碴的。他就把菜名报给厨房，厨师们看看什么也没说，就开始研究到底怎么做这四个菜。四个年轻人一听厨房没有声响，就认为把饭店为难住了，肯定可以白吃白喝一顿，回去那家饭店还能再请他们一顿。

一个年轻人高声喊道："堂倌快快上菜！"堂倌就说："客官点的菜有点难度，要慢慢做，不能急，这叫慢工出细活。"一会儿，厨师把黄雀穿树林端了上来。四个年轻人一看，下面是棕黄色的饽饽，像土地一样，上面插着香菜和韭菜，像小树林一样，小树林中间有四只喜鹊，是用金黄色的鸡蛋饼雕刻的。还没有等四个人开口，厨师就说："客官请看，金黄色的喜鹊在树林中间，寓意是四位客官就要飞黄腾达了。"四个年轻人无言以对，他们互相看了看，这个菜就算过了关。厨师介绍菜的时候，旁边桌上来了一个非常斯文的中年客人，要了一碗炒面，他边吃边看着四个年轻人那桌的情况。接着，厨师又把蝴蝶捧参端了上来。四只用面捏成的蝴蝶漂在水面上，蝴蝶用油炸过，抹上香油后就能漂在上面不下沉。每个蝴蝶下面用海带丝系着一个海参。一个年轻人用筷子戳了好几下蝴蝶也不下沉。厨师说："客官，这就是蝴蝶捧参，蝴蝶是吉祥的符号，象征四位客官，蝴蝶捧海参，祝福四位客官以后都能发财。"这个菜也过了关。

然后，厨师又端上来双皮拌不死菜。一个年轻人说："这是什么菜？谁没吃过猪耳朵拌大葱。"厨师反问他们："请问客官，双皮拌不死菜怎么做才是对的呢？"四个年轻人你看看我，我看看你，都没说出个所以然来，其实他们也不知道该怎么做，只是胡编乱造，随便说了个菜名。这时，旁边桌上的中年客人笑了几声，一个年轻人就对中年客人说："你笑你说说双皮拌不死菜该怎么做吧。"中年客人就毫不客气地说："你们看，猪耳朵是不是两面都是皮，这不就是双皮吗？大葱冬天冻不死，旱天干不死，拔出来晒上十天半个月，不但不死，再种上反而长得更旺，这不就是不死菜吗？"四个年轻人哑口无言。厨师说："对对对，就是这样。"中年客人接着说："有些人什么都不懂，脸皮倒很厚，就像猪耳朵一样两张皮。"一个年轻人听后骂骂咧咧的，还狠狠地瞪了中年客人一眼。中年客人很大度，没有说什么，继续吃他的炒面。

最后一道菜上来了，厨师胸有成竹地说："客官请看，罗锅穿绿袄做好了。"四个年轻人一看是四个绿辣椒，就对厨师说："这是什么菜？拿回去重做。"厨师让他们先尝一尝，一个年轻人用筷子戳开绿辣椒一看，辣椒里面是清蒸红虾仁。另一个年轻人说："快说说这个菜为什么叫罗锅穿绿袄。"厨师说："好，我先请大家猜一个小孩的谜语，谜面是绿袄包白米，红袄包黄米，猜不出来我辣你。猜一种蔬菜。"四个年轻人你看看我，我看看你，都成了哑巴，一言不发。厨师笑了笑说："谜底是绿辣椒和红辣椒。绿袄是绿辣椒的皮，白米是绿辣椒的种子；红袄是红辣椒的皮，黄米是红辣椒的种子。"四个年轻人连小孩的谜语都猜不出来，感到十分惭愧。厨师又说："福山人常常把虾仁、海米之类的叫作罗锅，大对虾叫大罗锅。你们看看这道菜是不是罗锅穿上了绿袄。"四个年轻人无言以对，就说："行行行，你快下去吧。"厨师下去了，堂倌小心地伺候着四个人。

一会儿，中年客人看到一个年轻人走出了饭店，一会儿又回来了。他回来后，偷偷摸摸地拿着一个东西给其他三个年轻人看。中年客人离得远，没看清是什么东西。接着，他看见那个年轻人把东西放到了菜里，四个年轻人相互使了个眼色，其中一个年轻人高声喊道："快来看，这菜里怎么有苍蝇。"另外一个年轻人还装出呕吐的样子。这时中年客人明白了是怎么回事，就在旁边继续默默观察。这时，饭店掌柜、厨师、堂倌都来到桌前。年轻人拨拉着苍蝇说："你们看，这菜还怎么吃？"其实，他们早就吃得饱饱的了，就是想刁难饭店不给钱。饭店掌柜手疾眼快，把苍蝇拿起来放进嘴里吃了，说："客官眼拙了，这不是苍蝇，是糊了的葱花。"

四个年轻人一看证据没有了，就和饭店吵了起来。不明真相的顾客有的要求退款，有的要求退菜，饭店乱成了一锅粥。这时几个衙役进了饭店，对中年客人说："县令大人，已经午后了，您怎么还不回府？"这时，饭店里的人才知道这个中年客人是县令。县令告诉衙役："先不回去了，这里有案子要审理。"说完，县令就在饭店门口升堂，并要求饭店里所有的人不得离开。其中一个年轻人想溜，县令让衙役把他抓了回来。

衙役在饭店门口摆上了饭店的八仙桌，然后，拍拍桌子高喊："饭店里的人都出来站好，不得有误，县令大人要升堂审案。"四个年轻人也出来站好了。众衙役喊着威武的号子，县令一坐下就命令衙役把四个年轻人押了上来，县令说："此案很好审理，因为我在一旁看得清清楚楚，你们四个人快快交代为什么要刁难饭店。"四个年轻人耷拉着头，就是不说为什么来刁难饭店。县令就说："你们刁难饭店不说，还往菜里放苍蝇诬陷饭店，无理取闹，目无王法。来人，把他们各打十大板。"衙役才打了三下，一个年轻人就承受不住了："我招供，我招供。"县令没有理睬他，十大板全打完了，才听他招供。那个人说，是某某饭店指使他们干的。县令让衙役把那个饭店的掌柜叫了过来。县令问他，为什么要刁难人家饭店。他说因为没学到人家的手艺，生意不好，就找人来捣乱。他也挨了十大板。师爷和县令嘀咕了几句，然后县令一拍桌子宣布：四个年轻人和某某饭店掌柜付两倍的饭钱，每人罚银十两，交给布衣馆饭店作为补偿。最后，县令说，没有上任前就听说福山有人专门刁难饭店，如果是客人说出一些特殊的菜品来考考饭店的手艺，促进饭店的菜品创新，倒也是件好事。但如果用歪门邪道骗吃骗喝，无理取闹，本官绝不饶恕。

县令为了让布衣馆和那家饭店和解，就动员布衣馆把手艺教给那家饭店。后来两家饭店互相学习，生意都红红火火。

杠子头火烧的由来

杠子头火烧是一种面食，也叫状元饼。它之所以叫状元饼，是因为背后有这样一个故事。

传说，很久以前，潍县（今潍坊市）有两兄弟，一个叫王大，一个叫王二。二人在福山经营一个火烧铺。兄弟俩制作肉火烧、蔬菜火烧、糖火烧、椒盐火烧和锅饼等。因为兄弟俩做的火烧味道好，价格实惠，生意十分红火。

一年夏天，兄弟俩做火烧剩了一块面团。但因为下雨天要上门送货，二人就没来得及处理。因为夏天温度高，等兄弟俩忙完回来，面团已经发酵得又稀又黏，需要再加面粉才能制作火烧，于是弟弟就继续加面粉和面。可是面粉又加多了，面团太硬了，揉不到一块儿。天还在下雨，火烧做多了卖不完，弟弟想，在面团里加点食盐不容易坏，兄弟俩就在面团里加了点盐继续和面。因为水分少，面团怎么也揉不好，哥哥看到了旁边的擀面杖，于是兄弟俩就利用杠杆原理，用擀面杖来压面团，就这样兄弟俩揉好面，做了十几个火烧。这些火烧当天没有卖出去。

第二天中午，一个外地来的铁匠来买火烧吃。铁匠看了看店里的火烧说："出苦力的人吃这样的火烧不垫饥。"哥哥就给铁匠介绍用擀面杖压面做的火烧，铁匠用手捏了捏火烧，又掂了掂分量，买了几个。傍晚，铁匠又来买这种火烧，铁匠告诉兄弟俩，这种火烧面硬，吃着垫饥，不容易感到饿。而且有咸味，单独吃也好吃，麦香味足。铁匠又买了几个火烧，并且一连几天都预定了这种火烧。铁匠问兄弟俩这种火烧是怎么制作的，兄弟俩就给他讲了制作方法。因为兄弟俩用擀面杖压面时利用了杠杆原理，仨人一合计，就给这种火烧取名为杠子头火烧。

后来，兄弟俩为了让杠子头火烧更加美观，在火烧上捏出麦穗结和花边做装饰。一开始，大家都不了解杠子头火烧，没有几个人来买。兄弟俩就请老主顾们免费品尝杠子头火烧，很多人十分喜欢，一是因为垫饥，二是因为不容易变质，三是因为有咸味，麦香味足。很快，许多赶马车、出海打鱼、出苦力的人等都来购买杠子头火烧在外出时当干粮。杠子头火烧成了出远门必备的食物之一。

过去福山学子进京赶考前都要到福山孔庙（福山叫文庙）集中学习。学子们经过县衙（儒学堂）聘请的先生的辅导，成绩大幅提高。因为进京赶考路途遥远，学子们要带许多干粮在路上吃，先生就提议他们带杠子头火烧，因为它不容易变质，学子们用包袱皮包裹着杠子头火烧就上了路。

一年福山有好几个学子都考上了进士，考官感到非常奇怪，就到学子们的住处问个究竟。考官问了学子们平时努力学习的过程，又问学子们赶考路上的情况。一位学子告诉考官，他们路上没找到地方吃饭，就吃杠子头火烧，接着拿出一个火烧给考官看了看。考官使劲掰开了一个杠子头火烧，虽然已经没有多少水分了，但闻起来麦香十足，放到嘴里尝了尝，口味微咸清香。他说："福山是鲁菜之乡，面食也了不得，这个火烧这么长时间了还没有变质，十分难得。"考官问学子们："福山人怎么称呼取得功名的人？"学子们回答："一般都叫状元。"考官说："你们吃着杠子头火烧考取了进士，就是福山的状元郎，这种火烧应该叫状元饼。"学子们都说这个名字好。

后来，一个谢姓的进士回到福山，将考官把杠子头火烧称作状元饼的事告诉了儒学堂先生。先生也觉得状元饼这个名字非常好，他就和谢进士一起来到火烧铺，把这个名字告诉了火烧铺的兄弟俩。兄弟俩得知此事，喜出望外，他俩请先生为火烧铺写了"福山状元饼"的招牌。

就这样，火烧铺名声大噪，生意红红火火，杠子头火烧制作技艺也传遍了胶东。

过去一段时间，因为制作杠子头火烧费工、费力以及其他原因，杠子头火烧制作技艺几乎失传，近几年国家对加强了对传统美食的保护，杠子头火烧又重新回到人们的视野。烟台市莱山区孙强已经将南寨孙氏杠子头火烧制作技艺成功申报了烟台市莱山区第三批区级非物质文化遗产代表性项目名录，孙强也被评为烟台市莱山区第三批区级非物质文化遗产项目代表性传承人。

糖葫芦与招贤村

　　糖葫芦，在福山也叫糖布灯（音）、糖山楂、糖山楂、糖球等。糖葫芦过去是北京著名小吃，现在在很多地方都非常流行，如青岛有糖球会。烟台福山区招贤村是当地最早制作糖葫芦的村庄。

　　福山每年的山会、庙会都有卖糖葫芦的，那么糖葫芦是怎么来的呢？传说，宋朝有个黄贵妃，得了不思饮食之症，御医诊治无果，皇宫发出告示，寻求名医进宫诊治，治好了重重有赏。有个江湖郎中得知消息，也去到皇宫为黄贵妃诊治。这个郎中不懂得诊脉和开方下药，只知道问诊和用民间食疗的偏方来治病。

　　郎中问黄贵妃放屁是否有恶臭，太监说郎中对贵妃大不敬，还打了郎中几个耳光。黄贵妃因为身体确实难受，她说："治病要问话不妨事，我放屁确实有恶臭。"郎中又问："贵妃平时喜欢吃什么饭菜？"贵妃说："我爱吃牛肉，每天都吃，就是不爱吃蔬菜。"郎中接着问："贵妃吃什么主食？"贵妃说："我一般不吃米饭和面食。"郎中心中基本有数了，郎中说："为了弄清病因，我又要问一下比较私密的问题，还请贵妃不要怪罪我。"贵妃说："没关系，你问吧。"郎中问："贵妃是不是好几天拉一次大便？"贵妃说："确实如此。"贵妃想：这个郎中治病看样子能行，句句问在点子上。贵妃说："我这个病有几个月了，能治好吗？"郎中来了江湖气，手里比画着要钱的动作。太监一看正要发火，贵妃说："先给他一些银子吧，治好我的病还会有赏钱。"郎中接过银子后微笑着说："半个月后保证能治好贵妃的病。不过，我要留在皇宫观察病情，贵妃还要听从我的安排来治疗。"贵妃说："好，就叫你试试吧。"

郎中先给贵妃开了食谱，告诉御厨怎么做饭给贵妃吃：一顿饭要按照一两鱼、二两米、三两蔬菜的比例来做饭。这是郎中的食疗配方。郎中还有药疗配方，他找来山楂，用竹签把五个山楂串在一起，把糖溶化成液体，再把山楂放在糖液里滚一下，冷却后即可食用。郎中还用陈皮、鸡内金给贵妃煮水喝。郎中让贵妃每顿饭后吃一串山楂，再喝碗他煮的水。贵妃问那成串的山楂叫什么名字，郎中随口说道："叫糖水山楂。"贵妃觉得糖水山楂酸酸甜甜的，很好吃。就这样，贵妃一连三天都按照郎中的要求吃饭和喝水，贵妃觉得自己肚子不涨了，放屁也没有恶臭了，胃口也好了。十天过后，贵妃精神爽快，面色红润。皇上非常高兴，还奖赏了郎中。皇上问郎中："贵妃的病是怎么得的？"郎中回答："是饮食不合理引起了消化不良。"皇上点了点头。郎中告诉贵妃："每天早、中、晚饭后要到花园里溜达半个时辰，半个月后就什么病也没有了。"

一天，皇上为了感谢郎中，赐给郎中一桌酒菜。桌上有一道拔丝山药，郎中一看山药裹着一层金黄色的糖，晶莹剔透，亮晶晶的，十分好看，吃到嘴里还脆脆的。他想要是能把山楂做成这样就好了。后来，郎中找到御厨，一起把山楂做成现在糖葫芦的样子。贵妃吃了喜欢得不得了，觉得比以前做的还好吃。皇上感到好奇，就尝了尝，也十分喜欢。他问道："这东西叫什么名字？"御厨和郎中异口同声地说："叫糖山楂。"皇上说："这东西像串起来的葫芦，还裹着一层糖壳，就叫它糖葫芦吧。"郎中说："谢皇上赐名。"这样，就有了糖葫芦这个名称。

后来，郎中在宫里把黄贵妃的身体调理得非常好。郎中还和御厨一起教给宫里的人制作糖葫芦，还发明了山楂饴糖，专门用来帮助消化。郎中完成了使命，回到当地就继续行医。他在当地到处宣传糖葫芦是皇上赐给的名

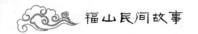

字，走到哪里就把糖葫芦卖到哪里。

回过头来，说说招贤村糖葫芦的故事。招贤村的村名取自招贤纳士之意。传说，很久以前，村里有户赖姓人家在京城做大买卖，家里非常富裕，有粮田百亩，还住着三进院落的四合院。赖家主人识文断字，村民们都称呼他赖先生。

一年，赖先生在京城住了几天。他看到京城有许多人在卖糖葫芦，生意非常红火。他就买糖葫芦尝了尝，感觉非常好吃。他问人家糖葫芦是怎么做的，好几个人都不理他，有一个人说是用拔丝的方法做的。

赖先生回到招贤村后，就在自家门前和村民们聊天，说京城这里、那里多么好看，什么东西好吃，等等。没有出过远门的村民像听故事一样，听他乱七八糟地聊着。赖先生说："京城人把山楂用拔丝的方法做成了糖葫芦，非常好吃。糖葫芦既有山楂的酸味，还带着糖的甜味，外面那层糖还酥酥脆脆的，再撒上点芝麻，真香呀。"村里的王老汉是个有心人，他问赖先生糖葫芦是什么样的。赖先生说："用竹签把三个、五个、七个或者十个山楂串在一起，外面裹上拔丝的糖，还要撒上芝麻。"

王老汉回家想，福山这里漫山遍野都是山楂，就是没有利用起来。儿子在县城当厨子，一定会做拔丝。于是，王老汉到县城问儿子怎么做拔丝，儿子说自己不会，要问问师傅怎么做。师傅知道了王老汉要做糖葫芦，就教给他儿子做拔丝。师傅说："拔丝是做菜用的，做糖葫芦熬糖要加火候。"后来，儿子和师傅经过多次尝试，掌握了熬糖的要领。王老汉儿子春节放假的时候，就和王老汉一起熬糖做糖葫芦，慢慢地，王老汉也学会了熬糖。他把糖葫芦分给村民尝了尝，大家都说好吃。

秋天王老汉采摘了许多山楂，福山马上要举办正月十五灯会了，王老汉打算做一些糖葫芦，拿到县城试试销路。灯会要举办三天。第一天，王老汉做了一些糖葫芦拿到县城卖，糖葫芦很快就卖完了。于是，他马上回去又做了些糖葫芦，未来两天还是很快卖完了。农历二月初七到初九这三天是黄家山山会，根据灯会的经验，王老汉让邻居帮忙串了比灯会多出几倍的糖葫芦。晚上他在家熬糖做糖葫芦，白天就和家人一起到山会上卖。在山会上，王老汉制作的糖葫芦还是十分受欢迎，供不应求。回去后，他分给帮忙串糖葫芦的邻居一些钱表示感谢，有的邻居死活不要钱，他就送给人家一些礼物。

春天梨花盛开的时候，福山有赏梨花的习俗。赏梨花一般是从梨花含苞待放到梨花凋落，持续十多天的时间。王老汉觉得这十多天又可以卖许多糖葫芦，就又叫来邻居帮忙串糖葫芦。白天，他就和家人到赏梨花的地方卖糖葫芦。

福山赏梨花的习俗由来已久，许多外地人也来观赏梨花。他们一看赏梨花的地方还有卖京城糖葫芦的，都要买来尝一尝。有的人还专门为了买糖葫芦而来，还有人把糖葫芦带回家送给亲朋好友尝尝。王老汉的糖葫芦每天都销售一空，很快他准备的山楂就用完了。王老汉挣了不少钱，当然他的邻居们也得到了实惠。

后来，王老汉想，多亏了邻居们帮忙串糖葫芦，自己才能赚到这么多钱。他和老伴商量，要把糖葫芦熬糖的手艺教给邻居们。一开始老伴不同意，王老汉说："邻居们生活都不富裕，还帮着咱家串糖葫芦，咱也应该帮帮他们。再说，咱家的糖葫芦在山会总是不够卖的，邻居们卖糖葫芦抢不了咱家的买卖。"就这样，王老汉和老伴说了好几次后，老伴终于同意了。

农闲时节，王老汉把帮他串过糖葫芦的村民召集在一起，商量教他们做糖葫芦的事。有的邻居因为不方便外出，不能去卖糖葫芦；也有邻居想学会了自己出去卖的。最后，王老汉决定继续为帮自己串糖葫芦的村民发工钱，愿意学做糖葫芦的邻居可以学会了自己出去卖。几户邻居很快就学会了做糖葫芦。

到了秋天，王老汉和邻居一起采摘山楂。因为王老汉忙不过来，邻居们还帮他一起采摘，王老汉就给邻居们工钱。就这样，招贤村的村民有的为糖葫芦制作竹签，有的采摘山楂，有的将山楂入窖，忙得不亦乐乎。

招贤村离臧家庄大集很近，王老汉第一个到集市上试卖糖葫芦，结果糖葫芦很受欢迎，集市还没散，糖葫芦就卖完了。邻居们也都到大集上卖糖葫芦，可是卖糖葫芦的人多了，各家的收益就不好了。邻居们还是很讲情理的，因为是王老汉教他们做的糖葫芦，邻居们就和王老汉商量，凡是年轻人都到福山县城大集和其他集市上卖糖葫芦，老人和王老汉在臧家庄大集上卖糖葫芦。这样，招贤村卖糖葫芦的村民就分散开了，人人都能有可观的收入。

一年正月，王老汉去毓璜顶庙会卖糖葫芦，他发现有一种山楂比当地的大一倍。王老汉经过询问得知，这是一个新品种，在芝罘一个山坡上有种植。于是，王老汉就去那里索要了枝条，回来嫁接在当地的山楂上。几年后，新品种山楂果实累累，这种山楂个大皮薄，果肉起沙，口感也好。用这种山楂制作的糖葫芦成了香饽饽，许多做糖葫芦的村民都纷纷向王老汉索要枝条嫁接培育，王老汉免费送给了他们。几年时间，招贤村以及周边的村庄到处都是大山楂树，村民们都用大山楂制作糖葫芦。村民们为了答谢王老汉，都会主动帮他管理山楂园。逢年过节，还会有人拿着礼物上门感谢王老汉。

后来，王老汉因为年事已高，就不出去卖糖葫芦了，他在家继续研制新式糖葫芦。他把山楂去掉核，制作出里面夹着花生米或核桃仁的糖葫芦，还有橘子瓣糖葫芦、山药豆糖葫芦、软枣糖葫芦等。他还研制出山楂糕、山楂饼和花生蘸等。王老汉把这些新产品的制作方法无私地分享给做糖葫芦的伙伴和本村的村民，招贤村的村民又把做糖葫芦的手艺教给了亲戚朋友和其他村的人。

后来，福山的山会、庙会和大小集市上都有卖糖葫芦的，很多人靠着卖糖葫芦致了富。招贤村就成了福山糖葫芦的发起村。这真是，致富致富找门路，家家制作糖葫芦；王家老汉做奉献，家家户户都致富。

炸椿鱼

炸椿鱼的主料是香椿，厨师把香椿炸成了鱼的形状所以取名炸椿鱼。食用香椿在福山已经有很长时间的历史了，香椿是福山的地理标志农产品。

福山人把香椿树叫作百木之王，又把香椿芽叫作救兵粮。这是为什么呢？传说，李世民东征时缺少粮食，用福山香椿给官兵们充饥。回去后，李世民把香椿树封为百木之王，把香椿封为救兵粮。

福山民间早春食用香椿由来已久，可以凉拌、腌制，还可以制作许多菜肴。据说，福山饭店有个不成文的规定：食客点了花样菜，如果饭店做不出来，食客吃饭就可以不给钱；如果饭店做得出来，食客就得付双份钱。一天，福山春来早饭店来了四位公子。堂倌点头哈腰地招待公子落座，倒上了明前龙井茶，堂倌拿着菜谱说："请四位公子点菜。"一个公子说："连着好几天吃大鱼大肉，专门到你们这儿吃点新鲜蔬菜，我们四个人一人点一道菜。"他们明显是有备而来，点的菜名也十分蹊跷，一个点了不用锅做的青白分开，一个点了青白一盘不放盐，一个点了黄雀穿树林，最后一个点了炸椿鱼。

堂倌听完他们点的菜，就知道这四位公子是想来为难饭店骗吃骗喝的。堂倌马上去了后厨，大厨一听菜名也明白他们是故意来刁难饭店的。大厨让堂倌去告诉四位公子，这些菜春来早饭店都可以做，但是要付双份菜钱。一个公子不耐烦地说："我们有的是钱，快快上菜吧。"接着，一个公子把一个银元宝放在了桌子上。

很快，饭店掌柜把不用锅做的青白分开端了上来，掌柜向公子们介绍说："这是春天的发芽葱，用刀把葱白和叶子切开，就成了不用锅做的青白分开，还加了一碗甜面酱。"公子们哑口无言，挥了挥手，示意掌柜下去。

一会儿，掌柜又端上来一盘红根菠菜拌豆腐，一看就是青白两色，还有浓浓的醋香味。掌柜说："这是红根菠菜拌豆腐，青白两色分明，加了米醋和香油调味，没有用盐。"公子们一看，确实是青白一盘不放盐。

公子们觉得，黄雀穿树林和炸椿鱼一定能难倒大厨。可是没过多长时间，掌柜就把黄雀穿树林端了上来。掌柜告诉公子们："这是黄雀穿树林。"一个公子问："哪是黄雀，哪是树林？"掌柜说："介绍这道菜之前，我先考考你们。"公子们一听这话来了精神，一个公子说："什么考题能难倒我们？来吧。"掌柜说："世上是先有鸡，还是先有蛋？"有的公子说先有鸡，有的公子说先有蛋，最后掌柜说："如果先有鸡，那么没有蛋，哪来的鸡？如果先有蛋，那么没有鸡，哪来的蛋？"公子们都哑口无言，回答不上来。掌柜接着说："玉皇大帝把凤凰放在地上变成了鸡，地上才有了鸡，然后又有了蛋。"

公子们看着菜默不作声。一个公子说："还是说说这道菜吧。"掌柜说："这是你们点的黄雀穿树林，是用头茬韭菜和鸡蛋做的。韭菜排列在一起，象征树林。黄色的鸡蛋象征黄雀，放在韭菜中间。"掌柜又说："饭店行话（行业用语）也把用鸡蛋做的菜叫作黄雀菜。你们看看这道黄雀穿树林可以吗？"有三位公子说"可以，可以"。一位公子还夸赞掌柜确实是高人。

最后，堂倌把炸椿鱼端了上来，公子们一看确实像一盘黄黄的炸鱼，但是不知道是用什么食材做的。掌柜说："快尝尝这道菜吧。"公子们一尝，才知道是炸香椿。香椿被炸得外焦里嫩，香气扑鼻，好吃极了。掌柜说："公子们今天点菜的时候说要吃新鲜蔬菜。俗话说，香椿是春来第一鲜。香椿既是蔬菜，又有鲜味，而且还炸成了鱼的形状。"公子们看看四道菜，确实挑不出毛病，直夸饭店手艺好。

公子们想的花样菜没有难倒饭店的大厨，觉得没有面子。掌柜就给了他们台阶下，问他们还需要什么菜。公子们点了六个饭店的招牌菜，还点了福山大面，专门要了香椿鱼卤，最后点了一坛老黄酒。他们一边吃一边海阔天空地聊着。酒足饭饱后，一个公子又拿出一个银元宝，掌柜知道一个元宝交他们食用饭菜的两份钱已经绰绰有余，就不收这个元宝。公子们说："这个元宝一定要收下，一是作为为难饭店的补偿，二是为了常来吃饭交个朋友。"掌柜也是个开明人，就每人送给他们一个福山烧鸡。

最后，公子们临走时每人送给饭店一句话，组成了一首歌谣：饭店手艺真绝佳，蔬菜做出鱼和虾；吃饭就到春来早，宾至如归如在家。

现在，许多酒店在早春时都会推出炸椿鱼、香椿炒鸡蛋等时令菜肴，在传统炸香椿的基础上加了其他佐料，更加美味可口，是对传统美食的传承和发扬。

习俗故事篇

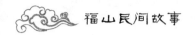
抬阁新说

旧时，抬阁是福山秧歌的主要表演内容。每逢年节、山会、庆典，都有抬阁表演，抬阁是由高跷演变而来的。

传说，福山有个老汉能预知将要发生的奇事和怪事。他天天到街上给人家算命，每次路过县衙大堂都要摸摸门前的石狮子。一开始衙役怀疑他想捣乱，不让他靠近，后来因为他给县官算命算得非常准，慢慢地衙役也找他算命，熟悉后他每天都可以摸摸县衙门前的石狮子。算命的人有特异功能，他能和许多东西对话。有几天他总是感到心里七上八下的，觉得有什么事要发生，他就把心事告诉了石狮子。石狮子告诉他，过几天要发洪水，人畜都要遭殃，他求石狮子给个解救方法。石狮子告诉他，洪水来的时候，人们在脚下踩个东西就可以避免水患。衙役把此事告诉了县官，县官说宁可信其有不可信其无，就叫衙役把此事告诉了村民。洪水真的来了，村民按照算命的人说的，都踩在板凳上，躲过了水患。后来村民在祈求天地保佑平安的时候，就踩在板凳上呼喊着表演。表演秧歌的村民就做了一种简单的用具，绑在脚上来表演，慢慢地就演变成了现在的高跷，逢年过节的时候村民就踩高跷来祈求平安，这也成了秧歌的一个表演项目。

福山有名的高跷队是上乔村和张格庄村的，他们的高跷不但脚腿高，而且表演花样多。他们把戏曲人物和神话故事排演成了高跷节目，有特色的如《八仙过海》《西游记》《牛郎和织女》等。后来周围村子的人纷纷向上乔村学习踩高跷，因此许多村子也有了高跷表演。上乔村的高跷艺人不再满足于这种表演，他们开始研究比高跷更高的表演项目。

起初的抬阁是把有扶手的两把椅子摞在一起，用方木和绳子捆绑在一起，成上下两层式样，把四条木棍绑成"井"字形固定在下层椅子下面，再在"井"字形左右的横木棍上，各绑两条竖着的木棍，用来系绑绳子扣，然后把扁担串进绳子扣，由八个人抬起椅子，抬阁就基本架好了。因为椅子分上下两层，椅子上可以坐两个小孩，抬起来像小阁楼一样，所以取名抬阁。

经过多次研究，他们又发明了一种多人抬的抬阁，在椅子两边绑上两根高约两丈的立柱，把架子固定在立柱上，小孩可以在上面站着或者坐着，还可以由一至四个小孩在上面表演。后来福山抬阁又有了固定的式样，是用一种复杂的木架子，木架子中间有一根立柱，立柱还有旋转机关，表演时可以旋转，立柱上还有两层小架子，两层都有小孩表演，由十几个人抬着。抬阁还用精致的绣品绸缎做装饰，既显眼又漂亮，这就是现在人们看到的抬阁。旧时，因为表演者像在楼阁上表演，抬阁表演轰动了福山县城，县令发出指令，凡在抬阁上表演的小孩将来考官的时候可以免乡试。抬阁表演时，抬抬阁的人要按照鼓点的节奏，步伐整齐地行进，除了抬抬阁的人外，抬阁两边还有八个扮着鬼脸的护阁神仙护驾，一是可以为抬阁行进开路，二是可以保护抬阁上的小孩不出意外，三是可以壮大抬阁表演的阵势，四是可以与抬抬阁的人替换。有些抬阁表演的队伍，还把抬阁上小孩的母亲用小轿抬着，跟在抬阁的后面，好在表演间隙让母亲哄哄孩子。还因为抬阁上的小孩将来考官可以免乡试，要让其母亲也跟着光荣光荣。表演时还有专人拿着比抬阁高三尺、顶上有权的杆子，当抬阁路过的地方有树枝等物阻挡时，可以用它撑起来。抬阁表演的节目有《麻姑献寿》《天仙送子》《牛郎和织女》《荷花生人》《双鬼推磨》《三娘教子》《劈山救母》等。有史料记载，旧时福山世回尧（过去归福山管辖）的抬阁远近闻名。他们最有特色的是花果山抬阁，装扮得非常逼真，花果满山，一群古灵精怪的小猴子互相打斗，偷吃瓜果，耍闹嬉戏，特别受观众喜爱，前来观看的观众可达五六千人。

有一段时间，福山的高跷和抬阁几乎失传了。近几年当地政府又重新进行了挖掘和保护工作，恢复了高跷和抬阁演出。2015年12月，福山张格庄镇下官村的抬阁被列入烟台市非物质文化遗产保护名录。

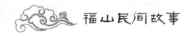

跑銮驾的传说

传说，有一年夏初，碧霞元君公主领着春红和梅香两个侍女从太平顶的庙里出来下山游玩。公主问她们去什么地方游玩，她俩异口同声地说："到城里赶个福山大集吧！"梅香对公主说："我们驾云前去吧。"公主对她俩说："我们来到民间就得体验一下民间的生活，步行去吧。"她们步行通过东关村西面的小桥过夹河，到了桥头看到一个挑夫。只见那挑夫挑着一担青菜很快地过了河，他把担子放在防洪大坝上，又回来把一个老妇从桥上背过了河，然后挑起自己的担子，一边走一边搀扶着老妇。这时春红对公主说："这挑夫真不容易，出来卖菜还带着家母。"公主说："那并非他的家母。"两个侍女不信，就上前问老妇，老妇说："我年纪大又有眼疾，不敢过桥，不知是谁家的大孝子，把我从桥上背过了河，真是个大善人呀。"公主对她俩说："福山人就是这么善良。"过了河不远处就是福山东门口大集，吃的、穿的、用的、玩的，应有尽有，真应了人们常说的那句话"福山大集样样卖，就是不卖大棺材。"

她们沿着大集往南走了一会儿，看见了福山的南堤垂柳，不由自主地来到河边，清夹河水中游鱼穿梭、虾蟹嬉戏。公主微笑着，听着春红和梅香点数着河中的鱼名，有大鲤鱼、白鲢鱼、花鲇鱼、鲫鱼……忽然，春红看见一条大红鲤鱼摇头摆尾地迎接她们，石缝里的黄鳝、泥鳅、毛腿大闸蟹等也都出来了。三位看得正欢，远处慢悠悠地过来一只河鳖，伸着长脖子，眼睛一眨一眨的。公主说："不要再惊动它们了，我们去上游看看吧。"走着走着，她们看见几个村妇在河边清洗衣物，几个村妇有说有笑，边洗刷边聊天。她们就凑过来帮村妇洗刷，公主问村妇，为什么在这个时辰来洗东西？村妇答，夹河两岸的住户都知道，不出太阳不能在河中洗东西。公主她们问为什么。村妇回答说，早上家家户户要挑水回去用，不能污染了河水。公主她们赞扬村妇识大体、讲道德，村妇们就和她们三个人边洗东西边聊家常。李嫂对刘嫂说："今天又给公公洗了这么多衣服呀。"刘嫂说："没有办法，老人不吃不喝不能活，吃饱了又在炕上拉。"春红听了就问："他怎么这样？"刘嫂无奈地回答："公公瘫在炕上五六年了，有什么法子呢？"又有人一问一答地说话，一人说："她婶子，你家捡来的那个孩子有八岁了吧。"对方回答："对呀，八年了还是不会自己拉屎、尿尿，一来不及就弄到衣服上了，衣服几乎得天天换。"又有人插话说："你拿着捡来的孩子像自己的孩子一样对待，全村人都夸你。"一会儿，有个村妇大声说："俺洗完了，谁需要帮忙把衣服拿过来吧。"村妇相互帮忙洗着交谈着，一村妇大声说："姐妹们，咱这夹河里什么鱼都有，可是怎么不能像海里一样生出蛤呢。"村妇都回答不出来，没有人作声，那村妇又说："河里这么多沙子，要是有蛤能管咱们个饱。"这时有个妇女回答："等着我去太平顶的庙里问问碧霞元君公主是怎么回事，再告诉你们吧。"村妇和公主三人哈哈大笑，有个村妇说："咱们说笑可不能拿着公主取乐，不能冒犯神仙。"春红和梅香听了差一点笑出声来，村妇哪里知道碧霞元君公主就在眼前。

碧霞元君公主听了村妇说蛤的事，她就想福山人心地善良，又背老人过河，又孝敬家中的老人，又帮别人洗衣服，凡上过太平顶的人都给自己送过香火和供品，何不送些蛤给福山人饱饱口福呢？于是碧霞元君公主就把身上戴的一颗珍珠投进了夹河里，并施了仙法，河里的沙中生出尢数绿皮小蛤。这些村妇完全不知情，三位神仙又不便说出实情，就告别村妇往南走了。在路上她们三位遇见了八仙之一吕洞宾，吕洞宾说："公主又为福山人做了大善事。"公主说："可是村民都不知道夹河里有蛤。"吕洞宾对公主说："我愿帮公主去告诉她们。"公主连声道谢，吕洞宾驾云而起，来到夹河边村妇面前，问她们刚才是否有三位外乡女子和她们一起洗过衣服，妇女们连连说是。吕洞宾告诉她们，那是碧霞元君公主和她的两个侍女，因为福山人心地善良，公主把自己的珍珠放在夹河里生了无数的蛤，让村妇弄些拿家去尝尝鲜。说罢，吕洞宾驾云北去，村妇一时间不知如何是好，都跪下磕头，并问他是什么神仙，这时空中传来"吕洞宾是也"的声音，但是吕洞宾早就不见了踪影。村妇过了一会儿才明白是怎么回事，就开始下河捞蛤。一会儿的工夫，每人都捞了一铜盆蛤。她们回家做好尝了尝，鲜嫩无比。后来，村民到碧霞元君公主的庙里进香，看到她戴的饰品上真少了一颗珍珠。

这种小蛤有拇指肚大小，皮薄，颜色碧绿，近似圆形，肉质饱满，无土腥味，汤汁像牛奶一样白。这种蛤像翡翠珠，也像珍珠，民间都叫"珍珠蛤"，后来都叫"绿皮蛤"。

福山有几个表演秧歌的人，吃着碧霞元君公主赐给的绿皮蛤，喝着小酒，打开了话匣子，都在叙说碧霞元君公主的功劳。一个说，福山原来没有樱桃，是公主赐给了樱桃；另一个说，福山人得了怪病，是公主给了药方治好的；又一个说，公主在海上救了许多渔船；还有一个说，碧霞元君公主为我们做了这么多好事，咱们能不能扭个秧歌，颂扬一下公主的功德。众人听了都一致赞成。有人提议说，皇上和娘娘出宫都坐銮驾，咱们就用銮驾抬着碧霞元君公主扭秧歌，来展示公主的风采。就这样，秧歌艺人就开始为碧霞元君公主准备銮驾。

碧霞元君公主的銮驾是用柘木（胶东最好的雕刻木料）雕刻的神龛，像中国古典式宫殿一样，神龛里有碧霞元君公主的坐像，她身上穿着绮罗绸缎，面容慈祥。銮驾需要十二个汉子抬着，表演时前面有仪仗队，拿着"严肃""回避"执事牌，开道大锣、虎头牌、龙凤旗、斧钺等。中间是碧霞元君公主的銮驾。后面是负责吹奏的乐队，有大杆号、唢呐、管子、笛子、捧笙和排箫，还有大锣、小锣、平鼓、立鼓、手鼓和铙钹等乐器。跑銮驾表演时，有快、慢两种步法，慢时按照鼓点的节奏小碎步行进，快时必须健步如飞，而且要四平八稳，即使在銮驾四个角各放上一碗水，也决不会洒出来。观众都静静地观看，以示对碧霞元君公主的尊敬。表演结束后，再把碧霞元君公主的神龛供奉在庙里或祠堂里。

因为表演跑銮驾时，步伐飞快，场面壮观宏大，最引人关注。为了让更多的人看到碧霞元君公主的尊荣，山会和庙会表演前，表演队伍路过村庄都要展演一番，让村民们大饱眼福。

追忆平顶庙会

在福山城南，南涂山村东，葛庄村西，有一座山叫涂山。旧时，涂山的山顶上盖有许多寺庙，人们称这里为太平顶。太平顶上有龙王祠、观音堂、玉皇大帝三清祠、碧霞元君公主祠、泰山行宫、送子娘娘庙、十不全老爷庙、大戏楼等古代庙宇建筑，是1938年以前胶东最大的庙宇建筑群落。这里常年香火不断，游客聚集。抗战前，每年农历四月十八日为"太平顶庙会"（旧称"太平顶神会"），那时很多人都要来"赶山会"。善男信女、商家小贩、官吏绅士、平民百姓云集于此，或烧香祭拜，或买卖交易，或文化娱乐。太平顶庙会是当时胶东最大的庙会之一，最多的时候有几万人来参加。近至胶东半岛，远至北方大连、南方上海的人都来赶庙会，那场面可谓人山人海，热闹非凡。太平顶庙会有专门的组织机构，是官府主持、民间自发组织的机构。负责庙会协调与组织工作的人统称"会首"，主要负责人称为"千会首"或者"总会首"，卜设执事若干人，分管财物、治安、演出安排、贸易区域划分和外事接待等工作。太平顶庙会所在地南涂山村被称为"坐山会"，他们责无旁贷，承担了庙会的很多筹备工作。

太平顶庙会最热闹的场面是秧歌表演，民间把庙会上的秧歌表演统称耍会。凡是参加庙会活动的社（相当于现在的乡镇）都有一个会首负责，每个村也有一个会首负责。各社都有一段耍会表演，太平顶庙会最鼎盛时有十八个社参加耍会表演。每社节目或多或少，少的六七个，多的十几个。耍会表演的队伍由各个社（村）的表演队组成，各个表演队要在庙会的前几天进行游乡表演，也叫"试演"或"试会"，主要是对节目进行彩排，也预告着庙会即将开始。耍会队由大小会首负责排练和演出。参加太平顶庙会耍会的社有古现、八角、宋家疃、芝水、世回尧、西牟、门楼、黑石、宅院、旺远以及牟平和莱山等社，还有南涂山村及附近几个村。涂山社的耍会表演，常常引进新的节目，赢得观众的一片喝彩。

每年农历四月初，各村会首就着手筹集太平顶庙会经费，落实庙会贸易人员，挑选耍会节目演员，开始排练耍会节目。四月十五日开始，各表演队在自己村或者邻村进行拉会（实为节目彩排）。四月十八日，各社把各村表演节目的演员集中后，早早地就往太平顶进发。路途较远的社头一天傍晚就到南涂山村借宿。南涂山村会热情地招待远来的演员们，为太平顶庙会做好后勤工作。

登上太平顶的主要路口都搭有一个大帐篷，叫"遥山亭"，是千会首和其他执事的办公场所。各社耍会的队伍上山时要先报到，首先举行插旗仪式，把各社各村队伍的旗帜插在山上，旗上有耍会队伍的名字。还要把长约十米、宽约两米的大红彩缎做成的高兆旗，插在另一根高竹竿上，高兆旗上有各社参加耍会的队伍的名称。仪式完毕，千会首宣布：耍会游艺表演正式开始。千会首给南涂山六合棍的壮汉每人一根齐眉腊棍，派他们四位"压山"（开道），他们手持腊棍，维持秩序，一边表演棍术，一边开道，威风凛凛。届时众人退到旁边，观看表演。接着是千会首和各社领队的会首在前后左右八面青龙飞虎旗和一把大伞的拥护下走在前面。后面紧跟着的祭神用的供品和供器，用十几个最大的木制食盒盛着。游艺队伍来到大殿后，分别摆好各个殿的供器、供品，千会首主持行三拜九叩大礼，祭神结束后，游艺表演继续开始。

首先是几十面播鼓组成的表演队伍（基本上来自宋家疃、世回尧、芝水）。据说，播鼓表演最多时有六十四面鼓，鼓手们穿着清一色紧身密排扣的服装，头戴英雄巾，扎着裹腿，脚穿虎头鞋，身前背着一面直径约一米的大鼓，鼓面上绘有阴阳八卦图案。鼓手们手持两只雕刻着龙头的柳木鼓槌，龙头嘴里系着约一米长的流苏，鼓槌用黄色油漆刷得锃光瓦亮。鼓手们迈着整齐的舞步，擂奏着各种节奏的鼓点，鼓声隆隆作响，惊天动地，震撼人心。鼓槌在鼓手的手中翻腾起舞，如游龙舞蛇、金凤点头、天女散花、凤凰翻飞、天降彩虹，令人眼花缭乱，惊叹不已。接着是南涂山村的六合棍表演。传说，南涂山六合棍在明代由河北沧州人于秋传入南涂山，多年以后遍及胶东大地，福山、牟平、芝罘、海阳等地练六合棍的人最多。庙会上人山人海，最热闹的是秧歌上山时的行进表演，秧歌队在表演时被观众挤得水泄不通，无法边表演边上山，就请南涂山六合棍的三十六个人边舞棍边开道。那场面宏伟壮观，舞棍者手拿齐眉腊棍，棍法套路多变，一共一百零八式，以攻为主，以攻为防守。六合棍舞起来上下翻飞，呼呼作响，如闪电，如旋风，让人看了眼花缭乱。舞棍者能把棍竖立起来，站在棍尖上表演动作，棍棍生威，观众纷纷躲闪。舞棍者边表演边开道。

接着是兜余村的舞龙舞狮。关于舞龙舞狮的由来有这样一个故事，传说玉皇大帝在天上召开动物大会，龙被封为管天的大王，分管太阳、月亮、刮风和下雨。许多动物纷纷争着要当地上的大王，最终狮子被玉皇大帝封为管理地上一切事务的大王，动物要听他管理，还要管五谷杂粮。狮子有自己的法宝——绣球，只要把身上的毛弄下来一些，滚一滚就成了绣球，绣球里能变出来小狮子，保佑地上五谷丰登。秧歌艺人们就在逢年过节的时候舞龙舞狮，来祈求风调雨顺、五谷丰登。舞龙队由二十八个壮汉组成，两条巨龙长约三十米，一青一黄，青龙代表风调雨顺，黄龙代表五谷丰登。舞龙队举着巨龙上下飞舞，时而上下起伏，时而盘旋升腾，时而八字穿梭，时而二龙戏珠。人们都愿祈求天下太平，所以舞龙成了主要表演节目之一。再看舞狮队，青、白、赤、黑、黄五色的狮子各一条，代表五种粮食，寓意着五谷丰登。还有各种颜色的小狮子。大狮子是由二人共同扮演，一人扮演狮子的前半部分，一人扮演后半部分，扮演后半部分的人要弓着腰，抱住前面扮演者的腰，非常辛苦。二人要配合默契，表演时狮子时而上下跳跃，时而卧扑于地，形象逼真，栩栩如生。表演最精彩的部分是两头狮子同时站立，从嘴里吐出"风调雨顺，五谷丰登""天下太平，吉祥如意"的对联。舞狮表演难度最大的是狮子腾空旋转，其难度大，危险性也大。观众都惊叹不已，连连称奇。最好看的是一条大狮子在一个直径约一米半的木球上表演各种动作。还有一群小狮子踩着鼓点跳跃起舞，打闹嬉戏，活泼可爱。最可爱的是在大狮子的遮挡下，小狮子抱在一起卷成球形，大狮子滚绣球玩耍，刹那间绣球中出来只小狮子，使人眼花缭乱。有时大狮子还驮着小狮子嬉戏，逗人开心，与大人扛着小孩看表演相呼应。

接下来是八仙秧歌。传说，八仙在福山修炼的时候，各自找到了法器，铁拐李在兜余镇找到了宝葫芦，何仙姑在古现镇找到了荷花，蓝采和在东厅镇找到了花篮，张果老在八角镇找到了渔鼓，吕洞宾在臧家镇找到了宝剑，韩湘子在门楼镇找到了竹笛，曹国舅在回里镇找到了阴阳板，钟离权在张格庄镇找到了宝扇。他们选择了福山的通仙宫，作为去天宫为玉皇大帝祝寿的地方。因此，福山秧歌艺人排演了八仙秧歌，表演时张果老拿着渔鼓、星相卜卦，推测运势。吕洞宾手持宝剑，威镇群魔。韩湘子吹着竹笛，余音绕梁。铁拐李用葫芦向观众播洒甘露，普救众生。曹国舅打着阴阳板，清脆悦耳。蓝采和举着花篮，把吉祥送给观众。漂亮的何仙姑拿着荷花，端庄肃静。钟离权扇动着宝扇，祝福人们万寿无疆。

接着是用锣鼓伴奏的秧歌表演。有真人真驴表演的《骑驴上寿》，有头戴大头娃娃假面具的《大头和尚戏刘翠》，还有《老汉推车》《小放牛》《卖膏药》等节目。门楼社诸留村表演的《刘海戏金蟾》博得观众此起彼伏的喝彩，只见那金蟾的扮演者身披带金色斑点的金蟾服装，头戴面具，和刘海的扮演者嬉戏挑逗，金蟾时而匍匐在地伺隙攻击，时而跃身而起，表现出不畏强敌的神态。扮演者配合默契，动作灵活敏捷，妙趣横生，观众都拍手叫好。再看看跑旱船的表演。关于跑旱船的由来在福山有这样一个传说。在福山北面的一个渔村，有几条渔船出海打鱼几天没有回来，渔民的家人就在海边烧香烧纸磕头，祈求龙王保佑渔船早日归来，可并不见渔船的踪影。夜里，一只海龟上来告诉村中一个救过海龟的人，说只要渔民在岸边的渔船上呼喊亲人的名字，表演行船的动作，出海的人就能回来。这人就告诉了失踪的渔民的亲人，大家都纷纷来到海边的渔船上，做出行船的动作，呼喊着亲人的名字。果然，没过多久，出海的渔船回来了。后来，人们就在逢年过节的时候表演跑旱船的秧歌舞来祈求平安。福山的秧歌跑旱船还加了其他内容，如何仙姑跑旱船、麻姑跑旱船等。跑旱船的表演者多数为男性，旱船是用细竹竿扎好的框架，四周用约一米高的绿色绸子围起来，像海水一样，船中间的两边系有和表演者的衣服颜色一样的绸布，可以挂在表演者的肩上便于表演。跑旱船讲究鼓点和步法协调，鼓点节奏舒缓，旱船就轻歌曼舞地游动，表演者前后左右表演着优美的动作；鼓点节奏急快，旱船船头就高高竖起，像被海浪掀上了天的样子，表演者表现出与海浪英勇搏斗的气势，一会儿船尾又高高竖起，像被海浪掀翻的样子，扮演者要把身子转一百八十度把船尾摆正。最难的是船头高高竖起后，表演者要表演出海浪回落的动作，要倒走十余步把船头摆正。跑旱船能把观众带进大海的惊涛骇浪中，也能把观众带进坐在小船里在江南水乡漫游的美妙时刻。

再看看跑毛驴、媒婆和丑婆的秧歌表演。

传说，福山有户人家，生活过得一般，家中有个待嫁的女子。父母问她想找个什么样的婆家，女子说，要自己找婆家。一天女子全家人去赶山会，见到一个年轻男子跟在他们后面拾驴粪，父母对女子说："这个男子拾驴粪，命不好。"闺女认为父母是门缝里看人，不看人的本质。后来女子和男子成了亲。二人的小日子过得很滋润，女人织布纺纱，料理家务，男人白天种地，夜里读书。很快，他们有了儿女，男人考取了进士，当了朝廷命官，在家乡被传为佳话。人们根据这个故事，排演了秧歌。秧歌情节令人捧腹，女子骑着毛驴，男子在后面一边拾驴粪，一边还拿着书本左看右看。

下面看看媒婆和丑婆的秧歌表演。媒婆是六婆（牙婆、师婆、药婆、稳婆、虔婆和媒婆）中较好的人之一，多数人讲诚信，但也有骗子。家中娶不上媳妇的人，都要好饭好菜地招待媒婆，就给媒婆惯出来骗吃骗喝的毛病。

秧歌中扮演的媒婆，是以诚信媒婆为脚本的。媒婆手中拿着折扇和花手绢，打扮得很耐看，表演时她的旁边有一对少男少女。媒婆有时在他俩的耳边窃窃私语，有时拉着两人的手合在一起，表示希望二人成亲。丑婆是反面人物，把村妇粗陋的行为表演给观众看，丑婆的表演者一般是二至三人。丑婆的妆画得不得体，身上的衣物斜胸开怀，嘴巴画成血盆大口，脸上点着大黑痣，手里拿着烧火棍或大烟斗。丑婆表演时会对骂和对打，有时还去推拉和摸索其他演员，表示作风不检点，使人看了捧腹大笑，知道这样的粗陋行为是不可取的。

紧接着秧歌表演又进入了一个高潮，那就是上夼村等村的高跷表演，上夼村的高跷一出场，就吸引了人们的目光。高跷最高的离地面约一米半，有的离地一米，离地三四十厘米的是小孩来表演。福山有名的高跷队是芝水村的，他们的高跷不但脚腿高，而且表演花样多。他们把戏曲人物和神话故事排演成了高跷节目，有特色的是《八仙过海》《西游记》《牛郎和织女》等。高跷队有他们特殊的表演形式，随着情节发展，伴着鼓点，有时原地碎步表演，有时大步流星表演，不时把高难度的动作展现在观众眼前，大劈叉、翻跟斗、单腿蹦跳都是他们的拿手戏。表演难度大，令人惊奇不已。比较传统的节目有《姜太公钓鱼》《渔夫和蚌》《杀子报》《花鼓》等。相传世回尧社的《金猴打金钱豹》堪称一绝，化妆成金猴和金钱豹的表演者表演厮杀和搏斗时，金钱豹一扑一跳，吼声震天，动作敏捷，而金猴则左闪右躲，乘机攻击金钱豹，又抓又咬又打。有时他俩还斗智斗勇，做各种假动作以欺骗和引诱对方，表演时高潮迭起，使人捧腹大笑。

最引人注目的秧歌表演是张格庄村的抬阁，抬阁比高跷更高，高出地面十米有余，木架子上根据节目内容安装道具和布景，然后把演出的小孩固定在木架子的上端，表演各种动作。高大的木架子由几十个壮汉抬着行进表演，主要节目有《花果山》《双鬼推磨》《荷花生人》《三娘教子》《劈山救母》《天仙配》《白蛇传》等。抬阁表演时观众可达五六千人之多，孩子们在约六米高的抬阁上做出各种动作，表演着各种节目。后面是四人小轿，抬着阁上孩子的母亲，像官宦之家的贵妇人出门似的。抬阁的四周还有八个鬼脸神保护抬阁和为抬阁开路。抬阁表演是山会和庙会的重头戏，于是就有了"没有抬阁不成会"的说法。

接着还有大头娃娃的秧歌表演。大头娃娃的表演还有一段故事，传说，很早以前有个小孩，刚生下来的时候头特别大，村民就给他取了个绰号"大头宝"。大头宝出生后，他的母亲常常对人说："大头宝是小皇帝的武官。"村民听了都说，她是因为孩子的头太大不好看在瞎掰，他母亲就反驳说，这是送子观音在她生大头宝的时候告诉她的。后来，大头宝真的当上了武状元。村中的妇女根据大头宝天生头大的特点创作了大头娃娃剪纸，用来祈求自己的孩子能当上官。大头宝的父亲是个秧歌能手，为了炫耀自己家里出了官人，他还专门做了大头娃娃道具，并找小孩表演。一开始没有孩子愿意表演，他就给小孩买衣服，表演完了还发钱。说来也巧，演过大头娃娃的小孩很多都有出息，慢慢地，小孩都争先恐后地来表演大头娃娃，就这样演大头娃娃成了秧歌的一个表演节目。大头娃娃们载歌载舞、喜气洋洋的，有时琅琅读书，有时嬉戏玩耍，使观众进入了童年时代，这也是妇女、儿童十分喜爱的秧歌节目。

后面往往紧接着的是挑担货郎和翠花的表演。传说，从前有个挑担货郎常常下乡卖货，他总是以次充好。翠花是个耿直的女孩，多次批评挑担货郎不应该这样做，但挑担货郎就是不改。翠花对挑选女红用品十分在行，村里的婶子、大妈和姑娘们都让翠花帮着选货，她总能挑出货郎物品的毛病。后来，货郎感觉翠花是个精明的女孩，就托媒人说亲娶了翠花。他俩结婚后，翠花把货郎教育好了，诚信卖货，他家的儿子还中了举人，翠花和货郎的小日子过得红红火火。秧歌艺人根据货郎和翠花的故事排演了秧歌，表演翠花在挑担货郎那选货的场面，场景生动，惹人喜爱。翠花拿拿这个、看看那个，货郎指指这个、点点那个，翠花眨眨眼，货郎瞪瞪眼，引人捧腹大笑。货郎和翠花的儿子穿着官服拜见他俩，真有回乡省亲的意思。

福山秧歌表演还有腰鼓、花棍舞、太平鼓、扇子舞、花鼓舞等节目。过去，福山秧歌有保留节目，又有临时节目，可以根据流行戏曲和故事表演新节目，还可以根据形势需要排演新节目，如抗战时期有宣传打鬼子的秧歌，有宣传参军光荣的节目；新中国成立初期有宣传打土豪分田地、宣传破除迷信和宣传妇女解放的节目……总之，福山秧歌表演形式多样，节目内容丰富多彩，是人们喜闻乐见的民间表演艺术形式。过去，人们常说"大戏不怕对台唱，就怕秧歌开了场"。

庙会还有"跑銮驾"表演，銮驾是为碧霞元君公主设计的节目道具，是用胶东最好的雕刻木柘木制作的，样子像缩小的古代宫殿，由十二个壮汉抬着，后面跟着旗锣伞扇、执钺、执斧、朝天蹬等仪仗队伍。行进时壮汉抬着銮驾可以走得飞快，而且十分平稳，銮驾上放一碗水也不会洒出来。观众肃立注视，以表示对碧霞元君公主的敬仰。接着是黑石社张格庄村的"跑大营"，跑大营节目起源于明末清初，是太平顶庙会的必备节目。跑大营节目表演约半小时，表演共分三大部分，第一部分是最前面八名耍棍者用羊角棍开道，同时表演四门斗阵法。场地扩大后，开始表演第二部分，每两名耍棍者和扮演角色者一起表演，传统节目有《唐僧西天取经》《大头和尚戏柳翠》《穆桂英挂帅》《董永和七仙女》等。第三部分是破阵表演，舞棍者用扣十字门、八卦、眼镜等阵法破阵，在敲打乐器的伴奏下进行表演。"跑大营"和"跑銮驾"是太平顶庙会的压轴戏，观看者众多。

太平顶庙会上，只有几个社的节目略有雷同，基本每个社各有特色，都有绝活和拿手戏。每个社的耍会队伍有五百至一千人，如果十八社的耍会队伍都到太平顶演出，那么到场的表演者就有两万多人，十八段耍会节目连着表演两天也演不完，可见福山秧歌整容之强大，场面之壮观。

太平顶庙会上也表演唱戏，山上有一个特大的戏楼，文戏、武戏齐登场，票友纷纷上台亮相。话说有一年，庙会上表演唱戏，爷爷和孙子都是戏迷，也来看戏。台上表演的是秦香莲的戏，当戏演到秦香莲上京时，孙子直喝倒彩，爷爷就呵斥孙子，孙子还是一个劲地喝倒彩，其他看戏的也跟着起哄，乱成一锅粥。戏没法演了，戏班班主就出场赔礼和请教，场下静了下来，看戏的你看看我，我看看你，都不出声，爷爷就按着孙子不让出声，可那孙子猛地站起来，跑到台边对班主大声说："秦香莲要着饭上京寻夫，她手上怎么还戴着金镏子（金戒指）和玉镯子，她这不是有钱吗？"班主一听，恍然大悟，他说是扮演秦香莲的角儿来晚了，急于上台忘了取下来，闹了笑话，被这小戏迷挑出了毛病。班主赔了礼，戏又接着演了下去。后来，专业戏班来福山演出，被福山的票友挑出许多毛病，他们都说福山的戏迷十分专业。

太平顶庙会上的戏有对台戏，以京戏为主，也有吕剧登场。表演的剧目有《捉放操》《法门寺》《玉堂春》《秦香莲》《打渔杀家》《辕门斩子》和《二进宫》等。戏班多数在农历四月十五就开始演出，四方的戏迷都来看戏。海上（芝罘区旧称）的戏迷有坐着马车来的，也有坐着轿车来的。上午八点左右，垫场戏开始，主要是演员预演和票友试戏。但是观众也听得津津有味。十点正式开始唱戏，一直能唱到傍晚四五点钟，芝罘几个有名的戏班都来演出，有双和班、杨洪来班、同庆班等。戏班的精彩表演赢得观众阵阵喝彩，唱戏、看戏也成为太平顶庙会上的一大亮点。

太平顶庙会还是胶东半岛最大的农副产品交易会，栖霞桃村镇最大的骡马交易市场也应邀来参加交易。他们提前好几天就来到宽敞的场地上，大大小小的牛、马、驴、骡子有千余头，骡马交易市场上最活跃是牛、马、驴、骡子的经纪人（驴经纪人旧时福山称驴斤斤），他们帮买卖双方讨价还价，撮合成一单生意，就会有可观的收入。他们说暗语，用手在衣服袖筒里捏指头讨价还价，他们一般是专门给卖方或者买方做经纪人。当时骡马交易没有经纪人帮忙很难成功，这样也给了他们赚钱的好机会，有时一次太平顶庙会赚的钱比全年的收入还多。庙会上还有母猪、仔猪、山羊、奶羊，花猫，狗儿，飞鸟虫鱼和花卉盆景的交易，样样俱全。

庙会上还有洋广杂货大市场，有车篓抬筐长扁担，簸箕笊篱小挂篓，木掀木叉和木耙，麻皮绳子和皮条，铁犁铁锤和大镐，果树剪刀嫁接刀。锅碗瓢盆也热闹，花布绸子和缎子，颜色齐全花花线，绣花样子一卷卷。小孩玩具也不少，泥老虎和咕咕哨，琉璃球和纸质贴，褶皱绦子风筝绳，象棋跳棋五子棋，小刀小枪红缨枪，竹子陀螺有一筐，小人书摊挤满人。每年太平顶庙会的时候，学校学生也放假赶庙会。他们拿着风车玩得欢，咕咕哨吹得呼呼响，小吃满嘴嚼得香，还有看小人书的一排排。老汉买着农具往家扛，姑娘出门一帮帮，买着鞋帮和绣样，捎着红纸和剪样。花花线买了一箩筐，婶子大妈也来抢，锅碗瓢盆不能少，还要麻皮和笊篱。庙会上真是买卖兴隆，热闹非凡。

太平顶庙会的另一大亮点是福山美食摊，每年福山城里的商会会首都会提前几天和千会首合计，安排业主和相关人员提前来到指定地点，为远道而来的人提供饮食服务，安排秧歌队表演者的一日三餐。这就叫"人马未动，粮草先行"。俗话说，要想吃好饭，围着福山转。太平顶庙会也是展示福山美食的好机会。庙会上有福山的大面、福山的烧鸡、福山的烧肉等名吃，还有包子饺子火烧子，锅饼烤饼加油饼，大菜包子加馅饼，炸鱼炸肉炸丸子，油条面鱼和麻花，朝天锅儿老豆腐，牛肉羊肉一锅汤，挖碗伙食大杂烩，杠子火烧千层饼，小屉包子手背包，年糕粽子黏豆包，咸菜香椿八宝菜，韭花辣酱豆腐乳，馒头油卷豆饽饽，桃酥果子沙琪玛，鸡蛋大饼小米饭，熟对虾和梭子蟹，飞蛤海螺鹰嘴螺。庙会上孩子们吃着麻花嘎嘎响，老汉们吃着豆腐脑，辣得满头大汗，直呼过瘾。乡下人在庙会上来一碗福山大面过过瘾，焖子摊上也是人满为患，许多人买了锅饼、烤饼捎回家，还有人买了烧肉和烧鸡带回家给老人尝尝。姑娘、妇女和小孩休息时最大的乐趣就是吃波螺（小海螺）。有些人赶庙会很有经验，上午九十点钟吃一顿饭，下午三四点钟吃一顿饭，这样可以避开中午，吃饭的人不会太多。

太平顶庙会在清末和民国时期盛极一时，热闹非凡。可惜的是1938年日本人轰炸了太平顶，把庙宇和戏楼全部炸毁了，又加上连年的战乱，福山有数百年历史的太平顶庙会被迫终止。改革开放后，在各方的共同努力下，太平顶庙会得以恢复，还是热闹非凡，人山人海。秧歌表演、唱戏、买卖交易、美食展示，样样俱全。这也是福山人精神文化生活的一大亮点。

秧歌表演——跑大营

在福山有赶庙会的习俗，庙会上会表演秧歌。秧歌表演中有个节目叫跑大营。此节目在明末清初就有了雏形，迄今已有三百余年的历史。

每年农历四月初八是福山张格庄镇泉山山会，四月十八是太平顶庙会和高疃镇曲家村祈雨顶山会，都有跑大营表演。1900年前后，福山张格庄镇张格庄村的跑大营表演就远近闻名，成了山会、庙会的香饽饽。每年的山会、庙会都会邀请张格庄村的跑大营表演队伍。跑大营的演员必须各个会武术，他们到处拜师学艺，学习了六合棍、绿林棍以及花枪等武术器械，创编了羊角棍棍法。羊角棍表演动作美观大方，能攻能防，能放能收。

张格庄村的跑大营表演队伍分为两组共二十人，每组队伍前面有一个耍棍舞者，手持齐眉腊棍，分别扮演孙悟空和马童。孙悟空一组的后面是唐僧、猪八戒、沙僧、大头和尚、柳翠、济公六人，马童一组的后面是穆桂英、扛旗手、扛降龙木的将士、董永、七仙女、丑婆六人，还有演奏打击乐器的六人，他们共同组成了跑大营队伍。

跑大营表演约半小时，表演共分三大部分，第一部分是最前面的八名耍棍者用羊角棍开道，同时表演四门斗阵法，舞棍者用两根羊角棍互顶，挑、刺、劈、撩、扫交替变化，柔中带刚，刚柔并济，在让观众欣赏棍法的同时，也起到了疏散人群和开道的作用。场地扩大后，开始表演第二部分，每两名耍棍者和扮演角色者一起表演，传统节目有《唐僧西天取经》《大头和尚戏柳翠》《穆桂英挂帅》《董永和七仙女》等。第三部分是破阵表演，舞棍者用扣十字门、八卦、眼镜等阵法破阵，在鼓、板鼓、大锣、小锣、大镲、小镲等敲打乐器的伴奏下进行表演。场面宏大，非常热闹。跑大营是旧时山会和庙会的压轴戏，在观众心中留下了精彩的回忆。

跑大营在"文革"时期一度中断，几乎绝迹。2010年前后福山张格庄村为了传承这一民间艺术表演，找到了唯一懂得跑大营民俗和表演的老艺人王树友先生。王先生能回忆出完整的跑大营的表演人数、表演动作、套路程序、服装道具，以及每个角色的表演动作，但是已经快九十岁高龄的王先生，已经不能表演跑大营的高难度动作，只能简单地比画几下。为了把这一古老的民间艺术传承下去，王树友和王德权（王德权是王树友的徒弟）二人开始研究跑大营的全部套路和技法，组织跑大营表演，学习羊角棍和各个角色的动作。王树友和王德权备齐了服装和道具，教给各个演员角色动作，经过多次练习，一套完整的跑大营表演展现在人们面前。

2016年农历四月初八张格庄庙会上，跑大营秧歌表演闪亮登场，重出江湖，成为庙会的新亮点。2017年张格庄村跑大营被福山区列入区级非物质文化遗产保护名录。2018年元宵节张格庄村跑大营表演队伍应邀参加了福山区春节秧歌进城汇报表演，使观众感受到了跑大营的艺术魅力。目前，张格庄村跑大营秧歌表演已经申报了烟台市级非物质文化遗产保护名录。

抓周礼仪

人生礼仪包括报生育喜、三朝礼仪、起名礼仪、过满月庆、过百岁礼、抓周岁礼、本命年俗、庆寿礼仪。所谓抓周岁礼，是指小孩出生一周年时，为小孩举行的抓周礼仪。过去医疗水平低，有很多婴儿夭折，小孩能活过一周岁，就意味着小孩大概率上可以健康长大了。所以抓周礼仪是人生第一个重要的庆贺礼仪。

家人要在小孩周岁的前几天通知亲戚朋友和邻居来参加。小孩周岁的这天亲戚朋友和邻居欢聚一堂，首先进行祭祀神灵和祖先的仪式。亲戚朋友和邻居给小孩送来衣服鞋帽等物品。祭祀结束后，他们给小孩试衣试鞋，这也是一个仪式。一来祝福小孩健康成长，二来可以展示各家礼物，看看衣服鞋帽的制作水平。过去最流行送虎头帽和虎头鞋，虎头帽帽檐顶部绣有老虎眼睛、耳朵等，还有一个大大的"王"字，绣工精美，栩栩如生，甚是漂亮。虎头鞋前脸绣有虎头模样，虎的额头中间绣有"王"字，鞋帮两面绣有梅花、弓箭等吉祥图案，鞋后面还有尾巴，同时也是提带，鞋底多数是半软底，便于小孩穿着，绣工精细，活灵活现。虎头鞋的寓意是希望小孩像老虎一样生龙活虎，健康成长。亲戚朋友、邻居送的衣裤基本上都比小孩的身体要大一些，这是因为小孩周岁后长得快，衣服大些可以多穿一段时间。

周岁礼仪中最隆重、最热闹的是抓周仪式，仪式一般在午饭前举行，亲戚朋友、街坊邻居欢聚一堂。过去大户人家会在正屋中间放上几张饭桌，上面摆着小孩名字的印章、三字经、百家姓等书籍，还有笔墨纸砚、算盘、钱币、账本、弓箭、吃食等。如果是女孩抓周，则要加上铲子、勺子、炊帚等炊具，还有首饰、胭脂、花朵、剪刀、布尺、绣线、剪纸和绣花样子等。亲

141

戚朋友、街坊邻居送的玩具也要摆上。一般人家就在炕上用饭桌摆上以上几样东西即可。摆放完毕，大人让小孩在小凳子上坐好，在没有任何人指点的情况下，让小孩任意挑选东西，要看看小孩先拿什么，后拿什么。在场的人都希望小孩能先拿到象征吉祥如意的物品，但是有的小孩就是没有拿到。为了有个好的寓意，这时往往会有人往小孩手边放些象征吉祥如意的物品，直到小孩拿到为止。如果小孩拿到印章，表示孩子将来必成大器，官运亨通，光宗耀祖。如果小孩拿到笔墨纸砚和书本，表示孩子将来上进好学，金榜题名，前程似锦。如果小孩拿到账本和算盘，表示孩子将来是理财和经营能手，能做大买卖，发家致富。如果女孩拿到绣线和布尺，表示孩子将来做针线活一定很拿手。如果女孩拿到铲子和勺子，表示孩子将来是料理家务和经营生活的好手。如果女孩拿到剪纸、绣样等，表示孩子将来肯定是个聪明手巧的人。如果女孩拿到首饰或者胭脂，表示孩子有娘娘命，将来能做个官夫人。如果小孩拿到食物和玩具，在场的人也会说吉利话，如小孩将来能当厨师，有好口福；能当个先生，哄孩子读书等。

第一个生日是孩子一生中一件重要的事，家人准备了好酒好菜来招待亲戚朋友和邻居。这一天要给孩子理发，寓意新的一年从头开始。还要做一碗荷包鸡蛋面，寓意祝孩子健康长寿。另外，要为来庆贺的亲戚朋友和邻居包包子、制作花饽饽做回礼。

抓周是庆贺人生第一个生日的仪式，抓周是旧时巫术和卜卦的一种表现形式，至于小孩抓到什么就预测孩子将来干什么是毫无根据的。人们看重的是，用这种传统民俗活动和仪式烘托喜庆气氛，祈求和祝福孩子健康成长。

结婚的习俗

结婚是人生中一个重要的转折点。旧时福山人结婚有议婚、订婚、统日、铺床、迎娶、拜堂、闹房和回门等过程，十分烦琐。每个过程都要认真准备，以防出现差错。双方大料（主事人）都是责无旁贷，努力安排好结婚的一切事务。大户人家为了婚事圆满，让大料从议婚开始就参与其中。

议婚主要是由一个媒人或者两个媒人（男、女方各一个）上门提亲，提亲有求婚之意，大体上是男方委托媒人或者亲戚朋友到女方家求婚，如果是两个媒人，二人往往先熟悉一下双方的情况，二人合伙做个媒。

订婚，又称"传启"，有传小启和传大启之说。传小启又叫换柬、换帖、过小贴等，是双方初步落实婚姻意图的书面形式。男方需要请人用红纸写求亲的小贴，写明男方的生辰八字，折成帖状，封面写上"敬求金诺""恭候金诺"等表示求婚的语词。女方家接到小启后要写允启，上面要写明女方的生辰八字，封面写上"谨遵台命""仰尊玉言"等表示同意轧亲的语词。

传大启要用柬盒（俗称柬匣，喜匣），男方要在柬盒内放上耳坠、戒指、手镯等押贴物，有的人家送帖还给女方一些衣物等，因为亲事传小贴后就确定下来，男送的物品就属于"红定"。通常情况下男方传完小启后不能悔婚，女方则可以考察男方，可以悔婚，拒收大启和物品。双方只要传完大启，婚姻就正式确定，任何一方都不便再悔婚。

统日，也叫看日子、送日子和送娶牌等，统日是从古时候的"请期"延续下来的习俗，是男方请阴阳先生和大料根据男女双方的生辰八字挑选举行婚礼的好日子。征得女方同意后，男方一般委托媒人将写有婚礼日子的成婚书和聘礼一起送到女方家，聘礼多为红衫、袄面、戒指等，成婚书和聘礼用红包袱包着，插上柏树枝，寓意为百年好合。

统日后，女方接到出嫁日子的婚书就开始整理嫁妆，男方则开始收拾新房，同时通知亲戚朋友告知婚期时间。亲戚朋友接到通知后，开始送喜礼，向男方家送的喜礼一般以"色"为单位，一对鸡、一对鱼、二斤粉条等都为"一色礼"，也有送钱、袄面、被面等的。向女方送喜礼称为"添箱子"或"添嫁妆"等。一般送的衣服、布料、被褥等都是给新娘自己的，用来压箱子，也可以送钱，称为"压箱钱"。一般大多数人送果盒，果盒是用方形木匣或者纸笸箩装着糖果和柿子饼，还有加上一斤或者半斤糕点（旧时多数是自己烙的小抓果，是长约一至二厘米，厚约一厘米的菱形面饼）的。女方家人会把糕点或者糖果装在纸笸箩里，放到盛嫁妆的柜子中，作为新婚之夜新娘、新郎的干粮（俗称体贴干粮）。双方收到喜礼后都要记入账簿，俗称"喜议帐""喜帐""喜礼帐"，作为日后还礼的依据。

临近婚期，男方要向女方家送催妆礼，俗称催嫁妆。主要是问明女方家送嫁妆的人数，送亲（大客）的人数、辈分、年龄、性别，以便男方家早做准备和安排。婚期的头一天女方家要把嫁妆送到男方家，也称"送艳房"或者"送嫁妆"。主要的嫁妆有被褥，箱子、大柜、小柜，桌子、椅子、脸盆和长命灯一对。

送嫁妆时，女方家要安排两个亲戚跟着，称为"押车"或"挂帘子"。媒人在前头，称为"压车头"。男方家收到嫁妆后，就开始布置婚房，准备迎亲事宜。

铺床是布置洞房的最后工作。铺床前由男方家把自己家的家具摆放好，再将女方家送来的嫁妆摆放好，包括大柜、小柜、桌子、椅子、茶几、梳妆台等家具。女方家嫁妆送来时，男方家首先举行翻箱子仪式，主事人高喊"好日子到来"等吉利话。先把椅子放到新房的门前摆好，再把箱子放在椅子上，由女方家的亲戚把箱子锁打开，拿出新媳妇为婆家人做的新鞋，还要说一番客套话，如"祝福新媳妇过门后家庭和谐美满"等。接着由新郎父亲用红绸子包着的擀面杖，把箱子里面的东西从下面翻过来。同时主事人唱喜歌：公公公公翻箱子，转过年来置庄子。翻箱翻箱，金银满箱，财宝满箱，喜气洋洋。男方家还要看看女方家压箱底的钱是多少，按常理女方家压多少钱，男方家也要压多少钱（俗称兑钱）。

下一步是摆放女方家的嫁妆，首先摆放好椅子，再摆放其他嫁妆，如果卧室摆不开，就摆放在正屋显眼的位置，以表示对女方家的尊重。在摆放厨房用品时，新娘的小姑子要一边滚动葭帘子一边唱喜歌：小姑滚小葭，来年抱小侄。小葭小姑滚，来年侄女胖墩墩。此时新娘的公公在主事人的指挥下，开始滚动菜墩子，同时有人唱喜歌：公公公公滚墩子，来年抱个大孙子。公公滚滚墩，来年抱个孙。通常情况下，大件嫁妆摆放好了以后，女方家的姑嫂、姐姐等帮着摆设桌面上的物品，如花瓶、罩花、帽筒、茶盘和茶碗、长命灯，后期还有座钟、挂表等。梳妆台上摆放漱口盂、肥皂盒、头油盒、胭脂粉盒、梳子、面镜等。接下来就是挂帘子（俗称钉门帘）。首先是女方家的男亲戚用红绸子包着斧头把的斧头钉好钉子，由男方父亲把门帘挂好，同时主事人唱喜歌：一钉金，二钉银，三钉财宝往里进，四钉粮食满了囤。钉好门帘后，男人不能随便进入新娘的洞房。

最后一个环节是铺床。铺床由男方、女方家的女人完成，男人不得参与和偷看，一般是女方家的姑嫂、姐姐等参与，男方家由姥姥、奶奶、姑姨、婶子、大妈、姐姐等参与，但是铺床必须是全合人才能参与。所谓全合人是指本人必须上有父母，自己有配偶，还要有儿有女。在女方家的嫁妆到来之前，男方家要把洞房粉刷一新，用粉红色和红色的花纸裱糊新的虚棚（仰棚）。虚棚中间裱糊着剪有龙凤呈祥图案的团花剪纸。四个角多数是石榴、荷花、蝙蝠等图案的角花，四条边用黑色的纸装饰，与角花连接，寓意着龙凤呈祥、百年好合、多子多孙，还要裱糊新的窗户纸。最重要的是要把炕打扫干净，用高丽纸（俗称皮纸）糊好炕面待用。还要准备一张上等的炕席，俗话说，炕上没有席，脸上没有皮。

铺床时，先在窗户和门上贴上婚俗剪纸。炕左右的墙上也贴有求子剪纸。接着摆放好炕头柜，放下门帘，挂上窗帘，由女人在门口把守，男人不准进入。这时开始正式铺床，首先把炕打扫干净，铺上炕席，再把炕席打扫干净，把女方家放在箱子里面的红包袱和男女双方的被褥，用蜡烛照一照，用竹筛子隔着被褥看一看。同时唱喜歌：照一照来快闪过，害虫污物全躲开。筛子筛子过一过，千眼万眼好事多。新人用来最合伙，来年炕上孩子多。然后把红包袱铺在炕席上，四个角各压一枚铜钱。新娘在新婚后三天把红包袱取下，把铜钱包在包袱里。接着铺上褥子和炕单，炕单上铺喜毯或者两床被子，再把其他被褥摆放在炕头柜上。

铺床时有人专门唱喜歌，旧时铺床喜歌非常多，但是现在留下来的很少。有喜歌这样唱道："新房新炕铺新席，新郎新娘有福气，男阳女阴通了气，来年就把孩子拾。铺床铺床，金玉满堂，先生儿郎，后生姑娘……"虽然铺床喜歌留下的不多，但是现在福山人铺床还是要唱喜歌的。铺床还有一个环节是楦枕头，这个枕头是新婚的头一天晚上新郎和压床童子用的。楦枕头也要唱喜歌，比如，"大把楦，小把楦，养个孩儿子做知县。大把挂，小把挂，生个儿子做知府"。

最后摆放压床的食物，食物全都压在褥子下面，四个角压上一对用红绦子绑在一起的粉红色莲子（花饽饽），四边分别摆放芝麻喜饼、花生、大枣、栗子、柿饼、糖块等，数量多少均可，但必须是双数。新娘入洞房后，看新娘的人会哄抢这些食物，烘托喜庆气氛，让人人都沾有喜气。凡是抢到压床食物的人，都要分给没有抢到的人吃。

铺好床的新房要关好门窗，最忌讳动物进入，如果家养的动物进入还要唱喜歌念叨，如果是猫和狗就念叨："来个狗年年有，来个猫年年高。"如果不慎进入了黄鼠狼、狐狸、壁虎等，大户人家就悄悄地请道人来做法事消灾。

迎娶就是举行婚礼，婚礼头三天，喜主要和主事人一起再通知一下街坊邻居来做客和帮忙的人，还要排桌位和写喜榜，请喜宴厨师头目落实饭菜事宜，请鼓手班头目落实人员和出行时间，请账房先生写好喜议帐以及各项支出和收入账目，借好就餐用的桌子、凳子和餐具等。

婚礼头天晚上，新郎要在睡觉前穿好结婚的新衣服给亲戚朋友看看，向父母行大礼，再和压床童子一起到新房休息。新娘也要向父母行"辞娘大礼"，以感谢父母的养育之恩。

婚礼当天，男女双方家里都要张贴大红喜字，鼓手吹奏起喜乐。新郎骑着高头大马，戴着大红花，还带着许多迎亲喜礼。新郎和两顶花轿、仪仗队、鼓乐班组成迎亲队伍，去岳父家迎接新媳妇。迎亲队伍到达女方家时，鼓乐班三吹三打奏乐，女方主事人和送亲大客等人出门迎接，新女婿进门后要先拜见女方的家长。女方家要招待迎亲的人员，送亲大客陪着新郎等人吃迎亲大餐，等候新娘梳洗打扮。接着，鼓乐班再次三吹三打奏乐，迎接新媳妇上轿。新郎、新娘坐上轿子，送亲大客骑着马，吹吹打打来到男方家。

旧时花轿来到村里有耍轿和舞轿的表演活动，花轿在鼓乐声中，在人群的簇拥来到男方家大门口。新娘由两个姑娘搀扶，在过火盆、迈马鞍后进入大门。新媳妇来到院中开始拜堂，主事人高喊拜堂开始，拜天地，拜父母，夫妻对拜。过去拜堂时只有族长、长辈和操办婚礼的人在场，忌讳生人观看。拜堂后新娘由新郎用红绸子拉着进入洞房，此时新郎要用如意或者秤杆把新娘的红盖头挑下，新娘梳妆打扮后开始"坐床"，俗称坐喜床或者压炕。新娘坐好后，大家就哄抢压床的食物。

傍晚新娘和新郎喝合婚酒（俗称合卺酒、交心酒、交杯酒），此时闹新房开始，婚礼又进入一个高潮。闹新房，俗称闹媳妇。新媳妇入洞房就开始的叫小闹，晚饭后的叫大闹。闹媳妇的人往往叫新媳妇打开糖果纸包，点香烟，叫新媳妇唱歌，咬莲了饽饽和苹果等，来营造喜庆气氛。还有人在夜里偷听新郎和新娘说什么话，叫听房或者听喜话。总之，婚礼当天的仪式比较复杂，习俗很多且十分烦琐。

结婚最后的程序是回门，俗称拜三日、攒九、回九，是姑娘出嫁后第一次回娘家。新郎、新娘带着礼品早早出门，太阳没落山之前回来。旧时新媳妇回来后，要拜宗祠和自家祖先牌位，把从娘家带回的礼品分给长辈、亲戚和邻居，收到礼品后，还要给新媳妇回赠礼品。这样整个婚事才算结束。

颠轿的习俗

颠轿最终是旧时结婚的一种陋习，是因为喜主招待不周，轿夫在抬着新郎、新娘的时候，有意使轿子颠簸，捉弄新娘和新郎。后来，颠轿演变成了能烘托喜庆气氛的抬轿表演，慢慢成了婚礼中的一个习俗。

传说，有户人家娶媳妇，男女双方喜主都是小气的人家。他们招待轿夫时，酒里掺水，饺子里没有一点肉，也没有什么好菜。轿夫很不高兴，就要报复喜主。按照结婚的习俗，接媳妇时轿子不能空着，要有童子来压轿，路上轿夫抬着压轿童子左颠右晃，轿子一上一下像筛大箩一样，童子在轿里颠得无法忍受，气得跳下轿子不坐了。轿夫抬着空轿子来到女方家，女方喜主也只是简简单单地招待了轿夫。轿夫看着双方喜主都是小气的人家，就合计着要好好捉弄一下新娘和新郎。新娘和新郎上了花轿，轿子一出村，轿夫就开始使坏，他们左三颠，右三颠，把新娘和新郎从左边颠到右边，一会儿又上下颠，新娘和新郎的头都撞到了轿顶上。新媳妇出嫁时有个规矩，不能开口说话，"怕掉了嘴里的金豆子"。新娘就使劲敲打轿板，新娘越敲打轿板，轿夫颠地越凶。新郎坐的轿子也十分颠簸，新郎就让轿夫把轿子抬稳些，轿夫反而更使劲地颠轿子，新郎头上都撞出了包。轿子终于到了男方家，新郎被颠地晕头转向，头上有包，脸上还有淤青，新娘被颠得披头散发，幸亏有盖头盖着遮了丑。新郎、新娘好不容易才拜了天地。

后来，轿夫因为报复喜主，捉弄新娘和新郎，生意也减少了，喜主也知道了慢待轿夫的后果。喜主和轿夫都转变了观念，轿夫为了招揽生意，还排练了一套新的颠轿表演。他们随着鼓乐手的演奏节拍，快慢有序，轿子荡荡悠悠，坐在里面舒服自在。轿夫时而进五步退一步，时而扭着八字步抬轿子。轿夫为了招揽生意，还请了许多年轻人来试轿，看看颠轿的新步法如何。许多大户人家看到颠轿表演非常好看和气派，都愿意雇佣他们，只要轿夫颠轿颠得好，他们就给轿夫赏钱。以后雇佣轿子就有了平轿和颠轿之分，平轿用于一般出行，颠轿则用于婚礼上抬新郎、新娘。轿夫颠轿的表演给婚礼增添了喜庆和热闹气氛。喜主高兴，轿夫得到了赏钱，新娘坐着轿子舒服自在地来到新郎家也乐开了花。

　　慢慢地，颠轿成了婚礼中一个习俗，给轿夫赏钱也成了规矩。旧时只要花轿一进村，许多看新娘的人就有意挡着花轿缓慢前行，要好好看看颠轿的步伐。

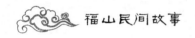

端午节吃鸡蛋的由来

　　福山有端午节吃鸡蛋的习俗，关于这个习俗的由来有以下两种说法。

　　传说，福山有个叫宝子的人，他孝顺父母，爱护子女。他的母亲患有眼疾，宝子为了给母亲治眼病试了很多方法，但是母亲的眼睛还没有治好。端午节的前几天，他儿子也喊着肚子痛，这可把宝子急坏了。按照习俗，端午节采来艾蒿（福山叫艾子）挂在门上可以祛百病。端午节这天，天还没亮宝子就到山上采艾子。宝子采了许多艾子，他采累了，就躺在石板上歇息。他想：母亲的眼疾怎么才能好呀？儿子也跟着凑热闹，这几天老是喊肚子痛。宝子对着天喊道："老天哪，帮帮俺庄户人吧。"忽然，天上飘来一朵红云，上面坐着王母娘娘，娘娘告诉他："回家用圆东西滚一滚就好了。"宝子问王母娘娘用什么圆东西，王母娘娘告诉他："心诚则灵，自己回去悟吧。"话音刚落，王母娘娘就不见了。宝子背起艾子就往家走，回家他就告诉了母亲王母娘娘说的话。宝子说擀面杖是圆东西，母亲说擀面杖是长条形的，不够圆。这时，院子里的老母鸡咯咯嗒地叫了起来。母亲说："有了，鸡蛋挺圆的，就用鸡蛋试一试吧。"

　　宝子把鸡蛋煮熟了，温乎乎地在母亲的眼上滚了一会儿，又给儿子的肚子滚了滚。说来真神奇，儿子的肚子一会儿就不痛了，母亲的眼睛也很快能看见东西了。后来，就有了端午节吃鸡蛋的习俗。

　　还有一个传说与纪念屈原有关。据说，人们怀念屈原，许多人都把眼睛哭红了，哭肿了。于是，人们采集露水清洗眼睛，还用鸡蛋滚一滚，眼睛慢慢就好了。

清明节与燕子的故事

福山有这样一句民谣，"小燕到来三月三，大雁到来九月九"。每年的农历三月三前后就是清明节，是人们扫墓的日子，也是燕子来胶东的时节。燕子被民间称为"家吉鸟""孝顺鸟"，关于燕子的春来冬去有这样一段传说。

传说，王母娘娘派燕子到民间吃害虫，它们可以在南方或北方自由地生活。北方的燕子在夏天孵化小燕子，它们在屋檐下用湿泥搭窝。一群小燕子出生后，燕爸爸和燕妈妈轮流给它们喂食，风里来雨里去，从不间断。燕妈妈还要给小燕子们打扫粪便，为它们治病，还要教它们飞行。小燕子们长大了，燕妈妈还要给它们搭新窝，到了秋后，燕妈妈累得病倒了。冬天快到了，为了不让小燕子们被冻坏，燕妈妈和燕爸爸商议，让燕爸爸去南方找个新家，帮助它们平安度过冬天。燕爸爸走了，小燕子们就天天出去觅食回来喂给妈妈，像小时候妈妈照顾自己一样来照顾妈妈。可是，燕妈妈的病一天天加重。深秋的时候，燕妈妈告诉小燕子们，自己快不行了，让它们飞到南方去找燕爸爸过冬，小燕子们流着泪答应了。几天后，小燕子们出去觅食，它们回来一看妈妈去世了。小燕子们哭哭啼啼地埋葬了妈妈的遗体。

小燕子们感到天一天比一天冷，确实受不了了，它们就一起往南方飞去，不知道飞了多少天，找了多少个地方，终于找到了燕爸爸。它们全家朝着北方为燕妈妈哀悼。小燕子们就和燕爸爸在南方生活着，燕爸爸既当爸爸又当妈妈，继续养护着它们。小燕子们很快就长成了小伙子和大姑娘，各个长得结结实实，可是，燕爸爸却老了，飞不动了。小燕子们就像照顾燕妈妈一样照顾着燕爸爸，最后燕爸爸也去世了，它们埋葬了燕爸爸的遗体，继续在南方生活着。

一次乌鸦在糟蹋庄稼时被小燕子们看到了，它们劝说乌鸦不要糟蹋庄稼，乌鸦不但不听，反而我行我素，继续糟蹋庄稼。小燕子们一起阻止了乌鸦的破坏行为，还不许乌鸦把窝搭在庄稼地里，逼着乌鸦把窝搬到石洞里，这样乌鸦就不容易糟蹋庄稼了。乌鸦怀恨在心，到王母娘娘那里告了小燕子们的黑状，说它们在南方偷懒，不好好吃害虫，整天游手好闲。王母娘娘听信了乌鸦的谗言，就不许小燕子们到北方来了，让它们留在南方专门吃害虫。小燕子们辛勤劳动了半年，到了春天的时候，它们非常想念葬在北方的母亲。清明节前夕，王母娘娘下凡到南方看了看，见到南方的庄稼长得很好，也没有害虫，说明小燕子们十分尽职尽责。许多动物向王母娘娘报告，说乌鸦告了小燕子们的黑状，乌鸦还偷吃庄稼。王母娘娘召见了乌鸦，把乌鸦批评了一顿，说乌鸦："你心真黑，诬告小燕子们，还偷吃庄稼。"乌鸦不服，王母娘娘一生气就说乌鸦："你的心黑了，就是个黑老鸹。"这一说不要紧，乌鸦身上漂亮的羽毛全变成了黑色。王母娘娘觉得自己之前对小燕子们的处理是不公道的，就问它们有什么要求。小燕子们说，母亲葬在北方，春天来了，想到北方祭拜母亲。王母娘娘认为小燕子们很有孝心，就答应了它们的请求。小燕子们又说，父亲葬在南方，还要在冬天的时候，回到南方祭拜父亲。王母娘娘同意了，说它们以后可以任意去往北方和南方。小燕子们纷纷感谢王母娘娘，并表示不管飞到哪里，都会吃害虫保护庄稼。

后来，小燕子们每年都会在春天来到北方，在冬天回到南方。

三月三的故事

农历三月三，福山叫"小媳妇节"。关于三月三有这样一段故事。

传说，有户人家生了十个女儿，有的出嫁，有的没有出嫁，邻居都叫女孩的母亲"十娘子"。她的女儿各个都长得很漂亮，十娘子认为这全是因为王母娘娘的保佑。据说三月三是王母娘娘的生日。这天，十娘子蒸了寿桃、石榴、鸳鸯等吉祥面塑为王母娘娘庆寿，还捏了面燕，用绳子串了起来。另外，十娘子用高粱秸和芝麻秸搭成十字架，用彩布流苏装饰了一下，挂在门上吸引燕子来家里搭窝。三月三这天，王母娘娘来到她家过生日。十娘子哪里知道这是王母娘娘，她俩就闲聊起来。十娘子对王母娘娘说："俺家十个闺女，各个机灵漂亮，都是王母娘娘赐给的。"王母娘娘说："你家的闺女我就见了几个，其余的那几个呢？"十娘子说她们很快就回来给王母娘娘过生日，正说着十娘子那几个闺女回来了。王母娘娘一看十娘子的十个闺女确实十分漂亮，也非常高兴。王母娘娘向十娘子要了几个面燕带回天宫，说要让天神尝尝民间人的巧手艺。她一高兴说漏了嘴，就向她们告辞，回天宫过生日去了。十娘子这才知道是王母娘娘来了。全家人就想，王母娘娘保佑十个女儿找到了婆家，过上了幸福的生活，为了感谢王母娘娘的恩德，应该年年为王母娘娘过生日。王母娘娘来十娘子家过生日的事，很快就传开了。

在福山，每年三月三小媳妇回娘家为王母娘娘过生日就成了习俗。小媳妇要带着面燕回家分给邻居和亲戚们，保佑未婚的姊妹找到好婆家。福山古现镇（现烟台经济技术开发区古现街道）每年都有三月三山会，来庆贺王母娘娘的生日。山会上要表演唱戏、扭秧歌，热闹非凡。

福山重阳节的习俗

旧时福山过重阳节有吃花糕、酿菊花酒、登高、谢师等习俗。

花糕也叫花旗糕、重阳糕，通常是用发酵的小麦面粉做的，条件不好的人家会掺一些高粱面、玉米面。花糕之所以叫花旗糕，是因为之前的花糕上面插有九面红色小旗。花糕有两种做法：一是做成一个圆饼；二是做九个圆饼，一个比一个小，摞在一起，最小的放在最顶上。花旗糕上面撒有核桃仁、花生米、红枣、菊花，做好了上锅蒸。不管是单层的糕，还是九层糕，都得插九面小旗。九面小旗上各有一个剪纸图案。第一面小旗是方形的，上面有两个太阳（代表重阳）、山、人，整个图案代表重阳节登高望远。旧时，文人墨客、士绅名流多在重阳节登临名山，观赏秋景。第二面小旗上有双羊的图案，也代表重阳的意思。第三面小旗上是两个太阳的图案，也表示重阳。第四面和第五面小旗上有阴七星和阳七星的图案，这是过去古代军事布阵，用阴阳七星布阵代表天下平安。第六面小旗上有菊花图案，传统时令节日往往与物产有关联，重阳节这天人们会赏菊花，旗上的菊花图案表示这个节日与菊花有关。第七面小旗上是鱼的图案，表示连年有余。第八面小旗上的图案是三个万字，表示万福、万禄、万寿。第九面小旗上的图案是古钱，寓意发财。清末之后，人们就很少在花糕上插小旗了，不过还会在花糕上撒菊花、大枣、核桃仁，还有炒熟的花生米等。

菊花酒有两种泡法：第一种是把新鲜菊花放锅里蒸，蒸好后晾干，然后泡在高度的白酒里，泡三五天或者一个周左右就可以喝了。第二种是把菊花放在阴凉处晾干，再泡到白酒里。菊花酒选用的是小杭白菊，也有用山菊花的。菊花酒里不仅有菊花，还有红枣、干姜、枸杞。条件好的人家还往菊花酒里放红花、鹿茸等滋补品。

福山过去在重阳节也有喝雄黄酒的习俗。雄黄，又叫鸡冠石，成分是四硫化四砷。过去人们认为雄黄酒可以杀菌解毒，喝雄黄酒的人很多。后来，人们发现雄黄有毒，雄黄酒对人体没有益处，后来这种风俗就慢慢消失了。

重阳节福山有拜师和谢师的习俗。想学手艺的会在重阳节拿着时令水果和月饼到老师家拜师学艺。因为阴历九月农忙快结束了，大家就想找个地方学手艺。豆腐坊、磨坊、粉坊、油坊，还有编筐编篓的，各行各业都会收徒。已经拜了师、做了学徒的，重阳节这天必须去拜师。除了给师傅送礼品外，还要行三拜九叩大礼，所以重阳节又叫谢师节。重阳节那天，也有老师领着学生登高望远、写诗作赋的风俗。

福山过重阳节，除了吃重阳糕，还要包包子、包水饺。重阳节后福山有制作菊花茶的习俗，还会根据九月九前后的天气预测未来的天气。俗话说，"九月天风凉，十月暖洋洋；九月天气暖，十月必大寒"。

乞巧节与喜鹊的传说

七月初七是七夕节，也叫乞巧节，是牛郎和织女相会的日子。这天喜鹊会到天河搭建鹊桥，让他们相见。民间视喜鹊为报喜鸟和爱情鸟，如果喜鹊在谁家叫就预示着谁家有喜事。喜鹊在自己家周围的树上搭窝，象征着喜事连连。

传说，七月初七这天，王母娘娘下旨，命令喜鹊去天河搭建鹊桥，让牛郎与织女相会。

许多喜鹊纷纷应了差事，在天河上搭起了鹊桥，让牛郎和织女成功相会。王母娘娘为了表彰搭建鹊桥的喜鹊们，就赐给了它们头上一撮五颜六色的毛，十分好看。

七月初七那天，有的喜鹊偷懒，躲在玉米地里休息，没有去搭鹊桥。当它们看到搭鹊桥的喜鹊头上那一撮漂亮的毛后，十分羡慕，后悔没有去搭鹊桥。一只偷懒的老喜鹊想出一个主意，它让喜鹊们去找各种颜色的浆果，把头上那撮毛染成五颜六色的。它们染完之后，头上果然和搭鹊桥的喜鹊一样漂亮了。

第二年七月初七，勤劳的喜鹊又到天河上为牛郎和织女搭了鹊桥，牛郎和织女成功相见了。勤劳的喜鹊完成任务后，各个都不高兴。王母娘娘问它们为什么不高兴，其中一只喜鹊告诉王母娘娘，偷懒的喜鹊头上和它们一样漂亮。

王母娘娘想：偷懒的喜鹊应该受到惩罚，不能让它们和勤劳的喜鹊一样漂亮。王母娘娘就用神法，把没有搭鹊桥的喜鹊头上的毛去掉了一撮，头顶变得平平的，很难看。在神法的作用下，如果七月初七这一天喜鹊不去搭鹊桥，它们吃了食物就会驱吐，懒惰的喜鹊只好上天搭鹊桥。而且，王母娘娘不允许偷懒的喜鹊到离人近的地方来，偷懒的喜鹊只好在山里搭窝。

人们觉得偷懒的喜鹊的头很丑，就叫它们"山鸦雀"，还给它们编了歌谣：山鸦雀，尾巴长，偷懒没得好下场，头顶长得光溜溜。山鸦雀，尾巴长，娶了媳妇忘了娘……人们也给勤劳的喜鹊编了好听的歌谣：喜鹊喜鹊叫喳喳，叫得喜事到我家，上门媳妇叫爹妈，光棍就要娶亲啦。喜鹊喜鹊叫喳喳，姐姐戴上蒙头花，高高兴兴到婆家，妹妹也想来出嫁。

"福山大杆号一气鼓"的由来

福山的大杆号演奏大约在明朝就有了。旧时，福山出名的大杆号演奏班子有东北关村杨家班、大转村邹家班、芝水村牟家班、水道观村王家班和吕氏家族班。现在，福山大杆号演奏已经列入省级和市级非物质文化遗产名录。福山大杆号演奏几百年兴盛不衰。

福山大杆号是一种传统民间吹奏乐器，既可以单独演奏，也可以与大鼓、大锣等乐器合奏。举行红白事仪式、官吏出巡和举办迎宾活动时都会吹奏大杆号，在开道时，大杆号与大锣、大鼓一同演奏。吹奏大杆号的艺人一般排在乐队前头，充当开路先锋。大杆号在棚内与其他乐器一同演奏时，分布在棚的两侧。福山人还把大杆号称作"大喇叭""招军""先锋""号角"和"大号"，把演奏大杆号的艺人称作"喇叭匠"。

大杆号是一种无孔吹奏乐器，是用铜管制作的，共两节，喇叭口长十到十五厘米。两节铜管可以套在一起，便于携带；用时拉出，长两米半到三米。吹嘴是特制的，也叫号嘴。演奏时，演奏者用嘴对准号嘴，气息与嘴唇、舌头等配合来控制音量大小和快慢节奏。演奏时，喇叭口要斜向上，艺人运用塌、挑、颤、顿、滑、连等技法演奏，形成庄严肃穆、威武雄壮、气势宏伟、喜气洋洋等乐曲风格。大杆号艺人各个身体健壮，有很大的肺活量，能连续吹奏几个小时。福山当地有一句话："福山大杆号一气鼓。"这句话的背后有这样一个故事。

据说，清朝中期的一年，福山农业丰收，商业繁荣，百姓安居乐业。福山县衙发出告示，要求各个乡镇准备比往年福山清明会更好的秧歌进城表演，点名让杨家班、邹家班、牟家班、王家班和吕氏家族班演奏大杆号做秧

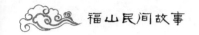

歌进城的开路先锋。

过了正月十五，县衙就组织各个秧歌队队长开会，商讨清明节表演事宜。县衙师爷还点名让杨家班杨班主担任大杆号演奏总指挥。师爷和杨班主是老相识了，以往县衙有庆典活动时常常请杨家班演奏大杆号。会后，杨班主宴请了师爷。饭桌上，杨班主问师爷，能不能让县衙多给大杆号艺人一点辛苦钱。酒过三巡，师爷答应了杨班主。

转眼，清明节就到了。春暖花开，阳光明媚，城里人山人海，热闹异常。清明节这天，县官面带微笑登上了观礼台。师爷宣布秧歌进城开始，艺人演奏着三十六支大杆号缓步来到观礼台前，在四十八面太平锣鼓的伴奏下，大杆号吹得惊天动地，喜气洋洋，高音吹得铿锵有力，低音吹得震人心魄，合奏吹得欢快喜人。观众高声呐喊，掌声不断，热闹非凡。县官也听得津津有味。师爷向县官介绍说，三十六支大杆号的寓意是三星高照，六六大顺。四十八面太平锣鼓的寓意是四平八稳。县官听后连连说，好好好。

师爷告诉县官，后面是传统舞龙舞狮表演，这时大杆号还在观礼台前继续演奏。过了好一会儿，县官问师爷："大杆号队伍怎么不往前走了？"师爷笑着说："大杆号队伍这是想让您给些赏钱呀。"其实，这就是师爷和杨班主想出的点子。县官告诉师爷："指挥大杆号队伍继续往前走，最后再让他们来个压轴表演，咱们官府就多给些赏钱。"

大杆号队伍缓慢前进，两条巨龙上下飞舞来到观礼台前。然后是舞狮表演，大狮子有的在滚绣球，有的在戏耍小狮子，接着大狮子和小狮子摆好造型，两头大狮子腾空而起，口中吐出条幅，上面写着：福山福地，国泰民安。师爷对县官介绍说："龙管天，狮管地，福山福地人有福，愿百姓安居乐业，国泰民安。"县官听了，一只手捋着胡须，一只手伸出大拇指，点着头说："好！"这时，福山擂鼓隆隆作响，振奋人心，师爷告诉县官："这是由宋家疃村、褚家疃村、珠玑村共同带来的擂鼓表演。"

接着是兜余镇表演杂耍秧歌，有进士赶毛驴拾粪、乡间丑婆戏媒婆、翠花戏逗货郎挑担、王大娘逗轱辘匠等表演。后面是城关镇上夼村带来的高跷表演。高跷艺人表演时离地面约一米半，比观礼台还高。他们表演着《八仙祝寿》和《西游记》的故事，赢得阵阵掌声。师爷介绍说："福山高跷已有几百年的历史，而且远近闻名，潍县、青岛、威海等地方的人都来福山学习过高跷。"县官笑眯眯地点了点头。

当县官看到城关镇西留公村的大头娃娃表演时，就问师爷："为什么这些娃娃的头这么大？"师爷告诉县官："因为该村出了个武状元，据说武状元儿时头大，武状元的父亲就排演了大头娃娃秧歌表演。"县官听了哈哈大笑，觉得十分有趣。

最后是张格庄镇的跑大营秧歌和抬阁表演，三架抬阁都高约十米，由多人抬着。第一架抬阁上表演的是《麻姑献寿》；第二架抬阁上表演的是《梁山伯与祝英台》；第三架抬阁上表演的是《西游记》，人数最多，难度最大，也是最热闹的，唐僧骑在马上，孙悟空拿着金箍棒，八戒扛着钉耙，沙僧挑着担子。扮演者在空中做出各种动作，摆出各种姿势，精彩纷呈，大家都看得入迷。福山各个乡镇都准备了精彩的秧歌表演，各个秧歌队大显身手，表演得活灵活现，县官和百姓看得津津有味，不亦乐乎。

最后，在县官的提议下，大杆号队伍进行了压轴表演，有独奏，还有与大鼓、大锣的合奏，还演奏了大杆号名曲目《步步登高》。县官、师爷和百姓们都听得十分过瘾。大杆号艺人吹了好一会儿，县官看到他们各个大汗淋漓，就示意杨班主可以停下来。杨班主吹出嘟嘟的暂停号令，大杆号艺人就停止了演奏。县官好奇地走下观礼台，从杨班主手里拿过大杆号，让杨班主教教他怎么吹。杨班主告诉县官吹奏技法，县官举起大杆号怎么吹也没有吹响。县官说："不行不行，看来大杆号不是那么容易学会的，今天辛苦你们了。"

表演结束后，县官招呼大杆号演奏班子的各个班主到县衙议事。师爷介绍说："吹大杆号的艺人大多来自贫苦人家，起早贪黑地练习，还要去各地演奏，十分辛苦，还常常被人看不起。有时被大户人家雇去，一气吹几个时辰，就只是为了得到一碗高粱的奖赏。"县官听后非常感动，告诉大杆号演奏班子的班主们："今天表演给两份工钱，赏给每人英雄巾一条、高粱五斤。"大杆号演奏班子的班主们乐开了花。

县官告诉师爷："写个告示贴出去，让大家尊重大杆号艺人，还要学习福山大杆号艺人一气鼓的精神。"师爷就写了县衙奖赏大杆号艺人的告示，还附了一首歌谣：福山福地真热闹，清明时节秧歌跳；大杆号来一气鼓，男女老少开口笑。

告示贴出后招来许多人围观。后来许多雇佣大杆号队伍演奏的人家，特别是大户人家，都会效仿官府，给大杆号艺人奖赏。慢慢地，大杆号艺人的社会认可度逐渐提高。大杆号队伍为官府演奏，都会给两份工钱；大杆号队伍到百姓家演奏，如果是红事就给几尺红布，如果是白事就给几尺白布。大杆号艺人得了红布或白布，常常把布挂在大杆号上招摇过市。这样一来，大杆号艺人在演奏时就更卖力气了。大杆号艺人在山会或庙会遇见同行，总要切磋一番功夫，大杆号艺人一气吹好久都不歇息。慢慢地，"福山大杆号一气鼓"的说法就传开了。

剪纸故事篇

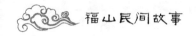

剪纸奇人徐学通

徐学通，福山西北关村人，善书画，懂习俗，有文化，乐善好施，乐于助人，凡熟悉他的人都称赞他是"第一大好人"。

四十多年前，我在福山北侯旨沟村韩某某那里收集了一套剪纸，一共二十四幅，是韩某某妻子剪的，剪样是该村一个七十岁左右的老人剪的，内容是二十四孝。那时，我只知道民间传说的二十四孝，但这套剪纸有十余幅不相符。我就去找了徐学通先生，让他帮忙看一下为什么这套二十四孝剪纸和民间传说对不上。先生给我讲了古书中的二十四孝故事和福山民间传说的二十四孝故事，最后先生说应该以古书中记载的为准，这套二十四孝剪纸是与古书中的内容相对应的。先生觉得这套二十四孝剪纸十分精美，就拓下了剪样。

徐学通先生擅长扎灯笼，扎的灯笼造型百出，多用剪纸装饰。先生说，女人剪纸一人出百样，其他人照着葫芦画瓢，没有味道。男人剪纸要自己出样，要大气，有男人味。先生剪的作品粗犷豪放，人物的五官、喜怒哀乐表现得十分逼真。八仙剪纸有动有卧，每一个人物都有不同的姿势。水浒人物有的嘴大，有的鼻子像蒜头，有的胡子上扬，有的胡子齐腰。他剪纸多用中号剪纸，剪的灯花（灯笼外贴的剪纸），如花卉，很少用压毛来装饰。先生特别爱用锯齿手法剪花卉，乍一看花瓣并不像，拿远一看确实像一朵花，像牡丹，又像芍药，有点像国画写意的手法。他用对折纸的方法剪喜字，再对折几次剪花卉，从不用画样，一气呵成，十分漂亮。在他给村民做喜事大料（主事人）的几年间，几百家的喜庆剪纸都是他剪的，无人不说好。很多人说，自己再加上两只手也剪不出老徐那样的剪纸。

徐学通老先生上知天文，下知地理，对很多事物都有了解。我发现老先生对许多民间手工艺活，比如木工、瓦工、条编、木刻、布艺、绣花等，都非常了解；对住宅方位、朝向的禁忌也有研究；对民间时令节日的由来、传说故事也能对答如流；对民间风俗特别是对福山区的风俗更是无所不知。

在多年的交往中，我跟徐先生学了许多知识。有人说我是福山民俗专家，我说那确实是过奖了，徐学通先生才是真正的专家。在一次交谈中，我们谈到徐先生他们村村志的事情，我提出能否加个章节，写一些丧俗的内容。徐先生十分赞成，成书后我看到徐先生把传统应保留的丧俗内容和现代的丧俗内容合成一章收录在书中。很多年轻人说，徐先生写的内容对丧礼的进行有很大帮助，一是简单，二是程序不乱，三是外人挑不出毛病，四是对死者和死者家人来说都十分体面。总而言之，徐学通先生对福山传统艺术、民间工艺、风俗习惯等的传播和发展做出了积极贡献。

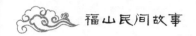

擅长剪纸的卫德明

卫德明（1905—2009年），福山人，爱好盆栽和民间工艺品，是福山男性剪纸艺人中的佼佼者。卫先生十分有创意，擅长将剪纸作品中的动物改成成双的，非常有趣，他所创作的活动剪纸也堪称一绝。

卫先生常将民间搜集的剪样复制，复制后再改成成双的。比如，一条鲤鱼同时剪两幅，保留一张整幅的，再用另一张的三分之二或二分之一贴在纸上熏样，就得到了一前一后或者一上一下的两条鱼。也可以剪两个不一样的，比如将一张大狮子狗和一张小狮子狗合并在一起，就成了一对一大一小或一老一少的狮子狗。城区东西南北关村中大多数的双鱼、双狮、双猫、双十二生肖等作品都出自卫先生之手。

1980年前后，我在离城区约二十千米的侯家村发现一幅双鱼剪纸，一看特别像卫先生的作品，就问主人作品是怎样来的，主人告诉是在离卫先生家一路之隔的西北关村的大姨家要来的。我又到西北关村一问，的确是卫先生创作的。卫先生常把人物剪纸中动作不明显和没有动作的作品先剪出，再把有动作的四肢和无动作的作品贴在一起，熏出来把四肢画好进行新的创作。他有时会将一个人物的头和另一个人物的身体拼在一起，创意十足。福山常见的拉洋车剪纸是一个车夫拉一个女人，后来他在车上女人的怀里加了一个小孩，又将车上的一个女人改成了两个女人，还打着伞。卫先生的作品不断出新出奇，真可谓高手。

卫先生最有特色的剪纸是他的活动剪纸，比如两只大公鸡互斗，老母鸡啄小鸡，鸡和鸭互斗。他利用钟摆原理，制作的斗鸡系列剪纸不用绳拉动，一动后面的摆动木，就能做好几次动作。卫先生还制作了猴背孩、猴爬杆等，一拉绳就能活动起来。他制作的猴爬杆特别有趣，将剪好的猴安在棒上，在猴的两条腿和两只前爪上分别系根绳，将腿上的两绳合并，爪子上的两绳合并。将合并后的绳系在一根木棒上，爪子上的绳系在木棒的前端，腿上的绳系在木棒的后端，爪子上绳子的长度比腿上绳子的长度短出猴子身体的长度，再在猴的身体上系一根绳。操作活动猴的时候，将固定猴的木棒直立，先拉猴的前爪上的绳，再拉身体和腿上的绳，前爪上升，身体上升，腿也上升，这样多次反复就产生了猴爬杆的效果。

1985年因家中失火，卫先生创作的许多剪样和常用的约十把剪刀被烧，火灭了之后从屋里找出了剪刀，可剪刀因高温退钢已经无法使用了。从这之后，卫先生就很少剪纸了。

婚俗剪纸与滕老太

婚俗剪纸也叫"喜花剪纸"。最早的镂空喜字作品是用手撕出来的，当金属刻刀和剪刀出现后，就有了精细的喜字刻纸和剪纸作品。随着红纸和剪刀的加工工艺越来越成熟，喜花剪纸越来越精细。经过很长时间的演变，喜花剪纸的图案越来越复杂，寓意越来越丰富，审美标准也越来越高。婚俗剪纸分为婚房剪纸、嫁妆剪纸、食品剪纸和其他剪纸。

福山有个老太太叫滕伟荣，她是大户人家出身，丈夫是个账房先生，公公经营着红白喜事器物租赁生意。滕伟荣家的生活非常富裕，她还未结婚时就会创作剪纸作品了，婚后她专门出售婚俗剪纸和剪样。她的婚房剪纸又分为仰棚花剪纸、窗花剪纸、炕墙剪纸和家具器具剪纸。过去居家没有什么装饰物件，剪纸成了居家装饰的主流产品，经济实惠又喜庆大方。滕伟荣创作的仰棚花剪纸中心是大团花图案，有双喜字配荷花、双喜字配牡丹、双喜字配石榴等。最好看的是龙凤呈祥大团花作品，四个角用统一图案的角花装饰，分别有蝙蝠、蝴蝶、甜瓜、石榴、荷花、牡丹等。婚俗用的窗花较为复杂，婚房窗花和喜主家其他房屋的窗花是不同的。婚房的窗花剪纸主要由窗心、小方格和角花窗花组成。窗心剪纸作品一般是六至十幅一套，每幅由单一图案构成，或者由几种图案组合而成，如荷花、牡丹、菊花、甜瓜、石榴、如意等。上面配有文字，比如上床下床，金玉满堂；先生儿子，后生姑娘。喜结良缘，金玉满堂；状元及第，早生儿郎。滕伟荣说婚房窗花剪纸为了达到红红火火、喜气洋洋的效果，窗户的小方格也要配有小花剪纸来呼应。要剪出四幅一样的角花，这样婚俗窗花剪纸才算完美。她的小方格窗花特别多，我曾见到过她的一套十六幅小方格窗花。每一幅上面都有一个双喜字，每一幅还配有不同的图案。其中八幅是暗八仙图案，另外八幅是八吉祥图案，小巧玲珑，剪工细腻，线条流畅，物象逼真，真可谓方寸之间尽显乾坤。窗花剪纸中的角花也要求四幅统一，图案有荷花、菊花、梅花、甜瓜、石榴等。

婚房剪纸还包括炕墙剪纸，炕墙剪纸主要是一些喜庆剪纸和求子剪纸，比如，百幅老鼠求子剪纸，十二月生人、四季生人剪纸，还有蝴蝶、蝙蝠和多种花卉剪纸。滕伟荣还保存着许多婚房家具器具剪纸的剪样。过去婚房里的柜子上和八仙桌上都摆放着茶盘、茶壶、茶碗、叩碗、漱口盂、座钟、糖罐、糕点盒、胭脂盒、头油盒、粉盒、香皂盒、帽筒、花瓶等，这些器具都要用剪纸做装饰。还有在婚房其他地方贴着的双喜剪纸，这些双喜剪纸的长和宽一般在十五厘米左右，图案更是丰富多样，有鸳鸯双喜、荷花双喜、梅花双喜、石榴双喜、桃子双喜、甜瓜双喜、蝴蝶双喜、古钱双喜、葫芦双喜、喜鹊双喜等。

婚俗剪纸还包括嫁妆剪纸。过去女儿出嫁娘家要送嫁妆，一般人家都是送整套嫁妆，贫困人家也要送半套嫁妆。整套嫁妆主要包括这八件：双立柜、双板箱、小柜（小衣柜）、炕头柜、八仙桌、椅子、条几、梳妆台。每一件嫁妆上都贴着红彤彤的剪纸，比如双喜字、百年好合等。滕伟荣创作的一套嫁妆剪纸约四十幅，每一幅都有各自的用途和寓意，这些剪纸有圆形、正方形、长方形、扇形的。过去女儿出嫁还有一件必不可少的嫁妆，那就是纸笸箩，在结婚当天美其名曰喜盒子。纸笸箩一般有三种规格：大号的装着新媳妇的几套新衣服；中号的装着新媳妇贴身的衣服；小号的还分两种，大一点的装着新媳妇为新郎官准备的体贴干粮（点心），最小的是新媳妇放贵重物品和首饰用的。中号和小号喜盒在搬嫁妆时都是由女方护送嫁妆的人亲自交给新郎，由新郎保管着。纸笸箩裱糊得特别精细，也是剪纸衍生品中档次最高的物件之一，纸笸箩一般是用花纸或者浅色彩纸裱糊底层，外形有长方形、元宝形、长八角形、桃形、六边形、椭圆形等。我们常常说的笸箩基本上没有盖子，而婚俗用的纸笸箩都有盖子，上面是用黑色的剪纸做装饰。纸笸箩四面空白处常常用四季花卉、石榴、桃子、蝙蝠和鱼类剪纸装饰，各个边和角也用剪好的条形剪纸裱糊，有的还在纸笸箩每一面的四个角贴上一样的角花。纸笸箩剪纸要求剪工精细、图案新颖、布局合理、装饰感强。之前，许多讲究人家和大户人家会把桐油刷在纸笸箩表面，刷完防水，还不易变形。

还有在食品上和其他地方用的婚俗剪纸。根据滕伟荣的讲述，这些剪纸主要是男方家用的。过去男方到女方家娶亲要带许多婚俗用品，如鸳鸯肉、面条、八个饽饽、白条猪、白条鸡、炕席、喜毯、老酒等。饽饽上贴有饽饽花剪纸；白条猪头上贴有猪头花剪纸，四个猪脚贴有猪脚花剪纸，猪身体上贴着元宝花或者珠宝盆剪纸。这些剪纸都配有喜字，剪工细腻，喜庆大方。在鸳鸯肉、面条、炕席，喜毯等娶亲物件上也有漂亮的剪纸装饰，剪纸给这些物件增加了美感，增添了喜气洋洋、好事成双的气氛。

民国以前福山人家儿娶女嫁的时候，男女双方家的母亲、姥姥、姑姑、婶婶、姨都会提前收集婚俗剪纸剪样，为儿娶女嫁做准备。福山滕伟荣女士出售婚俗剪纸成品和剪样约有二十年的历史，在1949年前后因社会变革停止了出售婚俗剪纸的营生。

孤独一生、剪纸一生的剪纸艺人

这是发生在福山区的真实故事，故事中的人物都用了化名。

清朝时福山南部张格庄的梁老二把三女儿梁三花嫁到了芝罘区所城里于老发家做儿媳。于家儿子和梁三花生了两个儿子，一个女儿，叫于小花。梁三花读过一些书，擅长做女红。于小花过了十岁，梁氏就将做饭、绣花、剪纸等手艺教给了于小花。于小花聪明伶俐，长得也漂亮，上过两年学。于小花十七岁就被父亲嫁给了在芝罘做买办生意的福山的赖大生为妻，从此以后开始了她悲惨的人生。

于小花刚结婚那几年在芝罘过得还行，但三年过后没有为赖大生留下一儿半女的，她就被冷落了。赖大生娶了小老婆，小老婆进门半年多就有喜了，于小花的厄运也到了。一天赖大生骗于小花说，他去庙里抽签说，等小老婆的孩子生了，于小花就不能和他们在一起生活了，要不然全家会家破人亡，人财两空。赖大生让小花回福山老家住，于小花只能来到福山。

于小花来到福山后，赖大生在头一两年还来过几次，后来就很少来福山看于小花了。于小花的日子一天比一天艰难。于小花只能靠养鸡养鸭和娘家的资助来过生活。二十二岁之后，于小花开始剪纸，平常除了养鸡养鸭，就忙着剪纸，有时也会帮有钱人做衣服、绣花。等到腊月，她就把一年来攒的剪纸拿到集市上去卖，因为她的剪纸品相好，图案新，剪工精，销量还不错，剪纸的收入和其他收入能让她勉强吃饱饭。

于小花剪纸有一大特点，就是不用底样。于小花说小时候她的母亲剪一些特殊的作品用剪样，一般的作品不用剪样，剪样都在心中。如果第一幅不满意，就改掉不好的地方，按改后的样子重剪一遍。她母亲剪纸创作时都要先看看作品或实物，比如剪猫，先看看猫睡觉什么样，坐着什么样，趴着什么样，走动什么样，看的时间长了，心中就有数了，就下剪开始创作。先剪猫眼睛、鼻子和嘴，再剪腿上的转轮花，剪爪子上的空洞花，然后剪身体上的毛毛，最后剪身体轮廓和尾巴。于小花跟母亲初学剪纸时，先剪大体纹理，剪好后母亲教她在作品留红的部分加花纹，这叫添巧和巧剪。巧剪是创作无样剪纸的关键手法，可以使剪纸作品更加精致。民国时她创作了一套八仙剪纸，在大集上卖得非常好。同行卖剪纸的人买她的八仙剪纸做剪样剪出一样的作品。三天后，集上就有了一模一样的复制品。第二年，于小花将以线条为主的八仙改造成了有花卉纹样的八仙剪纸，给无文字的四季花瓶剪纸加上了文字"四季平安"，将所有能改造的作品换了新的花样。于小花的作品在腊月集上独冠群芳，销量大增。于小花说腊月集上大约有十几家的鱼缸剪纸都是六联的，两联合并成一条鱼，他回家后将原来的六联改成八联，每联内都有鱼，十几条鱼形态各异，惟妙惟肖。于小花说她一连六七年设计了六七套八仙剪纸，有的脸部和上半身用阳剪法，下半身用阴剪法。她利用阴阳反复的方法把人物剪得栩栩如生。于小花在不到三天的时间里能剪出五十余幅五厘米乘五厘米大的蝴蝶，先后为我剪过百蝶、生肖娃娃等作品，剪的时候不用样，一气呵成，简单中还有精道之处。

　　1972年冬月初，于小花去世了。她一个人生活，死后好几天才被人发现，听说收拾她家时一共找出了一元七角钱，六两粮票，最值钱的家当是三只鸡。我听说后心里说不出的滋味，她一生剪纸不懈，却在孤独中离开了人世。

孵小鸡剪纸

　　大约在1975年前后，我去福山张格庄镇一个村里收集剪纸样。在村里看见一个小脚老大娘在门口捣米，我向她打听是否知道村里谁会剪纸。我帮她捣米，她说："俺们村像俺这个岁数的没有不会的，就是水平不一样。"我说大概有多少人，大娘说有六七十人。大娘的米捣完了，领我进了家，我一看窗户上贴了很多剪纸。她找了一些剪样给我看，有许多传统的剪样，比如春节、婚俗、庆寿剪纸，样样俱全。我看后说这张好，那张也不错。她又拿出本勾绘剪纸作品，画工、染色、剪工都非常好。我问她是跟谁学的，大娘说："当年俺家条件还行，冬闲时俺爹给俺两个弟弟请了个先生教书。俺有时给他们送饭，先生看见俺手上有染的颜色，就问是怎么弄的，俺告诉他是染花弄上的。他让俺把剪纸拿过去看了看，说俺弄得不对，开脸的笔（画人物五官的狼毫笔）也不对。先生说：'你告诉你妈，空闲的时候来找我，我教教你。'可俺妈不同意，说得多给先生粮和钱。有一天俺爹从外地回来了，俺把这件事告诉了他，他同意了，还让先生教俺们学写字。俺学字的时候，念得多，写得少，学剪纸和品色的时候多。第二年冬天，俺爹又叫来三个堂兄弟，还找来姑表妹和俺一起学。学了三年多俺就完全掌握了，从画样，到剪白里，到开脸上色。先生说俺有天赋。十五岁那年一开春，俺妈不让我念书了，俺爹也不叫我念了，让俺跟母亲学做饭、绣花、做衣裤鞋帽，十七岁就嫁过来了。"

　　我俩又说了一会儿话，就听见大娘西屋里有小鸡叫。她说小鸡孵出来了，就起身去了西屋。我跟在大娘后面，到西屋一看，有一只大母鸡在屋内地上吃食，靠南窗的地上放了一个纸盒。大娘说你来得真是时候，撞上大吉了，就是指抱的第一只小鸡。她把小鸡抓到了一个竹筐里，放进去水和小米，她又把大母鸡放进还有许多鸡蛋的纸盒里。进门后我就看见纸盒内贴了四幅大母鸡身上和周围有许多小鸡的剪纸。我还没有来得及问这四幅剪纸是怎么回事，大娘说别惊动了大母鸡孵小鸡就回到了原来的屋。我问她为什么贴那四幅剪纸，大娘说是跟她婆婆学的。当初她婆婆告诉她，鸡看到大母鸡领小鸡就能孵好鸡，他们村很多自己孵小鸡的人家都会贴这种剪纸。我问鸡年贴什么，她说鸡年会贴这种剪纸和单幅鸡的剪纸。我问："你的花花剪纸教过旁人吗？"她说："俺家还算富裕，学了也不卖钱，谁学俺就教谁。后来俺妈学会了，亲戚朋友来学，俺妈和俺一起教还管饭，后来这种花花纸传到了高疃、回里、栖霞东边。"大娘又告诉了我村里几户剪纸剪得好的人家，其中一户确有在孵鸡的地方贴着大鸡和小鸡剪纸。

复隆号与福山剪纸

复隆号是福山旧时杂货行业中经营规模最大的一个商号，并在烟台设分号，设总掌柜一人，二掌柜一人，三掌柜一人，分号掌柜一人，账房先生四人。该号主要经营的商品分为三大类：一是粗细杂粮、生产工具等；二是纸作坊，生产各种纸张、账簿、印花纸，特别是双面红（俗称百日红）、大青梅（门对纸）、小青梅（窗户纸）；三是制作白干酒。

纸作坊师傅是程绍南、朱远久。清代中晚期，福山及周边的县只有该号出售大青梅、小青梅。民国初期，两位师傅的儿子又当了富隆号的股东，两人经营头脑灵活，商号代卖剪纸熏样，也可拿剪纸熏样换小青梅和毛边的灯芯纸。他们的妻子又酷爱剪纸，经常把创新的熏样拿到店里卖。因为小青梅和熏样供货不足，复隆号总掌柜就在原来五间车间的基础上又增加了六间来扩大生产。他们的妻子就找城里村、西关村的民间剪纸艺人帮忙制作熏样，并拿着现钱收购。根据店员宋启迪的回忆，当年芝罘区分号的红纸畅销，生意红火，剪花样子有多少能卖多少。烟台毓璜顶的外国女人买了不少剪花样子。有一年当地的两个女人领着两个女人和一个外国男人来买剪花样子，一下子买去了几百张剪花样子。这个外国男人说只要上了新的剪花样子，就让我们去叫他们来选。当年有外送的生意就送过去给他们选，他们给的价钱高于当时的市场价。他们有时来店里买杂货，总要选些剪花样子。后来外送的伙计说买剪花样子的是美国人，在毓璜顶开了个学校，那里面有个剪纸坊，抠洋式的剪纸出口。

复隆号很会做生意，每年八月十五前一两天还给相邻的店铺送月饼。正月十五挂了很多花灯，举行猜灯谜比赛，还有奖品。小孩中奖给两块青果糖、两张双面红纸，大人中奖给一张红纸。按他们的说法是小孩腿勤，能常来店里买杂货和写字的纸、笔什么的，所以给小孩发的奖品多。

几十年间，富隆号为扩大生意在有意无意中为福山民间剪纸的传播提供了方便，扩大了剪纸的影响范围，推动了福山剪纸的发展。

九九消寒图剪纸

冬有冬的情趣，夏有夏的风景。数九寒天来到之时，便进入了冬闲季节。青年男子们在一起，喝着小酒谈天说地。他们最盼着下大雪，大雪过后他们就有了天然的狩猎场。男子们在雪后到山里找野兔的脚印，找到后他们用猎鹰来抓野兔，有的用夹子抓野兔。男人们吃饱了，喝足了，就带着孩子们在外面堆雪人、打雪仗、打陀螺、捉迷藏等。总之男人们在数九寒天很清闲。但是女人就不同了，她们要教女孩们女红，还要赶制家人春节穿的衣服鞋帽等，俗话说得好，"男人闲一冬，女人忙一冬"。

数九寒天的计算方法是，从冬至的次日开始数起，每九天为一个时段，九个时段合称"九九"，共九九八十一天，这几天是冬季最寒冷的时候。人们根据九九天的物候、活动创编了九九消寒歌，消寒歌也是对小孩进行启蒙教育的儿歌，在福山有许多种唱词，比如，一九二九不出手，三九四九冰上走，五九六九沿河看柳，七九河开，八九雁来，九九加一九，耕牛遍地走。再如，一九不出屋，二九不出手，三九冰上走，四九看冰溜，五九冰碴散，六九柳冒头，七九冰儿开，八九雁儿来，九九耕牛地里来。

旧时，还有制作九九消寒图剪纸的习俗。消寒图剪纸有多种图样，比如，有的用白色的纸剪一棵树，上面剪有九朵梅花，一朵梅花九个瓣，共计八十一瓣，一个花瓣代表一天。人们将梅花树裱糊在纸上，将梅花枝干染成棕红色，用大红色一天染一个花瓣，九朵梅花染完了，数九寒天也就过去了。另一种方法是，用白色的纸剪一幅较大的梅花树，剪出八十一朵梅花裱糊好。把枝干染成棕红色，根据天气状况一天染一朵梅花。如果是晴天染成红色；如果是阴天染成粉红色；下雪天把花瓣染成粉红色，并在梅花中心画

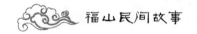

上黑色的花蕊；大风天把花瓣染成粉红色，并在梅花左边点黑点代表北风，在右边点黑点代表南风。还有人用花生和古钱来数九和记录天气。不管用什么方法来数九，只要过去这九九八十一天，春天的脚步就越来越近了。数九寒天已过，剪纸消寒图上红色的梅花也成了一件民间艺术品。

小脚姥姥与于丹凤的故事

于丹凤是福山区门楼镇西埠庄村人，已经七十六岁了。她的母亲刘淑英（1914—1958年）是大户人家出身，聪明机灵，会做绣花、做布老虎、蒸花饽饽等。她剪纸不用样，随心所欲，用她自己的话说，"是心里出样"，而且剪剪精道准确，作品精细，寓意深刻。于丹凤幼时跟母亲学剪纸，十多岁就成了剪纸的好手。于丹凤出嫁的时候，母亲还为于丹凤陪嫁了一纸笸箩（装物品的盒子）剪纸和熏样，还有几把剪纸的剪刀，于丹凤如获至宝。

于丹凤出嫁后，她的剪纸生涯正式拉开了序幕。于丹凤的邻居刘氏（1900—1984年），人称"小脚姥姥"，见她剪纸手艺很好，二人就成了剪纸伙伴，于丹凤也成了小脚姥姥的徒弟。小脚姥姥也是大户人家出身，因丈夫外出杳无音信，膝下无亲生子女，就把对亲人的思念寄托在剪纸上，剪纸就成了她的乐趣。她的剪纸技艺高超，不用花样，拿起剪刀就能剪出栩栩如生的作品。她的十二生肖作品小巧玲珑，形象逼真；四季平安花瓶作品中的花瓶和花卉幅幅不重样。她最厉害的是勾绘染色剪纸，勾绘非常细致，染色古朴典雅，所用染料都是天然的材料，是传统剪纸的忠实传人。小脚姥姥非常善良，有求必应，于丹凤跟着小脚姥姥学到了很多东西。邻居家儿娶女嫁请小脚姥姥去剪纸，她也无偿给人家剪。她还经常为邻居家缝缝补补，帮忙带孩子。她是村里的机灵人，也是大好人。

小脚姥姥老了，邻居们也没有忘了她，常常照顾她，于丹凤更是首当其冲。小脚姥姥告诉于丹凤，自己老了，要让于丹凤把剪纸手艺传下去，为村民剪纸不能见钱眼开，要多做好事。于丹凤答应了下来，也按小脚姥姥说的做了，常常为邻居无偿剪纸，邻居为了答谢她常常送些礼品给她，她也是三番五次地往回送。她按小脚姥姥的嘱托，继续创作着剪纸，和小脚姥姥一样，自己画样自己剪，剪纸技艺达到了较高的水平。小脚姥姥去世前，对于丹凤说："丹凤呀，我看你是块好材料，你能把剪纸好好传下去。"就这样小脚姥姥把她的千余幅剪纸和剪纸熏样赠给了于丹凤。后来，小脚姥姥过世了，于丹凤看着这些剪纸如获至宝，爱护有加。于丹凤把这些剪纸夹在几本账册中，用包袱裹着保存在柜子里。不料多年后的一天账册被人偷走了，可恨的是小偷把账册里的钱拿走了，把夹剪纸的账册丢在村西的水沟边上。有人见到里面有剪纸，知道于丹凤酷爱剪纸，就告诉她去看看。于丹凤一看，才知道是自己家被偷了。因为老账册是宣纸制作的，极容易吸水，于丹凤小心翼翼地捡起来拿回家。账册和剪纸都湿了，粘在了一起，怎么也弄不好，她把账册和剪纸晒了几天，但还是无力回天，约五千张剪纸和熏样全部损坏了。于丹凤像丢了魂似的，吃不好睡不好，像得了一场大病。幸亏家中其他地方还有留下的剪纸，不过数量只有以前的十分之一。

　　缓过劲来的于丹凤还是一如既往地创作剪纸，1986年获烟台市首届艺术节剪纸大奖，1987年1月她的剪纸代表福山区在省城举办的展览中获奖。只要是亲戚朋友和机关部门介绍的人来看剪纸，她都很热情。她喜欢和懂剪纸的人交流，也喜欢送剪纸给他们，因为他们知道剪纸艺术的价值，能帮助推动剪纸的传承和发展。于丹凤的剪纸被越来越多的人收藏，她始终保持着小脚姥姥的做人风格，保持着农村剪纸艺人的淳朴性格。

　　在剪纸进入经济市场的时候，许多人催促于丹凤把剪纸拿到集市上卖，于丹凤的作品也进入了市场，她的作品很受欢迎。可是，她的收入很低，因为她卖剪纸的时候，人家给的钱多钱少无所谓，只要人家喜欢，她就半卖半送。有的人看她的剪纸卖得很便宜，就要批发她的剪纸来多赚钱，她死活不肯，她说自己剪纸是为了宣传剪纸，不是靠这个赚钱。

鹿氏与剪纸

旧时，福山下柿子疃村（今下疃村）有个大官叫鹿泽长（1791—1864年）。鹿泽长的幺女鹿氏，二十岁嫁给了栖霞牟墨林的长子为妻。鹿氏三十多岁守寡，她在牟家操持了三十多年，为保住牟家的百年基业操劳了一生。鹿氏与剪纸有缘，她幼时在母亲的熏陶下喜欢上剪纸，十多岁就是剪纸能手，绣花、制衣、做饭样样能行。鹿氏出嫁的时候，母亲给她陪嫁了许多福山剪纸和剪样，她把福山剪纸带到了栖霞。鹿氏把福山剪纸和栖霞剪纸做了比较，将两地剪纸的风格相融合，进行了新的创作。

鹿氏的儿媳姜振国是黄县（今龙口）大户人家的女子，也酷爱剪纸。姜氏过门后和鹿氏一起研究黄县剪纸。她俩借鉴了这三个地方的剪纸，取其精华，融合成了新的剪纸风格。鹿氏和姜氏都有绘画功底，二人常常自己画自己剪，创作了许多有胶东特色的剪纸，在当时传为佳话。

牟家在芝罘街上有房产，鹿氏和姜氏每次去芝罘，都要到下疃村住几天，她俩走到哪里都带着剪纸工具，随时都可以剪纸，福山城里的剪纸艺人和她们常有来往。福山城东北关的滕氏十分擅长染色剪纸，她俩就花钱把滕氏请到家中，学习染色剪纸，有一次学习了十多天。后来，她俩也学会了染色剪纸，回去还教给别人。一次，城西的王老太太迈着小脚到鹿氏家求剪样，鹿氏免费送给她不说，还用马车把王老太太送回了家。一年福山大旱，颗粒无收，许多剪纸艺人都到鹿氏家求新式剪样，想在春节前剪好到集市上出售来填补家用。鹿氏心地善良就给了求剪样的剪纸艺人每人三十五斤苞米（玉米）。第二年收成好了，剪纸艺人就带着礼品去看望鹿氏，鹿氏收下了礼品，回的礼比送的礼品多好几倍。每次有剪纸朋友到鹿氏家，她都会管饭。鹿氏在栖霞和福山是有名的大好人，也为剪纸的传播做出了贡献。

皇帝选妃剪纸的传说

福山有一套剪纸：第一幅是一个官人拿着选妃的招牌，第二幅是一只人面狐狸，第三幅是一个长着尾巴的小脚女子，第四幅是皇帝和一个小脚女人在一起，第五幅是猎人在训练雄鹰，第六幅是雄鹰抓着一只狐狸。这套剪纸是什么意思，又是怎么来的呢？这套剪纸是根据一个民间故事创作的剪纸作品。

传说，大山里有只成了精的狐狸，狐狸精常常变化成女人，下山招摇撞骗，惹是生非。山下一个猎人一直想制服狐狸精但没有成功，猎人就开始训练雄鹰，想让雄鹰来抓住它。

这天，狐狸精变化成一个女人，到城里卖西瓜的摊上吃西瓜。她吃得饱饱的，听到官府的人在宣读皇宫选妃的告示。狐狸精也想当皇帝的妃子，就在山上好一顿打扮，头和身体都像美女一样，就是尾巴没有藏好。它找了一条大裆裤，好不容易才把尾巴装了进去。狐狸精打扮好了就到了集市上，让人们看看她漂不漂亮。人人都说狐狸精非常漂亮，就是她的屁股太大了，很难看。狐狸精气得一口气跑上了山，用火把自己的尾巴烧掉了。第二天狐狸精又来到集市上，人人都说她漂亮。猎人却看得明明白白，但因为雄鹰没有训练好，还没有办法制服狐狸精。

几天后，皇宫开始选妃。狐狸精打扮得花枝招展，最终被选上了。这天狐狸精见到了皇上，她在皇上面前卖弄风骚，眼睛色眯眯地盯着皇上，把皇上勾引得神魂颠倒。皇上留下了她过夜，她在床上扭扭捏捏地等着皇上，皇上一看她长着一双尖尖的小脚，觉得不好看，有点不高兴。狐狸精就花言巧语地说："小脚女人能足不出户，一心一意地好好伺候皇上，女人小脚才美丽漂亮。"皇上听后觉得狐狸精说得有道理，就没再计较。皇宫的人因为皇上喜欢小脚女人，他们就把小女孩的脚包成了小脚。皇上还下令让百姓也要给小女孩包小脚。与此同时，猎人用了很长的时间，终于把雄鹰训练得力大无比，猎人用雄鹰把狐狸精的魂魄抓住了，把狐狸精的魂魄压在了大山底下，狐狸精再也不能变化了，成了皇上的妃子。

旧时福山剪纸艺人就根据这个故事内容创作了剪纸，把狐狸精变化的过程、皇上对狐狸精的喜欢、猎人训练雄鹰和雄鹰制服狐狸精的场景创作成了系列剪纸。

荷花生人剪纸

福山有一则荷花生人的故事。福山的北边有一个大的荷塘，传说很久以前，荷塘里有几朵长得特别好的荷花。

一天，有个老婆婆看见几个姑娘在荷花上在跳舞，跳完了她们就坐在荷花上说话，一点也不怕人。老婆婆在旁边听到，几个姑娘约定要回老家济南的大明湖看看，可是没有坐骑怎么办？其中一个姑娘说："不妨事，我去村里找户人家借几匹马、驴或骡子用用。"

老婆婆听到后也没有当回事。第二天早上她起来一看，自己家的两头骡子满身大汗，身上还驮着几吊铜钱。老婆婆出门询问邻居，发现邻居家也发生了同样的事，她就猜测是荷花姑娘借用了骡子并把钱放在骡子身上的。

老婆婆就把听到荷花姑娘对话的事告诉了村民，村长不相信真的有荷花姑娘，就在傍晚拉着三匹马送到了荷塘边，告诉荷花姑娘借三匹马给她们使唤。可一连几天什么事情也没有发生，村长还是照样天天送马。一天早上，那三匹马自己回到了村长家里，还驮着几吊钱，身上汗津津的。村长这回真的相信了，于是率领村民到荷塘边祭拜。

一天夜里，村长和老婆婆做了同样的梦，梦见几个荷花姑娘要转世，投生到村民家里。村长和老婆婆见面后，给对方说了此事，他们约定要保守这个秘密，不泄露天机，保护荷花姑娘的安全。过了几年，村里出生了许多孩子。村长和老婆婆就告诉村民，多年前有荷花姑娘在本村投生的事。时光飞逝，投生的荷花姑娘出嫁了，她们都生了健康的孩子。

之后，民间就传说荷花可以生人，妇女们纷纷创作荷花生人的剪纸，先剪一朵盛开的荷花，再在荷花上剪一个小孩。荷花生人剪纸慢慢地传开了。后来，妇女们创作了牡丹生人、梅花生人、水仙生人、石榴生人等剪纸；又给十二个月分别搭配一种花卉，创作了十二月生人剪纸；另外将四季花卉和小孩剪在一起，创作了四季生人剪纸。

卧冰求鲤剪纸

王祥卧冰求鲤是二十四孝里的故事之一。二十四孝的故事在福山广为流传，特别是王祥卧冰求鲤的故事，给人们留下了深刻的印象。

据说，王祥是晋朝时期的人，他幼时丧母，父亲娶了继母朱氏。朱氏不仅不疼爱王祥，而且还经常无故打骂。小小的王祥想：俗话说，打是亲，骂是爱。他不记恨继母。

王祥慢慢地长大了，他勤勤恳恳地劳作，还饱读诗书，四书五经他都熟记于心。有人对王祥说："继母从小虐待你，你可以不给她养老，娶个媳妇单过，不用管她。"王祥说："人之行，莫大于孝。做人要以孝为根本，不孝之人将来必定一事无成。"王祥还是照样和继母生活在一起，孝敬继母。

邻居家的一个姑娘，看着王祥忠厚老实、孝顺、有爱心，就嫁给王祥为妻。可是继母对儿媳妇也不怎么样。媳妇就对王祥说："继母这么不近人情，不如我们分家单过吧。"王祥就劝说妻子："继母已经年迈，像小孩一样，不要和她一般计较。让继母一个人单过，我放心不下。只要继母在一天，我就要照顾她一天。"媳妇听了王祥的话，不再和继母计较了。

后来，王祥的继母病得卧床不起，王祥和媳妇精心照顾着，给继母喂饭喂药，擦拭身体。到了冬天，他俩为继母准备了炭火盆取暖，还给她盖了两床被子，生怕她冻着。一天，继母对王祥说，她想吃新鲜的鲤鱼。这可把王祥和媳妇难住了。家里没有钱，外面又是冰天雪地，上哪儿去弄鲤鱼给继母吃呢？冬天河面已经结冰了，王祥来到河面上，想用身体暖化冰层，抓鱼给继母吃。他在冰上卧了一天，冰也没有化开。晚上回到家，王祥冻得一直发抖。媳妇说他做傻事，身体能暖化那么厚的冰吗？但是王祥还是坚持着这样做。这天，天上下着鹅毛大雪，王祥卧在冰上求鲤，媳妇心疼他，就来到河面上帮他。媳妇实在看不下去了，她跪着冰上对着天空说："苍天啊，看在我丈夫这份孝心的分上，帮帮他吧！"这时，天空中出现一道五光十色的彩虹，照在王祥的身上，奇迹发生了，王祥的身下出现一个冰窟窿，两条大鲤鱼跃出水面。这可把王祥和媳妇高兴坏了，他们朝着苍天磕了三个头，抱起鲤鱼就回家了。

继母吃到了新鲜的鲤鱼，十分开心。当她知道王祥是通过卧冰得到的鲤鱼时，既激动又自责。激动的是，王祥对她这个继母比亲生母亲还要亲；自责的是，自己以前打骂王祥，也没给过儿媳好脸色。继母悲喜交加地流下了眼泪。于是，从那以后，继母像对待亲生儿女一样对待王祥和儿媳，全家人和和睦睦地过着幸福的生活。后来，王祥还考取了功名。

有诗写道：继母人间有，王祥天下无。至今河水上，一片卧冰模。

二十四孝的故事在福山广为流传，特别是王祥卧冰求鲤的故事，成了福山民间教育子女尽孝的范本。福山的妇女根据二十四孝故事创作了剪纸作品，早期的剪纸作品长和宽都是二十厘米左右，或方或圆。剪工粗犷豪放，与汉画像的风格类似。整套的二十四孝剪纸作品比较少，大多是单幅的，比如为亲负米、怀橘遗亲、哭竹生笋、卧冰求鲤剪纸。其中，王祥卧冰求鲤剪纸比较多，剪纸中王祥卧在冰上，鱼在旁边。有的加上了王祥的妻子，有的是王祥抱着鱼，有的加上了文字。剪工细腻，构图饱满，形象逼真。

福山的妇女把这种剪纸贴在家里，用讲故事的方法，告诉孩子要孝顺父母，将中国孝道文化的种子深深地播种在孩子的心田，使人人有孝心，人人有爱心。

动植物故事篇

樱桃与燕子、乌鸦的故事

传说，很早以前福山没有樱桃树。燕子和乌鸦都住在树上，燕子因为受乌鸦的欺负就搬到民居的屋檐下居住。有户人家姓孙，家里住着一窝燕子，燕子冬天走了，来年春天又回来，年复一年都是这样。主人看到燕子专门吃害虫保护庄稼，还要孵化、养育小燕子，十分辛苦，就常常给燕子喂水。一年大旱，野外的水源都干枯了，主人就用泥盆装满水给燕子喝。乌鸦在山里没有水喝，渴得不行了，它们就飞到村里找水喝。乌鸦看到燕子在泥盆里喝水，就飞下来喝水，一开始燕子和乌鸦都在盆里喝水。后来，乌鸦越来越多了，乌鸦仗着个头比燕子大，就不让燕子喝水，天天欺负燕子。主人看到后就驱赶乌鸦，乌鸦怀恨在心，等燕子到山里觅食的时候，就天天啄燕子。燕子小又没有人保护，天天受乌鸦的欺负。一天，几只乌鸦又来到燕子喝水的地方，毁坏燕子的窝，还把小燕子的翅膀啄断了。乌鸦抢占了燕子的地盘住在了屋檐下，燕子无家可归了。主人发现后把乌鸦赶走了，还给燕子包扎了伤口，后来乌鸦一见到燕子就啄燕子。燕子首领对乌鸦说："我是燕子的首领，如果你再欺负我们燕子，我就把你的所作所为报告给天庭。"乌鸦说："我是乌鸦的首领，这里天高皇帝远，我们不怕。"原来燕子头上有一撮羽毛，是百鸟神赐给的，这撮羽毛像樱桃一样红，是燕子远距离飞行辨别方向的利器，这撮羽毛被乌鸦全啄没有了，燕子就不能远距离飞行了。燕子的窝也没有了，只能在小范围内觅食吃，整天哭哭啼啼的。

一天鸽子接到凤凰的通知，天宫百鸟神要召开鸟儿的大会，它告诉了燕子。燕子为难地告诉鸽子，自己被乌鸦啄得没有了方向羽毛，恐怕飞不到天宫了。鸽子在通知其他鸟儿的时候，把燕子的遭遇告诉了其他鸟儿。杜鹃说："乌鸦不讲理，怎么能这样做。"画眉鸟说："乌鸦把燕子的窝拆了，太缺德了。"百灵鸟说："乌鸦把燕子的方向羽毛啄掉了，燕子不能到远处觅食吃了。可怜的燕子冬天也不能回南方过冬了，这样会冻死的。"喜鹊听了就提议大家一起帮忙把燕子带上天宫，让燕子告诉凤凰和百鸟神乌鸦做的坏事，并让百鸟神帮助燕子重新获得辨别方向的能力。

这天，为上让燕子能飞上天宫开会，十几种鸟儿都来帮忙。喜鹊先来帮忙，喜鹊带着燕子飞累了，百灵鸟来帮忙，百灵鸟累了，鸽子来帮忙，鸽子累了，画眉鸟来帮忙……就这样燕子在百鸟的帮助下终于到了天宫。有的鸟儿看到乌鸦到天宫后贿赂了凤凰，想要掩盖欺负燕子的事实。这时百鸟神来了，鸟儿们向它施礼，百鸟神一看赐给燕子的那撮羽毛没有了，就问燕子是怎么回事。还没等燕子说出实情，鸽子和其他鸟儿纷纷说出了原委。百鸟神听了非常愤怒，就令乌鸦在一旁听令，乌鸦老实地低着头。这时王母娘娘也来看看鸟儿们，凤凰陪着王母娘娘坐下，百鸟神主持会议。最后宣布：因为乌鸦以强欺弱，以大欺小，以后把它身上漂亮的羽毛全部变成黑色，不能再长其他颜色的羽毛；只能吃腐尸，不能吃其他食物；不能在村子附近居住。百鸟神又宣布，燕子吃害虫保护百姓的庄稼，功不可没，另赐给燕子羽毛用来远距离飞行，可以永远住在屋檐下面，其他鸟儿不得骚扰。另外，把燕子以前失去的羽毛赐给福山人，变成春天的水果樱桃，好让福山人知道樱桃开花的时候就是燕子回来的季节。鸟儿们都高兴得拍打着翅膀。这时鸟儿们一看乌鸦身上全是黑黑的羽毛，已经没有了过去的漂亮模样。鸟儿们都说乌鸦贿赂凤凰也没有用，真是自作自受。王母娘娘也高兴地点了点头。

燕子回到福山又住在孙老汉家的屋檐下，孙老汉也没有在意，就是经常听到各种鸟儿和燕子一起叽叽喳喳地叫着。一天夜里，孙老汉梦见百鸟神告诉他天上鸟儿开会的事情。他到山上一看，山上确实多了几棵新的树苗。第二年春天，樱桃树上的花含苞待放，燕子也回到了孙老汉家的屋檐下住着。福山人一看这种新的树开着白白的花朵，煞是好看，都十分期待，等着看它能结出什么样的果实。一个多月后，樱桃树结出了红红的果实，很像之前燕子头上红羽毛的颜色。孙老汉和乡亲们尝了尝樱桃，觉得非常好吃，孙老汉就把百鸟神开会赐给樱桃树的事告诉了乡亲们，乡亲们就给家里的燕子窝挂上了红布，表示感谢和庆贺。后来福山人每年在燕子归来的时候都会挂红布，慢慢地成了习俗。

福山人自从有了樱桃后，收入增加了，还培育了许多新品种，福山还有了"中国大樱桃之乡"的称号。

鮟鱇鱼与梭子蟹的传说

鮟鱇鱼，福山人叫结巴鱼、疥蛤鱼、大嘴鱼；梭子蟹，福山人也叫梭蟹、蟹子和海蟹子。

传说，以前福山八角湾里没有海蟹子，海蟹子的盖像淡水蟹一样没有两头的尖儿。这里结巴鱼个头最大，最多，还最胖，海蟹子一来产卵，就被结巴鱼给吃了，有的小海蟹子也被结巴鱼吃了。因为结巴鱼的个头大，嘴大，胃口好，吃得也多，海里的鱼虾都成了结巴鱼的美味，结巴鱼也成了这里的霸王。据说，孙悟空到龙王那里借兵器的时候，龙王要看看孙悟空的本事，就命令虾兵蟹将和孙悟空比武。比武时海蟹子大王和孙悟空打了几个回合都是平手，对虾和孙悟空也打了个平手，蛤大王和孙悟空也打了个平手，鲈鱼和孙悟空也打了个平手。结巴鱼因为身体胖胖的，懒懒的，和孙悟空打了几个回合就败下阵来，非常狼狈。龙王对结巴鱼很不满意，他又向虾兵蟹将了解结巴鱼的情况，同时要给表现好的奖励和封赏。对虾不高兴地告诉龙王："结巴鱼身体胖胖的，能吃不能干，吃了我们许多同类。"鲈鱼气冲冲地说："我们很多刚出生不久的小鲈鱼都被它吃了。"蛤大王说："我们的子孙在沙里休息，结巴鱼也不放过，把它们从沙里弄出来吃了。"龙王问结巴鱼是否如此，结巴鱼说："它们到了我嘴边，不吃白不吃。"龙王非常生气，问海蟹子有没有什么想说的，海蟹子就开始诉苦了："我们的盖是圆的，常常被结巴鱼一口吃了。福山的八角湾一个我们的同类也没有，因为去了就被结巴鱼吃了。我们的活动范围越来越小了，简直没法活了。"

为了保护虾兵蟹将不被结巴鱼伤害，龙王就赏给对虾两条大触须，能阻止结巴鱼的攻击，只要结巴鱼要吃对虾，触须就能刺到结巴鱼的眼睛。龙王赏给了鲈鱼硬硬的脊刺，只要结巴鱼想吃鲈鱼，鲈鱼就竖起脊刺使结巴鱼没法下口。龙王赏给了蛤类厚厚的外壳，就算结巴鱼把它们从沙里弄出来了也没法吃。最后，龙王赏给了海蟹子尖尖的盖，以后结巴鱼就不能再祸害海蟹子了。这时结巴鱼一看它们身上都有了防御武器，气得直跳。龙王很生气，就把结巴鱼的身体去掉了十分之九。但是结巴鱼还是不服，就开始又哭又闹，龙王说："结巴鱼呀，你就哭吧，越哭嘴越大。"说完结巴鱼的嘴就变大了，比原来大了几倍，吓得结巴鱼就老老实实的了。后来，结巴鱼的嘴就比身体大了，气得身上长出了许多疙瘩。海里的生物只要一看到它，就躲得远远的。

从此，福山八角湾就有了海蟹子，人们看着海蟹子像织布的梭子，就叫海蟹子梭子蟹。

蛤垆寺蟒蛇和蜘蛛的传说

　　传说，蛤垆寺旁边的山上住着两条蟒蛇和一只大蜘蛛。蟒蛇和蜘蛛都修炼了多年，蟒蛇有两丈多长，水桶那么粗，能变大变小。蜘蛛有大碗那么大。一次，蟒蛇在山上看到蛤垆寺上空祥云飘荡，霞光满天，两条蟒蛇商量到蛤垆寺里看看到底有什么灵气，好得到灵气修炼成精。在夜深人静的夜里，蟒蛇变得很小跑到佛堂里藏了起来。上午法师们都在诵经，蟒蛇听得津津有味，法师还讲了不杀生和放生动物的功德课。蟒蛇想，这样我们以后就不会被人捕杀了，这是个好地方，要常来听听诵经和法师讲佛法。后来，蟒蛇就常常藏在佛堂里听法师诵经。一天，两条蟒蛇遇见了大蜘蛛，蟒蛇告诉大蜘蛛佛堂里天天诵经、讲佛法，还专门告诉人们要保护动物，大蜘蛛也去佛堂听了听。从此以后，大蜘蛛就带着避风珠在古银杏树上结网住了下来，蟒蛇和大蜘蛛天天听法师诵经。

　　在一个火辣辣的夏天中午，法师们诵完经，香客们也走了。天气热得像蒸笼，地面都烫人，动物们热得张着嘴喘气，人热得像在油锅里一样难受。两条蟒蛇在佛堂里热得受不了了，看到银杏树上的大蜘蛛在树荫里挺自在，就从佛堂里溜了出来，窜到了银杏树上。两条蟒蛇歇了一会儿，就从树上弹下身体，到银杏树旁的井边喝水。这时，蛤垆寺住持看到了两条蟒蛇，就双手合十念道："善哉，善哉，这两条蟒蛇实在吓人，还是快快离去吧。南无阿弥陀佛，南无阿弥陀佛。"两条蟒蛇似乎听懂了住持的话，就嗖嗖地跑回了山里。夜里住持仿佛听到蟒蛇对他说："法师，见谅，见谅。今天确实是热得受不了了，惊扰了住持，见谅，见谅。南无阿弥陀佛，南无阿弥陀佛。以后还要来听住持诵经、讲佛法。"第二天早上，住持果然在佛堂的僻静处见到两条变小的蟒蛇，住持就用一个屏风给蟒蛇遮挡了一下，告诉蟒蛇不要弄出声响，以免惊扰其他僧人和香客。蟒蛇点了点头，示意明白了。以后住持常常看到蟒蛇来听诵经，从来没有惊动任何人。

一天，蛤垆寺来了一个外地人，他不做佛事，只是来借宿。他白天戴着草帽，扎紧裤腿到山里去，晚上才回来，一连几天都是这样。住持发现蟒蛇好几天都没到佛堂里来了。夜里住持梦到蟒蛇告诉他，山上来了一个戴着草帽扎着裤腿的人，天天追着它们要抓到它们。住持想到了那个来寺庙借宿的人。白天住持就问那人，那人告诉住持，他是南方人，专门抓蟒蛇的，这山上有两条大蟒蛇，蟒蛇的眼睛是夜明珠，价值连城，蟒蛇皮和鳞片可以做烫伤药，如果把它们卖掉，得到的钱够花一辈子了。住持一听这是杀生之事，就告诉他要保护生灵，不要随便杀生，让他不要再追杀蟒蛇。南方人表面答应了，可是他还是偷偷地上山抓蟒蛇。这天南方人差点抓到蟒蛇，蟒蛇轻轻甩了一下尾巴，把他甩出好远，弄得遍体鳞伤，他连滚带爬回到了蛤垆寺。住持一见到他就知道他是抓蟒蛇受的伤，住持让僧人为他包扎了伤口，让他在蛤垆寺疗伤。南方人认识到了自己的错误，表示以后不再杀害生灵。蟒蛇又来到佛堂听经，住持还和南方人看到过蟒蛇几次，南方人总是双手合十对蟒蛇说："我之前伤害过你们，恕罪，恕罪，南无阿弥陀佛……"后来，南方人皈依佛门，留在了蛤垆寺。

再说说大蜘蛛，大蜘蛛在银杏树上住着，还养着许多小蜘蛛，一次台风来了，蛤垆寺外面碗口粗的树都被台风刮断了，蛤垆寺却什么事也没有。这时一只雕被刮到了银杏树上，雕看到小蜘蛛就要吃，大蜘蛛就和雕搏斗，搏斗中大蜘蛛被雕啄伤了。老雕看到了大蜘蛛的避风珠，就不顾一切地抢，大蜘蛛就带着避风珠躲进了树洞里。老雕还在继续啄树洞，想得到避风珠，在树洞里避风珠的威力减弱，台风影响到了蛤垆寺，寺庙的草房顶被掀翻了盖，瓦也被刮掉了，寺庙一片狼藉，雕实在抗不住台风就飞走了。这时，住持才发现原来寺庙一直没有被损坏，是大蜘蛛的避风珠在起作用。寺庙在香客的帮助下很快就修好了。一天住持看到大蜘蛛出来了，就对大蜘蛛说："谢谢你的避风珠为寺庙减少了损失。善哉，善哉，阿弥陀佛。"大蜘蛛说："我没有保护好寺庙，惭愧，惭愧。"

后来，蟒蛇和大蜘蛛见了面，它们在一起讨论蛤蚌寺，它们都说，蛤蚌寺的法师告诉人们要行善积德，不杀害动物，爱护生灵，以后要多为蛤蚌寺做些好事。一次蛤蚌寺山上来了另一条大蟒蛇要抢占两条蟒蛇的地盘，这条蟒蛇比原来的两条蟒蛇大了许多。这条大蟒蛇就和两条蟒蛇打了起来，这条大蟒蛇被打败了。大蟒蛇就把毒液吐到了卢寺山上的泉水中，人们喝了泉水中了毒。蛤蚌寺的法师也未能幸免，各个上吐下泻，束手无策。两条蟒蛇为了解救蛤蚌寺的法师和当地人，就把自己的鳞片脱落下来，全部放在泉水里，给泉水解了毒，可是它俩减掉了一百年的修炼正果。大蜘蛛知道了此事就托梦告诉了住持，住持就上山去找蟒蛇，最后在福山最大的溶洞里找到了蟒蛇。蟒蛇奄奄一息地告诉住持，它俩为了给泉水解毒鳞片脱落，不能变小到佛堂听诵经了。为了让蟒蛇尽快恢复体力，住持和法师一天来一个人给蟒蛇诵经，蟒蛇很快恢复了体力。大蜘蛛看到蟒蛇做了好事，自己也被感化，把避风珠放在了大雄宝殿的屋脊上。

从此以后，蛤蚌寺周围山上的泉水总是清澈见底、清凉甘甜，寺庙也没再被狂风暴雨损坏。

蛤坊寺金蟾的传说

过去，寺庙里有香客敬送宝物的传统。蛤坊寺有许多香客送的宝物，比如玉佛、瓷观音菩萨、金佛。芝罘所城里张家送了一个泥塑鎏金的大金蟾给蛤坊寺。

传说，芝罘所城里人是过去驻扎在这的军人的后裔，他们为人忠厚老实。一次张家人送了一个大金蟾给蛤坊寺，蛤坊寺法师把大金蟾放在供案上摆着。大金蟾金灿灿的，十分耀眼。在一个动荡之年，各路官兵相互厮杀，抢占地盘，土匪横行，无恶不作。这天，蛤坊寺来了一群官兵，他们到大雄宝殿抢宝物。几个官兵要枪大金蟾，法师就护着不让，并且告诉他们大金蟾是泥塑鎏金的，不是纯金的。官兵们不信，就对法师大打出手，把法师打得头破血流、皮开肉绽。就在这时发生了怪事，大金蟾在没有被人碰到的情况下，自己从供案上掉了下来，摔了个粉碎，把官兵和法师吓了一跳。一个官兵头目回过神来仔细一看，大金蟾确实是泥塑的，其他官兵也仔细看了看确实如此。刹那间大金蟾的碎片变成百余个大蟾蜍，呱呱地叫着朝官兵身上跳。法师们念着："阿弥陀佛，阿弥陀佛，善哉，善哉。"一会儿，大蟾蜍就跳出了大雄宝殿。官兵们吓得直哆嗦，那个官兵头目和身边的官兵嘀咕了一会儿，觉得没有什么可怕的，他们就在蛤坊寺住了下来。但是，他们在蛤坊寺吃完饭后，各个上吐下泻，拉肚子拉得直不起腰来，官兵们上吐下泻的样子跟蟾蜍趴在地上一模一样。但是，法师和官兵们吃一样的饭喝一样的水，却什么事也没有。官兵头目看着自己和官兵上吐下泻的姿势活像蟾蜍，就知道是那些蟾蜍闹的事，官兵们跪地求饶，求法师救救他们。法师以慈悲为怀，念着"阿弥陀佛，阿弥陀佛，善哉，善哉"，官兵们就好了许多。官兵头目就下令从此以后不准抢夺寺庙财物，还把从蛤垆寺抢夺的财物全部归还给法师。官兵们归还完财物就要离去，蛤垆寺的法师怕官兵们留下蟾蜍毒素后遗症，就为官兵们治疗，几天后官兵们全部恢复了健康。官兵头目想：蛤垆寺的法师真善良，我们以后要改邪归正，不能再为非作歹了。官兵头目一看蛤垆寺旁边有许多荒地，想留在这里削发为僧，开荒种地养活自己。他把这个想法告诉了蛤垆寺的法师，法师看官兵们想要弃恶从善，就收留了他们。

自从官兵们中毒后，百姓都不敢喝泉水了。一次蛤垆寺法会的前一天，寺庙里的人都做了一个同样的梦，梦见大金蟾的魂魄说，为了感恩蛤垆寺供养自己多年，把自己的化身寄托在蛤垆寺北面的山上，让自己的后代住在寺庙周边的泉水里保护着泉水，快快告诉香客和村民，泉水没有毒了，放心喝吧。蛤垆寺的法师醒来都知道了此事，在法会上法师就把这件事告诉了大家，村民到寺庙北面的山上一看，确定多了一块和大金蟾一模一样的石头。以后大家只要在泉水里见到蟾蜍，就知道水是无毒的。

每到夏天在蛤垆寺住宿，夜里就能听到泉水哗哗的乐章和蟾蜍快乐的歌唱。

蛤垆寺人参的传说

福山蛤垆山上有一座寺庙，名叫蛤垆寺。山上有镇水之宝金蟾，还有镇山之宝人参。

蛤垆山是候鸟迁移时歇脚的好地方，春天和秋天有许多鸟儿在这里停留。黄鹂鸟每年春天来到这里，到秋天就离开。黄鹂鸟是我国常见的食虫益鸟，它的羽毛非常漂亮，叫声悦耳动听。黄鹂鸟也吃植物的种子，当它飞到别的地方后，种子随着粪便被排了出来。这样，植物就在别的地方安了家。

传说，这年春天蛤垆山来了一对黄鹂鸟，它们是从东北长白山飞来的。黄鹂鸟在蛤垆山上排出来几粒人参种子，它们衔来泥土把人参种子盖好，干旱的时候就含着水来浇灌人参。过了一段时间，人参发芽了。两只黄鹂鸟天天看护着人参，为了防止人参被人发现，它们就衔来草盖在人参上。人参顺利地在蛤垆山扎下根，在山上长了许多年。蛤垆山是人参生长的好地方，蛤垆烟云（福山旧八景之一）再加上蛤垆寺的念佛声，慢慢使人参有了灵气，人参成了镇山之宝。

传说，人参头一次现身，就被蛤垆寺法师发现了。一年冬天，大雪封山，积雪约半米厚，人都无法行走。法师在寺庙里扫雪，忽然听到庙门外有孩子在嬉笑。他想：大雪封山，哪里来的孩童嬉笑声。他走出庙门，看到有一男一女两个孩童在玩耍，孩童身上和雪一样洁白，还冒着热气，只穿了一件肚兜，头上用绿绳扎着小辫子。法师想：这里没有人家居住，寺庙里也没有孩童，再说哪有人冬天不穿袄的，一定是什么宝物在现身。他走近孩童问："你俩是什么宝物在此玩耍显身？"孩童扭着屁股说："我是蛤垆镇山宝，来到寺庙心情好。要学佛教功德高，行善积德把山保。"法师听到后念着：

"善哉，善哉，阿弥陀佛，阿弥陀佛。"法师念完，人参娃娃就不见了。后来，法师常常见到人参娃娃到佛堂拜佛听经，人参娃娃和寺庙结了缘。人参娃娃保佑着蛤蜊山风调雨顺，植物茁壮茂盛，百花飘香，瓜果满树。

人参娃娃又一次现身是在春天，蛤蜊山周边许多人得了眼病。人参娃娃看在眼里，急在心里，没办法挨家挨户告诉他们治疗方法。

一次，人参娃娃见到一个两眼又红又肿的老丈。老丈在山里采集草药，想用草药治疗眼睛。人参娃娃现身，变成了漂亮的小孩，他告诉老丈："这个方法不管用，用山里的泉水洗洗眼睛就好了。"老丈说人参娃娃："小孩子家家的，你懂什么？我正在找治眼睛的草药，不要妨碍我，一边玩去。"人参娃娃说："不妨试一试。"老丈说："我刚刚还在泉水里洗过眼睛，什么作用也没有。"人参娃娃说："再洗洗看，肯定管用。"老丈就是不信，人参娃娃就粘着老丈一个劲儿劝说。老丈不耐烦地说："小孩呀，你哪凉快哪待着去吧。"人参娃娃无奈，就撕了一点袄襟递给老丈，并且告诉老丈，把袄襟放在泉水里洗洗眼睛就能好了。老丈看看袄襟说："我老头子眼痛得要命，没有心思跟你闹着玩。"人参娃娃没有办法，就把袄襟丢给老丈，唰的一下不见了。老丈一看小孩霎时不见了，就知道小孩是个宝物，再定睛一看，那块袄襟变成了一片人参叶子。老丈才知道，刚才那个小孩是人参娃娃。

老丈拿着人参叶子来到泉水边，把人参叶子放到水里，然后用泉水洗眼睛。老丈顿时感觉眼睛不痛了，也不流泪了。老丈马上跑回家告诉村民，泉水能治疗眼病。几天时间，村民的眼睛全好了。老丈和村民专门带着礼品到蛤蜊山上感谢人参娃娃。因为有人参娃娃的保佑，蛤蜊山周边的村民很少患眼病。这是蛤蜊山人参第二次显灵。

人参娃娃最后一次显身差点发生意外。一次，福山来了一个中年人，他是在长白山专门挖人参的，他随身带着挖人参的法器。中年人看到蛤蜊山云雾缭绕，佛光普照，听到山上泉水哗哗流淌，断定此山必有宝物。

中年人马上赶到蛤蜊山寻宝，他在山里找了三天三夜也没有找到宝物。这天，中年人在山里闻到了人参的味道，他顺着人参味道的方向找了过去，见到了两颗人参。中年人拿出挖人参的法器网格伞，他往空中一甩网格伞，网格伞落下就把人参网在了下面。中年人高兴地马上跑过去看，可是，两个人参娃娃早就跑了。他看到两个人参娃娃留下的坑比大萝卜坑还大。他想：都说"七两为参，八两为宝"，这两颗人参这么大，一颗得有一斤沉，要是能挖到卖钱，自己下半辈子就有着落了。唉！真是可惜。

中年人耷拉着脸来到蛤蚌寺，法师问他为何不高兴，中年人把人参娃娃的事告诉了法师。法师说："我们早就知道人参娃娃的存在，那是蛤蚌山的镇山之宝，不应只属于你一个人，不要再想着挖人参了，快快放手吧。善哉，善哉。"

但是，中年人一听人参是镇山之宝，就来了精神头，他没有听进法师的教诲。夜里，中年人拿出两根红绳，一头系了一个铜钱，做好了镇住人参娃娃的法器。一般情况下，这个法器能够镇住人参娃娃，而且百发百中。人参娃娃托梦告诉法师："那个中年人做了个法器，要伤害我俩，甚至可能危及生命。我俩为了保护自己，可能会伤到他。请法师见谅，善哉，善哉。"法师醒来就去找中年人，可是他已经不见踪影。

天刚刚亮，中年人就到了蛤蚌山上。见到人参娃娃后，他悄悄地拿出网格伞，把系有铜钱的红绳摆成十字形，扔向了人参娃娃。中年人嘴里念叨着："好宝哪里跑，棒槌到了跑不了。"一般情况下，念着咒语使用法器一下就能把人参娃娃镇住，但是人参娃娃已经十分有灵气，没有被镇住。中年人继续一边使用法器，一边念咒："好宝哪里跑，棒槌到了跑不了；好宝哪里跑，棒槌到了跑不了……"一连几次，中年人都没有镇住人参娃娃。可是，人参娃娃已经遍体鳞伤了。为了保护自己，人参娃娃把中年人引到了悬崖边。人参娃娃躲进了石缝，中年人一不小心就摔下了山崖，伤得特别重，最后还是法师救了他。

后来，人参娃娃告诉法师，为了避免再发生意外，他们不会再现身了。从此，就再也没有人见过人参娃娃，但在村民的心中人参娃娃一直守护着蛤蚌山。

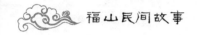

夹河老鳖湾的传说

传说，内夹河里有两个老鳖湾，一个在永福园村东北边，一个在宋家疃村东南边。

据说，宋家疃村东南方向的老鳖湾是很久以前内夹河（旧称"清洋河"）发大水的时候冲刷出来的，水深有十多米，黑洞洞的，有点吓人，没人敢靠近。这里住着一个好老鳖，老鳖经过多年的修行很快就成了精。只要夹河发大水，河道淤堵，它就疏通河道，把河道里的杂物弄到岸边使河道畅通无阻，保护着东关村、山后村、宋家疃村等村庄不被淹。可是海夜叉看不惯老鳖，就到海龙王那里告它。海龙王告诉海夜叉，老鳖行善积德，为民做好事，应该向老鳖学习，帮着老鳖清理河道。后来，海夜叉也帮着老鳖疏通河道，老鳖跟着海夜叉学会了预测未来几天内发生的事情，还学会了给人托梦。一次，一个学子落榜，要在内夹河里自尽，老鳖精就在水里等着，学子一投河老鳖精就把他推上岸，学子一连几次投河老鳖精都把他推回岸上。学子投河没有成功，却被折磨得筋疲力尽。他就在河边大柳树下想，怎么倒霉的人，死都死不成。这时走过来一个老头和学子聊天，老头对学子说："落榜没有什么，轻生就不对了，你死了，妻子、母亲怎么办？落榜不能落志气，以后还可以继续考呀，快快回家去吧。"学子想，老头和我素不相识，他怎么知道我家中的情况？不过，他说得对，我不能灰心，要继续努力。学子想通了打算回家，他走出几步后回过头来向老头道谢，老头却不见了踪影。学子四处看了看，没有找到老头，只看到老鳖湾里翻起几个大水花。学子想，自己几次投河都被推上岸，莫非是水里的神灵搭救，老头一定是神灵的化身。学子向老鳖湾磕头谢恩，然后就回家了。回去后学子就努力学习，学子又去赶考的时候专门来到老鳖湾感谢水中的神灵搭救他，这时老鳖湾里翻起很大的水花，学子知道了水里的确有神灵。学子继续赶路，走到不远处又见到了那个老头，老头告诉他："有志者事竟成，努力拼搏一定有收获，快去赶考吧。"学子恭恭敬敬地向老头鞠躬，表示感谢，他一抬头老头就不见了。后来学子果然中了进士。

学子被封了官，还喜得一子，这真是双喜临门，全家人都很高兴。一天夜里全家人都做了同一个梦，梦到一个老头告诉他们：它是内夹河里成了精的老鳖，因为它疏通河道，保护村庄不被淹，又救了好几个落水人，做了许多好事，玉皇大帝认为它劳苦功高，就给它安排了个好差事，命它到天河当护河大将军，明天就要去上任。第二天，学子全家人去了老鳖湾，按照当地的习俗给老鳖精摆了许多瓜果、鸡鸭鱼肉和大枣饽饽，又专门包了饺子，让老鳖精在路上吃。据说，进士在南方为官时，清正廉明，为百姓办了很多实事。

永福园村东北方向的老鳖湾里住着一只坏鳖精，是内夹河的霸主。一次有辆马车拉着几个人过内夹河，老鳖精和鱼鳖虾蟹在内夹河里兴风作浪，把马车掀翻了，人就落到了水里，老鳖精把一个小孩拖到老鳖湾里给吃了，小孩的母亲因为悲伤过度就悬梁自尽了。这种事坏鳖精干过很多次。一次内夹河发大水，老鳖精和鱼鳖虾蟹在内夹河入海口等着吃落水的人，因为它们阻挡了河水流入大海，大水就淹了半个福山城。海龙王看着老鳖精无恶不作、罪大恶极，就派海夜叉来捉拿老鳖精。海夜叉和老鳖精打了三天三夜，也没有制服老鳖精。

后来，老鳖精觉着自己了不起，打算在卫家疃村和房家疃村北边的河里修一个大老鳖湾。它在这里翻江倒海，飞沙走石，几天就弄出了一个大老鳖湾。这件事被天河护河大将军（好老鳖）发现了，它把此事告诉了玉皇大帝，玉皇大帝一看大老鳖湾有十几公顷，如果大沽河（外夹河）在这里和内夹河交汇，发大水时一定会把福山城淹没。这还了得，玉皇大帝马上命令护河大将军率领四海龙王去制服老鳖精。老鳖精正在大老鳖湾里翻腾，顷刻间内夹河上空乌云滚滚，护河大将军和四海龙王驾到，四个龙王分别咬着老鳖精的四条腿，护河大将军站在老鳖精的背上，把执法钢叉狠狠插在老鳖精的头上，老鳖精折腾了几个时辰才停下来，内夹河的水都被染成了红色。老鳖精经过一天一夜的挣扎终于死了。护河大将军请示玉皇大帝后，把老鳖精的尸体放在了内夹河以东的一个地方，玉皇大帝把它点化成一座小山，名叫祝圣山，人们也叫它芝阳山，后来芝阳山南面老鳖湾所在的地方成了优质粮田。

比目鱼的传说

比目鱼，福山人叫偏口鱼，原来叫奇花鲆。比目鱼有许多变种，但样子都差不多，传说，比目鱼原来和其他鱼一样，并不是趴着游动，后来因为比目鱼狂妄自大，被玉皇大帝惩罚了，才变成了现在这种游动姿势。

传说，很早以前，北海龙王在海里举行鱼儿的选美大赛，选拔标准如下：鱼儿身上的花纹要美，眼睛要美，游动的姿势要美。比赛的时候鲨鱼先出了场，鲨鱼的皮黑乎乎的，没有被选上。刀鱼（带鱼）一出场，身上的银光把龙王和评委的眼睛晃了，也落选了。老板鱼因为趴着游动，游动的姿势不好看，也没有被选上。红头鱼因为头型不好看也落选了。鲅鱼因为身上无鳞也落选了。最后只有三种鱼进入了决赛，分别是加吉鱼、火鲢鱼和奇花鲆（比目鱼）。决赛的时候，加吉鱼变着花样游动。加吉鱼有的是黑鳞，有的是红鳞，颜色不统一。经过评委打分，龙王评定，加吉鱼得了第二名。火鲢鱼的各项条件都比较好，但因为体型过长，得了第三名。奇花鲆游动的姿势比加吉鱼优美，身上的鱼鳞折射出五彩的光，眼睛又大又亮。龙王高兴地说："奇花鲆具备赢得比赛的所有条件。"就这样，奇花鲆获得了选美大赛的第一名，其他鱼儿都高兴地为它鼓掌。

比赛结果出来后，龙王把奇花鲆带到了天宫，玉皇大帝看了看奇花鲆，认为评选结果公平合理，还夸了奇花鲆几句。奇花鲆回来后整天在海里显摆自己，见到龙王也不讲礼貌，还想和龙王平起平坐。奇花鲆见了其他鱼儿更是无礼，其他鱼儿捕到了食物，它就去抢来吃。它常常在海中挑拨是非，让大家相互争斗。它还经常与其他鱼儿打架，弄得海里一片混乱。龙王发现后，就规劝奇花鲆改邪归正，但是它不思悔改，还是无恶不作，成了海中的一霸。北海龙王无奈之下就召开了鱼虾大会，撤销奇花鲆的美鱼称号，把加吉鱼封为美鱼，奇花鲆气得暴跳如雷，还辱骂众鱼虾，说要把北海翻个底朝天。众鱼虾纷纷劝解奇花鲆，告诉它好好守规矩，还有机会当上美鱼。奇花鲆不但不改邪归正，反而继续我行我素，称王称霸，许多鱼虾纷纷向玉皇大帝控告奇花鲆。玉皇大帝告诉龙王，还是以教育为主，但是龙王教育了奇花鲆多次还是无济于事。

一次，奇花鲆到龙宫偷吃了供奉给玉皇大帝的食物，龙王气得不得了，就叫虾兵蟹将把奇花鲆狠狠地教训了一顿，奇花鲆对龙王恨之入骨，养好了伤，就到天宫诬告龙王。玉皇大帝早就知道它评上美鱼之后的所作所为，就对它好言相劝，他不但不听，反而在天宫大吵大闹。玉皇大帝一看，小小的鱼儿有了点荣誉就我行我素，依仗着漂亮忘乎所以，就施法改变了奇花鲆的模样，把它赶回了大海。奇花鲆回到海里再也不能像以前一样游动了，只能趴着游动。一开始奇花鲆身上的花纹还是挺漂亮的，许多鱼虾见了它，都指指点点地嘲笑它，说它不应该有了一点荣誉就得意忘形，它自己也感到羞耻，它的嘴就气歪歪了。它为了不被其他鱼儿看到，就用海沙掩盖自己，为了防上海沙眯眼，它就半闭着眼。一次乌贼从它旁边路过，奇花鲆又犯了老毛病，拦住乌贼不让它通过，乌贼不服，就喷了许多墨，把奇花鲆染成黑乎乎的了。慢慢地，奇花鲆就变成了嘴歪歪、眼眯眯、身上黑乎乎、只能趴着游动的比目鱼。

后来，福山人就叫它偏口鱼，因为它的样子不好看，就上不了高档宴席。

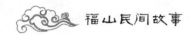

浒口村、台上村黄烟的由来

福山有这样一句话，高疃物产属大姜，浒口台上黄烟香，曲家姑娘最漂亮，邢家男人高又壮。意思是说，福山的高疃镇盛产大姜，浒口村和台上村（浒口村和台上村同属张格庄镇，因为两个村离高疃镇近，村里的人还经常结亲，就把这两个村编进了歌谣）的老旱烟品质最好，高疃曲家的姑娘漂亮，邢家村的男人又高又壮。以浒口村为中心的周边村的黄烟非常出名，成了这里的物产标志。

据说，浒口村的黄烟是当地人闯关东带回来的。清朝中期的一年，福山春天大旱，庄稼无法播种，秋天刮大风，树木被连根拔起，庄稼颗粒无收。许多人去闯关东了，浒口村的老孙逃荒到了黑龙江的亚布力镇，老孙在烟农老李家借住下来。老孙和老李亲如兄弟，二人一起下地管理黄烟，老孙发现这里的黄烟和山东老家的不一样，烟叶比福山的长而宽，闻起来清香扑鼻。因为老孙不抽烟也没有当回事，总是勤勤恳恳地给老李家干活，老李对老孙非常满意。冬天大雪封门，老孙就和老李一家人在一起烤火，慢慢地，老孙也学会了抽烟。老孙就在老李家长住了下来，老李和他家人也不拿老孙当外人。

夏天的时候，东北的蚊虫特别多，因为蚊虫叮咬人畜经常生病。一天，老李家的两匹马得了病，把老李急得团团转，因为秋天收获庄稼的时候马是主力，还要用马拉过冬的木材，马是老李一家人的命根子。老李请来了兽医给马看病，兽医一看马的病情，就告诉老李，他的马得了急性"夏马瘟"，没有办法治疗。老李又着急又舍不得，就告诉兽医，给他一颗人参，求他给马治一治。兽医说，就是给两颗人参自己也没有本事把马治好。兽医走了，老李像挨了一闷棍似的蹲在地上抽烟，嘴里喊着："完了完了，这叫我怎么过呀。"这时，老孙走过来拉起老李说："老哥，不用发愁，这马的病我能治。"老李一听他能治马的病，立马来了精神，说："治好马的病，人参归你。"老孙接过话头说："咱俩谁跟谁呀，还用讲这些，快帮我弄药吧。"接着，一家人就忙活开了，买药的买药，熬药的熬药，老孙在马的穴位上扎针放血，用药水给马擦身体，老李帮着给马灌药。过了一会儿，老孙为难地对老李说："有一个方法两三天就可以把马治好，但是有一定的风险。"老李告诉老孙："马交给你了，放心治吧，一切听你的。"老孙对老李说："我给马治病的时候，你千万不能因为心疼半途而废，必须和我一起给马治病。"老李点头同意了，过了一个时辰，老李就和老孙一起用鞭子狠狠地抽马，两匹马站了起来。老孙拉着两匹马就跑，老李被甩在了后面。过了一会儿，老孙拉着马回来了，老李一看马大汗淋漓，呼呼地喘着粗气，老李确实心疼了，就在这时，他看到马拉出了许多像浓血又像粪便的东西。老孙告诉老李，赶快把豆饼水和药水给马灌进去。过了一会儿，马开始吃草了，也有了精神头。第二天老李和老孙又来喂马，一看，夜里加了药的草料全被马吃光了，老孙高兴地告诉老李："老哥，三天后马的病应该就全好了，也能干活了。"老李拍着老孙的肩膀说："真得谢谢你，老弟，没想到你还有这两下子。"第三天早上天还没亮，他俩就听到了马的叫声，二人来到马棚一看，两匹马昂着头，前蹄直抓地，活蹦乱跳地叫着。二人又为马加了草料，两匹马像通人性似的向他俩点头。老孙想：幸亏交了山东福山这个朋友。

一天，老李家做了小鸡炖蘑菇、猪肉炖粉条、东北大豆腐和腌肉炖木耳等菜来感谢老孙。二人喝着高粱烧，兄弟长兄弟短地说笑着，老李问老孙，怎么会治疗牲口的病，老孙告诉他，自己在山东福山老家是兽医，因为家乡遭灾，牲畜都死了，没了生意，庄稼又没有收成，就逃荒来到了东北……老李听后知道是怎么回事。老李叫老伴拿出家中的人参，要送给老孙，老孙死活不收。

后来，老孙把治疗牲口的技术全教给了老李，老李成了当地有名的兽医。一晃三年过去了，老孙见到一个胶东老乡，他得知福山老家的生活好转了，想要回福山。老孙把这事告诉了老李，老李非常舍不得老孙这个福山朋友，但是，世人大多故土难离，他准备了一些礼物给老孙带回福山，亲手把那颗人参交给老孙，老孙说什么也没有要。老李告诉老孙有什么要求尽管提，他头拱地也一定会办，老孙告诉他要带些这里的旱烟种子回福山种，老李就给了他一些种子。邻居听说老孙要回福山，又送了一些烟种子给老孙。老孙与老李以及其他东北的朋友依依不舍地道别，踏上了回福山的路程。

老孙回到了福山浒口村，在春天的时候，他培育了许多东北的烟苗，分给了村民，秋天烟叶大丰收，新品种的烟叶比福山的烟叶大，比福山的烟叶长，金黄金黄的。新烟叶产量高，耐抽，还有香味，不药火（指点燃后短时间不吸，再吸能继续燃烧），受到当地烟民的好评。很快东北新品种的烟草就在浒口村周围繁育开了，因为当地水土好，种植的烟品质也好。

葫芦梨的由来

传说，一天，张果老途经福山的某个村时，他的毛驴生病了，因为张果老还没有得道成仙，无法给驴治病，村里的李老汉帮他把驴治好了。李老汉不但分文没收，而且还管了张果老几天饭，张果老连连道谢。张果老骑着驴走后顺利得道成仙，铁拐李拜了张果老为师，张果老告诉铁拐李，福山人心眼好，去福山可以得到法器宝葫芦。铁拐李一听就要去福山种宝葫芦，张果老告诉铁拐李："你的名字里有个李字，我也和一个姓李的老汉有缘，还欠他一个人情，是李老汉帮我治好了驴的病。因为那时我还没有道行，没有好好答谢李老汉，你替我谢谢他吧。"铁拐李来到福山，在福山城西北的招贤村南山（后来此山取名"葫芦顶"）上找了一个老汉帮他种葫芦，恰巧老汉也姓李。老李为人忠厚老实，种葫芦勤勤恳恳，和铁拐李成了知心朋友。葫芦一天天长大了，秋后铁拐李得到了葫芦，发功把葫芦变成了宝葫芦。铁拐李想起了张果老让他答谢的李老汉，就向老李打听。老李告诉铁拐李，不必找了，福山人个个都是助人为乐的好人，这点小事不必放在心上。铁拐李在别的地方修炼了一年多，因为没有给张果老办好答谢李老汉的事，总觉得有个心事，他又来找老李商量该怎么办，好为张果老了却心愿。

铁拐李在来的路上，路过福山的一个村子，见到一个女子在大槐树下为一个老汉捶背，老汉咳嗽不止。过了一会儿，女子从家里拿出一碗面糊喂给老汉吃，老汉一边吃一边咳嗽，喷了女子一脸，女子也不嫌弃，擦擦脸继续喂老汉。铁拐李问女子，老汉是她什么人。女子回答，是她公公。铁拐李想，福山人真孝顺。女子进屋去了，铁拐李说老汉真有福，得了个好儿媳妇，老汉咳嗽着一字一句地告诉铁拐李："儿子是当年捡来的，但是，儿子和儿媳拿我像亲爹一样看待，照顾得可好了。"铁拐李问又老汉："怎么不治一治咳嗽病。"老汉告诉铁拐李："儿子和媳妇给我找了很多医生看病，可是一直没有治好。"铁拐李点了点头，并告诉老汉，他来这是为了找当年帮张果老把驴的病治好了的李老汉。老汉说："事情过去那么多年了，算了吧。"铁拐李说："有恩必报，一定要找到李老汉。"老汉看到铁拐李很有诚心，就告诉铁拐李："我就是当年那个治好驴的病的李好汉。"铁拐李激动地说："可找到了你！"铁拐李告诉李老汉，自己先去见见种葫芦的老李，回头再来为李老汉治咳嗽病，说完他就走了。

铁拐李见到了老李，可是，一年不见老李，他佝偻着身体，咳嗽个不停。铁拐李一问，才知道许多人都得了这种咳嗽病，都没治好。铁拐李想：自己的宝葫芦里有神水，要是用它为福山人治病，自己还要多修炼几年；可是如果不为福山人治病，又觉得对不起福山人，因为福山人太善良了。铁拐李前思后想，还是决定用宝葫芦里的神水给福山人治咳嗽病。他和老李来到山上，找到一片梨园。铁拐李把宝葫芦里的神水往梨树上一甩，普通的梨就变成了葫芦梨。老李加了一点中药和冰糖，把葫芦梨煮熟了吃，咳嗽病立马好了，真是立竿见影。铁拐李让老李快快告诉其他病人用这个方法治疗咳嗽，他马上要走了。当病人来感谢铁拐李的时候，铁拐李已经到了李老汉家，铁拐李给了他几个葫芦梨来治疗咳嗽病，他的咳嗽病也好了。铁拐李完成了师傅张果老的嘱托，离开了李老汉家。铁拐李走的时候，把自己宝葫芦里的神水洒在了福山有咳嗽病的地方，福山人的咳嗽病都好了，可是，铁拐李的神力减了大半，就在福山继续修炼。

一天，张果老腾云驾雾来到福山把铁拐李接走了。原来，王母娘娘知道福山人心地非常善良，认为神仙帮助福山人是应当的。铁拐李做了件好事，王母娘娘要度化铁拐李早日成仙。

猫儿为什么念经

传说，很早以前，皇宫里有怪物，闹得皇宫里的人日夜不得安宁，大臣们都束手无策。皇上知道包公"包青天"有通天入地的本领，就叫包公到皇宫降妖。

包公领旨后来到皇宫，经过三天三夜的观察，他发现是五只老鼠精在作怪。但是地上没有什么能降住老鼠精，包公就把玉皇大帝的天猫借来捉拿老鼠精。等天猫捉完老鼠精后，再把它送回天宫。天猫用了九牛二虎之力，捉到了三只老鼠精，吓跑了两只老鼠精。包公和皇上认为，跑了的那两只老鼠精必定是后患，就命天猫继续捉拿老鼠精，天猫又答应了下来。但是，天猫因为捉拿老鼠精累得筋疲力尽，就回到天宫睡了一觉。它哪里想到，天上的一天是地上的一年，天猫睡了半天觉，地上就过了半年。因为逃跑的两只老鼠精是一公一母，它俩就躲在洞里繁育了许多的老鼠，地上形成了鼠害。

玉皇大帝一看天猫还在睡懒觉，就唤醒天猫下凡继续捉拿老鼠精。可是地上到处都是老鼠，天猫也分不清哪个是老鼠精，哪个是老鼠，根本捉不完。皇帝就叫天猫的媳妇也下凡捉拿老鼠精，可是为时已晚，老鼠繁殖得非常快，天猫怎么也捉不完。王母娘娘下凡到人间察看，老鼠成了祸害，还把王母娘娘的衣服咬了个洞，王母娘娘非常生气。皇上就请求王母娘娘把天猫留在人间捉老鼠，王母娘娘用头上的宝簪在包公额头的月牙痣上一划，包公的月牙痣就有了法力。王母娘娘和包公一起唤来了天猫，天猫一看到包公的月牙痣，月牙痣就印在了天猫的眼睛里。此后，天猫的眼睛就有了月牙，再也看不到回天宫的路了。从此，地上就有了老鼠的天敌——猫儿。

但是，以后猫儿就有了捉不完的老鼠。猫儿天天忙着捉老鼠，也天天想念着天宫的生活，它一睡觉就会梦见天宫的景象，还在那自言自语，咕噜咕噜地念叨：天宫好，要回去；好天宫，要回去。人类就以为猫儿在念经，其实不是，那是动物自己的语言。

黄金雀的故事

福山有一种候鸟叫黄金雀，学名叫黄雀，每年谷雨前后来到福山繁育，栖息在灌木丛中和果园的树上，叫声美妙动听。黄金雀不破坏庄稼，吃杂草种子和害虫，是一种益鸟。

传说，这天凤凰神鸟在天上过寿，百鸟都来拜见凤凰神鸟，百余种鸟儿都纷纷来到凤凰神鸟面前，献上了礼品。可是，黄金雀迟迟未到。凤凰神鸟说，黄金雀没有来觉得不热闹。因为往年凤凰神鸟过寿，黄金雀总是早早地来到这里，亮起歌喉为凤凰神鸟歌唱，还翩翩起舞为凤凰神鸟祝寿。这时乌鸦说："黄金雀来不来无所谓，我来唱个歌为凤凰神鸟祝寿吧。"乌鸦就亮开嗓门，哇哇地大声鸣叫了起来。乌鸦本来不会唱歌，在凡间见到死人时才会叫几声。这时管鸟神仙听到凤凰神鸟宫里有乌鸦的叫声，就急急忙忙赶来看看发生了什么事，管鸟神仙一看原来是乌鸦在唱歌为凤凰神鸟祝寿。管鸟神仙想：凤凰神鸟是王母娘娘的爱鸟，天神们都很尊敬凤凰神鸟，乌鸦用看到死人时的叫声来为凤凰神鸟祝寿，非常不礼貌。管鸟神仙就批评了乌鸦几句，其他鸟儿也说乌鸦的歌声不好听，乌鸦听后就非常不高兴。其他鸟儿继续唱歌给凤凰神鸟祝寿。管鸟神仙说，当初百鸟学叫声的时候，乌鸦因为觉得自己的羽毛漂亮就不好好学习，还偷吃了天宫的胡椒粉，把嗓子弄哑了，留下了后遗症，所以现在的叫声才这么难听。

黄金雀迟到是有原因的。盛夏季节，果树招了一种害虫，民间叫绑虫、白虱子等，学名叫介壳虫，专门危害果树和花卉。介壳虫繁殖得很快，危害性非常大，寄生在果树的嫩树枝上，吸食树干里的汁液，会造成水果大面积减产，使水果品质下降，甚至造成果树死亡。介壳虫的天敌就是黄金雀，黄金雀为了消灭介壳虫，天天忙个不停，就派出一对黄金雀为代表到凤凰神鸟那里祝寿。半路上，这对黄金雀又看到许多果树被介壳虫危害得非常严重，苹果、桃子、杏子、李子都落了果。这对黄金雀就去消灭介壳虫，三天后才来到凤凰神鸟这里。凤凰神鸟一看，黄金雀全身的羽毛变成了灰褐色，没有以前那么漂亮了。凤凰神鸟就问黄金雀是怎么回事。黄金雀说，它们为了保护果树，吃了许多介壳虫后中毒了，使羽毛发生了变异。黄金雀是为了帮人们消灭害虫才变得不漂亮了，凤凰神鸟就找来管鸟神仙，让他用生长羽毛神法使黄金雀变了模样，黄金雀全身的羽毛变成了金黄色，头上还有一点橘黄色的羽毛点缀，翅膀上还有几支蓝色的羽毛，显得格外漂亮。

经过凤凰神鸟同意，管鸟神仙给了黄金雀几粒种子，吃下后排到地里，地上就能长出一种叫金雀花的植物，以后黄金雀在消灭介壳虫时吃了这种植物的叶子、花和种子，羽毛就不会变颜色了。金雀花在四月份开花，花期约一个月，花瓣金黄色，展开时像鸟儿的翅膀，花蒂翠绿，像鸟儿的头，花朵像紫藤花一样排列着，一串一串的，风一吹像一只只金色的小鸟在飞舞，非常好看。只要有金雀花生长的地方，黄金雀就能在此生息繁衍。

大槐树和刺猬的故事

福山民间将老鼠、黄鼠狼、刺猬、狐狸和蛇称为"五大家族"，简称灰、黄、白、狸、青。

福山人认为老鼠是子神，有老鼠救人、老鼠告猫、老鼠娶亲、老鼠过寿等故事。老鼠被认为是五大家族之首。福山民间认为黄鼠狼有超自然的力量，称它"黄仙"。刺猬被称为'粮食之神''柴草之神'。春节和清明节的时候，人们常常制作刺猬的面塑，祈求美好生活。狐狸俗称貔子，传说狐狸很有灵性，懂得知恩图报。蛇被称为圣虫，长了冠子的民间叫小龙。福山有很多五大家族的民间故事，下面讲一个刺猬的故事。

传说，福山的一个村里有棵大槐树。槐树非常有灵气，村民不管遇到什么事都去求槐树，有病有灾去求，男取女嫁去求，连不生育的也去求，都十分灵验。过节的时候，村民还会在大槐树前摆放供品。大槐树为什么这么灵验，这还得从头说起。

很久以前，村中大槐树旁住着个老婆婆。她心地善良，还十分爱护动物。一次，一个草垛失了火，两只刺猬被烧得有皮没毛，老婆婆就小心地把刺猬拿回家，为刺猬上药疗伤。过了一段时间，两只刺猬的伤好了，老婆婆就把它俩养在家里。老婆婆天天喂些高粱、玉米等给刺猬吃。刺猬过得无忧无虑，老婆婆闷了就自顾自地对着刺猬说话。

后来有一天，老婆婆发现刺猬好像听懂了她的话，感觉刺猬有了灵气。一年槐树开花的季节，老婆婆得了喉头疯（咽喉炎），还发着高烧，人都有些迷糊了。她对刺猬说："刺猬，这几天我不能喂你们了，我真的爬不起来了，你们自己去弄点吃的吧。"刺猬好像真的听懂了老婆婆的话，点了点头，然后爬了出去。回来的时候，刺猬的身上沾满了槐花。老婆婆看到刺猬满身的槐花，感到很奇怪。刺猬爬到老婆婆的锅台旁边，抖了抖身体，让槐花掉进了锅里。老婆婆说："莫非这是给我治病的药吗？"老婆婆说完，刺猬高兴地在地上打起滚来。老婆婆一看，觉得刺猬真是这个意思，就强撑着起来，用槐花煮了水喝。没过几天，老婆婆的病就全好了。

老婆婆出门和村民聊天的时候听说，村里许多人都得了喉头疯。好心的老婆婆告诉村民用槐花煮水喝能治疗此病。后来，村民纷纷采来槐花煮水，治好了喉头疯。

自从两只刺猬来到老婆婆家，她家吃穿不愁，事事顺当。邻居们知道老婆婆家养了两只通人性的刺猬，都不敢去伤害它们。后来，村民们得知，用槐花煮水喝能治疗喉头疯是刺猬告诉老婆婆的，老婆婆又告诉了他们，就对刺猬充满了感激，纷纷给刺猬送吃的。慢慢地，老婆婆家的刺猬变成了白色。人们都说，千年黑万年白。于是都叫刺猬老白家或白仙。

后来，两只刺猬繁育出了小刺猬。一天，老婆婆不懂事的孙子和小刺猬闹着玩，不小心被小刺猬扎伤了。老婆婆对小刺猬说："以后小心点，以后不要再扎伤小孩子了。"老刺猬就把小刺猬咬得叽叽叫。老婆婆听到后就说老刺猬："它不是有意的，不要再咬它了。"老刺猬点了点头，表示明白了。

可是没过几天，又有小刺猬扎伤了老婆婆的孙子，老婆婆没有怪罪小刺猬，狠狠地打了孙子的手几下。这事被老刺猬看到了，夜里老刺猬就领着许多小刺猬离开了老婆婆的家。老婆婆听到院子里有声音就赶忙出来看，发现刺猬们要离开了。老婆婆就说："你们在我家住了这么多年了，为什么要走？"老刺猬就咬着老婆婆的裤腿，把老婆婆拉到了大槐树下，然后她就看到，刺猬们纷纷进了槐树洞。老婆婆这才明白，刺猬是为了保护她的孙子才从她家离开。大槐树离她家也不是很远，老婆婆就让它们在槐树洞里住了下来。

老婆婆每天都会到大槐树下喂刺猬们。村民们知道了刺猬住在槐树洞里，也常常来喂它们。村民们遇到了难事，都会来求大槐树和刺猬，而且十分灵验。大槐树和刺猬成了村民的保护神。

后来，老婆婆的孙子当了州官。一天，老婆婆突然病危，她的家人给孙子捎信，让他回来见老婆婆最后一面。家人就求大槐树和刺猬，保佑老婆婆等到她孙子回来。老婆婆的病有了好转，孙子回来见到了老婆婆。老婆婆告诉孙子："要当一个清官，当一个好官，为百姓服务，为福山人争气。"孙子答应了。

州官知道是大槐树和刺猬救了老婆婆的命，就在大槐树下摆了供品，并对着大槐树跪拜。可是，不可思议的事发生了，许多刺猬从槐树洞里爬了出来，在两只老刺猬的带领下，爬到了山沟里。晚上，村民做了同一个梦，梦到老刺猬告诉他们，它们接受不了大官人的拜见，搬到山里去住了。但是大槐树的灵气还在，村民们有难事，还可以求大槐树保佑。

后来，老婆婆活到了约百岁，她的孙子也当了个好官。村民们常常到山里看看刺猬，把刺猬所在的山沟称作白仙沟。

后记

　　我和鲁东大学文学院兰玲老师写的《福山风物传说》出版发行后，受到了有关领导的肯定，也得到了许多专家和学者的好评。2019年12月4日《福山风物传说》获烟台市社会科学优秀成果二等奖。2020年被《烟台文化遗产大观》收录部分故事，2021年被《福山区村落文化》收录部分故事。另外，《福山民间故事》成功申报了烟台市非物质文化遗产保护名录。

　　有人说，福山民间故事就那么些了，已经没有什么可写了。可我认为，史料记载和已经面世的福山民间故事，只是福山民间故事的大花朵，而在福山民间流传的故事还有很多，如地名故事、习俗故事、动植物故事，这些都是福山民间故事的小花小草，这些小花小草最接地气，最贴近生活。而且，现在有很多人不知道自己村的村名是怎么来的，不知道各种习俗的由来，等等。我认为这些都应该记录下来，为传承和弘扬传统文化添砖加瓦。

　　2013年前后，我在鲁东大学艺术学院授课时，讲了许多与剪纸、习俗有关的故事。几位老师和同学问我，有没有写过这方面的书。我说没有，他们都说太可惜了。可是，写书对于我这个只有初中文化的人来说，可谓难于上青天。在网络信息发达的时代，常常要用电脑工作。在老师和同学们的帮助和鼓励下，我打算（和女儿韩娜）将五十多年间收集的千余条民间故事的手写稿转换成电子稿，为之后出书和教学做准备。

当我找出福山民间故事和的传说的手写稿时，脑海中回忆起当年走访福山308个村庄的场景，手写稿中有节日习俗、人生礼仪、衣食住行、社会生产等方面的资料。看着这些资料，我就像手抓刺猬——无处下手。之后，我和女儿找到了烟台市福山区地方史志编纂委员会办公室的解广海先生。解先生觉得这些故事的内容很好，建议我们可以分别写几本书。

为了将手写稿转换成电子稿，我开始学习用电脑，朋友张志敏赞助我一台笔记本电脑。为了学习拼音打字，我用烂了三本字典。女儿韩娜教我使用电脑并整理了初稿。为了进一步核实许多故事内容，女婿王用了一年时间，有为常常开车带我到处实地考察，侄儿韩鑫为我提供了许多书籍作为参考。就这样，《福山风物传说》的书稿终于完成了。我把书稿给鲁东大学文学院的副教授兰玲看。兰玲老师一看书稿就笑了，书稿里全是逗号，没有其他标点符号，还有许多错别字和方言土语。她挑灯夜战，用了三个月帮我把书稿仔细地整理了一遍。

我把《福山风物传说》书稿的复印件给福山区委宣传部、文化和旅游局等部门的领导看。领导阅读后，给予了肯定和支持，同意资助出版此书。就在计划还没有落实到位的时候，我很幸运地在鲁东大学亢世勇教授、胡晓清教授和兰玲副教授等文学院老师的大力支持下，在中国海洋大学出版社编辑的努力下，出版了《福山风物传说》一书。《福山风物传说》出版后，我和女儿韩娜在鲁东大学、烟台大学、山东商务职业学院、烟台汽车工程职业学院、福山区东华小学、福山区河滨路小学、图书馆、社区等单位进行了宣讲，得到了大家的广泛好评。

之后，在家人的支持和鼓励下，我和女儿又用几年的时间完成了《福山民间故事》《福山寺庙故事》《福山老物件解读》《烟台食模的调查和研究》和《胶东剪纸传承人的故事》的电子稿。在兰玲老师的推荐下，我被山东省民俗学会吸收为会员，被山东省剪纸艺术研究会聘为烟台市办事处主任，并当选烟台市民间文艺家协会理事。

接着，我和女儿打算整理出版《福山民间故事》。有了出版目标后，我们拜访了烟台著名民俗专家、作家安家正教授。安老动情地说："你们能把17多万字的福山民间故事整理出来，已经很不容易了。将这些内容整理成书，很有意义。"我们本来想请安老写序言，可还没等我们开口，安老就主动提出写序，我们真是喜出望外。在拜访兰玲老师时，兰老师说："书中很多故事是在其他书中看不到的，是真正地来源于生活，真正地'接地气'。此书可谓一部了解福山民间传统文化的'百科全书'。"

《福山民间故事》只是一个阶段性的成果，我们作为爱好传统文化的人，会继续挖掘更多福山区以及烟台其他地区的民间故事和传说，为提高烟台市的文化软实力贡献自己的一份力量。

感谢鲁东大学亢世勇教授、胡晓清教授的大力支持，感谢安家正教授为本书作序，感谢兰玲副教授的序言和一直以来的指导，感谢书法家胡元田大哥为本书题写书名，感谢烟台市福山区文化和旅游局局长吕道行的帮助和指导，感谢篆刻艺术家潘业东老弟赠送的两方印章，感谢福山一中王岳峰校长的大力支持。还要感谢那些没有提及姓名的朋友们，感谢那些给我讲故事的村民，特别感谢中国海洋大学出版社的编辑们。

最后，特别感谢我的夫人刘敏娥以及其他家人和亲戚的鼎力支持，正因为有他们的照顾和关心，我和女儿才能心无旁骛地整理书稿并出版。

民间故事很多都取自民众的口头表述，不可避免地会带有讲述人的主观情感和理解，因此，文中有不当之处在所难免，诚望各界人士不吝赐教，在此一并致以真诚的感谢。

韩月湖

2024年2月于福山区清洋伍柒文化工作室